너의 유토피아

정보라
소설집

너의 유토피아

래빗홀
RABBIT HOLE

차례

영생불사연구소

"나, 아무래도 스토킹을 당하고 있는 것 같아."

라고 선배 언니가 털어놓은 것은 두 달 전, 기념식 준비가 한창이던 무렵이었다. 사연인즉슨 웬 남자가 연구소로 전화해서 자기는 아무개라고 하는 사람인데 언니와 동향 출신이라 무척 친한 사이이고 국회의원 후보라면서 언니의 휴대전화 번호를 알려달라고 했다는 것이다. 물론 똑똑한 접수처 직원은 '무척 친한 사이'라면서 휴대전화 번호도 모르는 것부터가 수상쩍은 데다 난데없이 국회의원 후보를 들먹이며 사기성이 다분히 짙어 보이는 공약까지 읊어대자 '지금 자리에 안 계시고 휴대전화 번호 같은 개인정보는 본인 허락 없이 알려드리기 곤란하다'는 말로 딱 막아버렸다. 그래도 예의상 전하실 말씀이 있느냐고 물었더니 나중에 다시 걸겠다고 했는데 그 말만은 진담이라서 지금 수시로 '나중에 다시 걸어' 언니의 거취를 묻는 통에 접수처 업무가 마비될 지경이라는 것이다. 뭐 평소 같으면 사실 마비될 업무 자체가 별로 없고 한가하고 태평하기 그지없는 곳이 이 연구소, 그중에서도 특히 접수처이지만, 지금은 시기가 시기이다 보니까 모두들 행사 준비로 바쁜데 모처럼 해야 될 업무라는 것이 있을 때 하필 이런 종류의 귀찮기 짝이 없는 전화가 끈질기게 걸려오면 곤란하단 말이지.

우리 연구소가 뭐 하는 곳이냐 하면 이름 그대로 영생불사를 연구하고 실천하는 곳이다. 한일강제병합 얼마 후인 1912년에 "일제가 망해도 우리만은 영생불사"라는, 일말의 진실에도 불구하고 어쩔 수 없이 유치찬란해 보이는 캐치프레이즈를 내걸고 설립되어 올해 98주년을 맞이한 관계로 기념식을 성대하게 치르게 되었다. 어째서 90주년도 95주년도 100주년도 아닌 98주년이라는 애매모호한 숫자에 맞추게 되었는지는 나도 모르고 선배들도 모르고 아마 기념식을 거행하기로 결정한 이사님들도 잘 모르실 것이다. 그러거나 말거나 나야 그저 기념식을 한다면 하는 줄 알고 시키는 일이나 꾸역꾸역 하는 거지 말단이 별수 있나.

말단이긴 하지만 직급이 농간을 해서 그래도 직함만은 과장인데 알고 보면 연구소 전체가 직급 뻥튀기가 돼버려서 맨

위가 이사님들이고 그 휘하에 부장이니 차장만 수두룩하니 과장인 내가 제일 막내라 내 밑으로는 일반 사원은 고사하고 대리도 한 명 없다. 게다가 연구소인데 어째서 선임 연구원이나 책임 연구원이라고 하지 않고 일반 회사처럼 이사니 과장이니 부장이니 하는지는 나도 잘 모르겠지만 그 역시 시키면 하는 거고 명함 파 주면 받는 거지 내가 나서서 뭐라고 할 수는 없는 노릇인 것이다.

뭐 거기까지는 좋은데, 특히 월급 받을 때 좋은데, 문제는 일반 사원이 하나도 없으니까 사원급에서 할 만한 온갖 잡일이 이름만은 과장이고 사실상 말단인 나한테 떨어진다는 거다. 그리고 그렇게 떨어진 첫 번째 잡일이 뭐였냐 하면 영화배우 ㅂ 씨를 섭외해 오는 것이었다.

이 영화배우 ㅂ 씨는 누구냐 하면 사실은 얼굴도 잘생기고 연기도 잘해서 무슨 무슨 상도 꽤 타고 이름도 많이 알려진 사람인데 우리 연구소나 98주년하고 무슨 관계가 있냐 하면 아무 관계도 없다. 다만 까마득한 옛날에 배우로서 막 알려지기 시작하던 무렵에 불로장생에 관한 판타지영화에 출연한 적이 한 번 있다는데 영화는 흔적도 없이 쫄딱 망해서 지금은 그런 영화가 있었는지 제목조차 기억하는 사람이 별로 없고 주연 배우들에게도 아마 경력에서 지워버리고 싶은 오점으로 남아 있겠지만 어쨌든 불로장생이니까 기념식에 맨 무슨 의사니 박사니 교수라는 사람들만 오는 것보다는 영화배우 같은 유명인도 하나 껴 있는 쪽이 좀 덜 딱딱하고 연구소의 위상을 생각해서도 그럴듯해 보이지 않겠느냐는 것이 ㅂ 씨를 불러오자는 취지였다.

취지는 좋았는데 이런 기획이 언제나 그렇듯이 말이 나오자마자 만장일치로 통과될 리는 물론 없고 게다가 이사님들 휘하 부장님 차장님 모두 다 자기 나름대로는 영생불사 분야의 전문가이다 보니까 불로장생과 영생불사가 과연 같은 것인가 하는 개념적인 차원에서 싸움이 한번 붙었더라는 것이다. 불로장생은 늙지 않고 '오래' 사는 것이고 영생불사는 죽지 않고 '영원히' 사는 것인데 '오래'와 '영원히'는 과연 같은 것인가. 절대로 그렇지 않으며 당연히 '영원히'가 '오래'보다 훨씬 오래 지속된다. 그러므로 불로장생은 영생불사보다 저급하며 그러므로 저급한 불로장생 따위를 다룬 영화에 출연했던 배우를 관계자 자격으로 이렇게 중요한 행사에 불러올 수는 없다는 것이 반대파의 주장이었다. 그러나 개념적으로 충실하여 엄격하게 '영생불사'만을 다룬 영화를 찾아봤더니 우리나라에선 찾기 힘들고 다 미국 영화밖에 없는데 할리우드에 연락해서 휴 잭맨 같은 사람을 부른다고 그 사람이 영생불사 연구소 98주년 같은 걸 기념해서 한국까지 와줄 리가 만무하다는 것이다. (휴 잭맨이 출연한 영화가 과연 영생불사에 대한 영화인지 환생에 대한 영화인지 아니면 둘 다 아니고 평행우주에 대한 영화인지 거기에 대해서도 한동안 논란이 오갔는데 이 문제를 판별하기 위해서 영화를 틀었더니 이사님들 모두 15분쯤 보다가 코 골면서 잠들어버려서 논쟁은 다분히 허무하게 일단락되었다.) 그럼 차선책으로 러시아 영화로 세 편짜린가 시리즈가 있다는 얘기가 나왔는데 뭐 흥행에도 대단히 성공하고 도저히 발음할 수 없는 이름의 큰 상도 받았다지만 연구소에는 러시아어를 할 줄 아는 사람이 아무도 없었기 때문에 이 제안도 역시 물 건너가버렸다.

그리하여 영화배우 ㅂ 씨다. 차장님도 아니고 부장님도 아니고 심지어 이사님도 아니고 무려 소장님께서 어느 날 갑자기 호출을 하시는 바람에 잔뜩 쫄아서 달달 떨면서 찾아갔더니 포스트잇에 대충 적은 메일 주소와 전화번호를 불쑥 내밀면서 하시는 말씀이 이런 유명 영화배우 같은 사람은 일정이 빡빡할 테니까 미리미리 연락해서 못을 박아둬야 한다, 이미 한번 비서실에서 연락을 해서 "긍정적으로 검토하겠다"고 답변까지 들었으니 여기 그 유명 영화배우의 매니저 연락처로 자네가 한 번 더 연락해서 확답을 받으라고 하시면서 연락할 때 읊어야 할 대사까지 지정을 해주셨다. 가로되 모 "대형 제약회사" 부설 연구소의 아무개 '과장'이라고 자기소개를 하고 지난번에 말씀드렸던 98주년 기념행사에 꼭 좀 오서서 자리를 빛내주십사, 이렇게 공손하지만 확실하게 얘기를 하라는 명령이었고, 특히 '유명 대형 제약회사'인 본사 이름과 '과장'이라는 직함을 강조하라는 말씀이었다. 그래도 과장 정도 되는 사람이 전화를 했으면 어느 정도 예우는 해주고 있다는 걸 그쪽에서도 이해할 테고, 특히 대형 제약회사 이름을 거론하면 광고라도 한번 출연시켜주려니 하는 생각에 그쪽에서도 거절하진 못하리라는 설명이었다.

물론 그 과장이라는 사람이 본 연구소에서는 최말단이니 알고 보면 예우 따위 없고 그저 잔심부름일 뿐이며 우리는 본사가 아니고 본사 부설 연구소인데 당 연구소는 광고를 하지 않기 때문에 기념식에 오거나 말거나 광고를 주고 안 주고는 연구소와 전혀 별개로 본사 마음이라는 사실을 ㅂ 씨가 알 리는 없겠지만 어쨌든 시키는 일이니까 나는 열심히 연락을 했고 결과적으로 깨끗하게 씹혔다.

전화를 서른여덟 번 하고 문자 메시지를 스물두 통 보내고 죽도록 공손한 메일도 열다섯 통이나 써서 보냈는데 아무 답변도 없으니 처음에는 초조하다가 그다음에는 화가 나다가 나중에는 에라 모르겠다 될 대로 되라는 생각이 들기 시작했다. 비록 최말단이고 앞으로도 영생하고 불멸토록 승진 가능성이라곤 손톱만큼도 없는 처지이긴 하지만 그래도 이날 이때까지 어떻게든 근근이 버텨왔는데 이제 와서 회사 업무도 아니고 연구 실적도 아니고 난데없이 무슨 영화배우 매니저라는 사람이 전화를 안 받는다는 따위의 이유로 허무하게 전격 잘려버리면 앞날이 막막한 건 둘째치고 억울해서 어떡하냔 말이다.

이런 걱정을 하면서 연구소 로비에 앉아서 전화기를 만지작거리며 그래도 한 번만 더 전화를 해볼까 말까, 전화는 안 받으면 자존심 상하니까 대신 메시지라도 한 번만 더 보내볼까 말까 궁리하던 참이었다.

"저기, 혹시 ㅈ부장님 사무실이 어딘지 아십니까?"

남자는 말투도 깍듯하고 목소리도 점잖고 게다가 고개를 들어 눈을 마주치고 보니 아무리 생각해도 이건 어디선가 많이 본 얼굴인데 어디서 봤는지 당최 생각이 나질 않는 것이었다. 그래서 멍하니 쳐다보고 있으려니까 남자가 다시 물었다.

"ㅈ 부장님 사무실이 몇 층인지 혹시 아십니까? 저는 부장님과 동향 출신으로 국회의원 후보인 박혁세라고 합니다만……."

그 이름을 듣자마자 아하 네가 바로 그 스토커로구나,라는 말이 목구멍까지 올라왔지만 꿀꺽 삼켰다. 그런데 올라오는 말을 한번 그렇게 삼키고 나니까 그다음에는 뭐라고 대답해야 될지 잠깐 머릿속이 텅 비어버렸다. 그래서 내가 아무 말도 안 하고 가만히 쳐다보고만 있으니까 남자가 다시 말하기 시작했다.

"ㅈ 부장님과는 고향에서 어린 시절부터 아주 친한 사이이고, 사실 저는 이 연구소와도 인연이 좀 있는 사람입니다. 지금은 국회의원 후보로 나서서 나라의 발전과 민족의 미래를 위해 불철주야 노력하고 있습니다. 저를 국회의원으로 뽑아주신다면 국민 모두가 영생불사하는 나라를 만들 것이며, 그렇게 되면 영생불사 연구소 또한 이 나라 최고의 연구 기관으로……."

국민 모두 영생불사? 오래 살다 보니 별 해괴한 공약을 다 듣는다. 그러나 직업이 직업이다 보니까 허황된 소리라는 걸 알면서도 어쩐지 귀가 쫑긋하여 끝까지 들어보지 않을 수 없었던 것이다.

"정확히 어떤 방법으로 영생불사를 실현하실 건데요?"

저 허무맹랑한 공약에 이런 식으로 구체적인 관심을 보여준 사람은 아마 세기를 넘나든 지금까지 한 명도 없었겠지. 남자는 신이 나서 눈을 반짝이며 목소리를 높여 떠들기 시작했다.

"21세기는 뭐니 뭐니 해도 과학 기술의 시대가 아니겠습니까? 발달된 과학 기술을 집약시켜 태양 광선을 응축해서 지구를 향해 발사하는 방법으로 돌아가신 조상님들을 부활시키는 것이 첫 번째 과제입니다. 이 방안은 이미 19세기 중엽부터 러시아에서 연구되어진 방법인데 당시에는 실용화가 불가능하다고 생각되어졌으나……."

연구가 됐으면 된 거고 생각도 된 거면 된 거지 '되어진'은 또 뭐냐. 한국어 문법에도 맞지 않는 저런 이중 피동형을 남발하는 사람은 일단 신뢰하지 말자는 주의지만 남자는 말을 막을 새도 없이 계속해서 떠벌렸다.

"물론 돌아가신 지 오래되어 이미 백골화가 상당히 진행되어진 조상님들의 경우 부활이 어려울 수도 있겠습니다만 최근에 돌아가셔서 시신의 상태가 비교적 양호한 분들의 경우에는 부활이 그다지 어렵지 않을 것으로 사료되어집니다. 돌아가신 조상님들을 부활시켜 영생불사의 길로 나아가는 것은 그 자체로도 조상을 숭배하고 전통을 소중히 하는 우리나라 고유의 문화와도 맞닿아 있을뿐더러, 이미 돌아가신 분들을 되살려서 함께 영생불사하는 것은 인구를 일정하게 유지 및 증가시키는 한 방안으로도 사용되어질 수 있기 때문에 지금 우리나라의 심각한 저출산 문제에 대한 해결책으로서 활용되어질 수 있을 것으로 사료되어집니다……."

공약의 황당무계한 내용도 내용이지만 한 문장에 두 번 꼴로 튀어나오는 저 '되어진'을 도저히 더 이상 참고 들어줄 수가 없는 상태가 '되어져'버렸기 때문에 나는 이쯤에서 끼어

들어 말을 막았다.

"저기, 죄송하지만 저 다시 사무실로 들어가봐야 될 것 같습니다. ㅈ부장님께는 찾아오셨다고 전해드리겠습니다."

그러나 빠져나가려는 내 의도와는 관계없이 '사무실'이라는 말을 듣자 남자는 갑자기 반색을 했다.

"아, 사무실로 가시나요? 저도 함께 가겠습니다. ㅈ부장님이 오늘은 자리에 계시나 보죠?"

"아뇨, 언니, 아니 참 ㅈ부장님은 지금 외근 나가고 안 계시는데……."

남자의 얼굴이 반색을 할 때와 마찬가지로 갑자기 어두워졌다.

"아, 오늘도 안 계십니까? 요즘 많이 바쁘신가 봅니다. 어딜 그렇게 다니시나요?"

"그게요……."

다급해진 김에 여기서부터 나는 입에서 나오는 대로 거짓말을 했다.

"사실은 저희 연구소가 조금 있으면 창립 기념식을 하게 돼서요, 영화배우 ㅂ 씨를 기념식에 섭외해야 되는데 영 연락이 안 돼서……. 그래서 지금 그 배우 소속사 사무실에 계속 찾아가서 협상하시는 중인데, 잘 안 되나 봐요……."

"아, 그렇습니까?"

거짓말인데 남자의 얼굴이 쓸데없이 진지해졌기 때문에 나는 좀 겁이 났다. 아니나 다를까 남자는 심각한 표정으로 꼬치꼬치 캐물었다.

"어째서 협상이 잘 안 되어지는 겁니까? 돈 문제인가요? 아니면 일정?"

"저기, 저도 잘은 모르지만……."

사람이 점점 더 다급해지면 원래 입에서 터무니없는 소리가 튀어나오게 마련이지만, 이 경우는 저 얼토당토않은 위치에서 또 등장한 '되어진' 때문이라고 나는 주장하고 싶다.

"그러니까 저기, 언니가 처음 사무실에 찾아갔을 때요, 그 영화배우한테 '선생님'이라고 하질 않고 누구 씨,라고 했다나 봐요……. 그래서……."

"아니, 그런 당치 않은 문제로 기념식 초청을 거부한단 말입니까?"

남자가 이번에는 쓸데없이 화난 표정이 되었기 때문에 나는 방금 했던 말을 주워담고 싶은 심정이 되었지만 이미 늦었다. 뭐라고 대답해야 될지 몰라서 우물쭈물하고 있으려니까 남자는 굳은 얼굴로 이렇게 말했다.

"알겠습니다. 제가 어떻게든 해보죠. 그럼 ㅈ부장님은 지금 그 배우의 소속사 사무실에 가 계시는 거죠?"

"예……."

물론 선배 언니는 현재 연구소 4층에 있는 자기 사무실에 얌전히 앉아서 영생불사와 상관없는 기념식 관련 업무에 시달리고 있으며 배우의 소속사 사무실이 어딘지는 나도 모르고 연구소 관련자 아무도 모른다. 그러나 내 대답을 듣고 남자가 만족하며 인사하고 가버렸기 때문에 나도 한시름 놓았고 그 뒤로는 어떻게 됐는지 잊어버렸다.

　그리고 다시 생각이 난 것은 그로부터 한 달 뒤에 선거가 있었기 때문이었다. 그러니까 자기가 국회의원 후보라면서 그 도저히 믿어줄 수 없는 공약을 내걸고 알 수 없는 이유로 선배 언니를 줄기차게 쫓아다니던 그 남자가 실제로 국회의원 후보였던 것이다. 그리고 정말로 이해할 수 없게도, 실제로 국회의원으로 당선이 '되어진' 것이다.

　물론 남자가 국회의원이거나 말거나 가만 생각해보면 나하고는 아무 상관이 없는 노릇이기는 하다. 그러나 나하고도 상관이 있는 결과가 나타났으니, 바로 선거 끝나고 일주일 뒤에 영화배우 ㅂ 씨의 소속사 사무실에서 전화가 걸려왔던 것이다. 뜻밖에도 기념식에 기꺼이 참석하겠으니 장소와 일시를 알려달라는 이야기였다. 전화 건 사람은 아마도 내가 서른여덟 번 전화해도 받지 않았던 그 문제의 매니저인 것 같은데 '기꺼이' 참석하겠다고 말은 하면서도 몹시도 기껍지 않은 목소리였다. 나는 왠지 절박해져서 전화기에 대고 이유 없이 굽실거리며 날짜와 시간과 장소를 알려주고 찾아오시는 길까지 친절하게 설명을 하려고 했으나 매니저는 나 같은 사람하고 그다지 길게 말 섞고 싶지 않다는 투로 그럼 그날 뵙겠다고 하고는 딸깍 전화를 끊어버렸다. 그러나 그런 식으로 일방적인 전화 끊김을 당한 것이 기분이 나쁘다기보다도 어쩐지 꿈만 같아서 나는 전화가 끊어진 후에도 한참이나 수화기를 들여다보며 그대로 앉아 있었다. 국회의원으로 실제로 당선된 그 선배 언니의 스토커가 내 거짓말을 그대로 믿고 (사실 따지고 보면 100퍼센트 거짓말이라고는 할 수 없지만) 오로지 언니를 위하는 마음에 국회의원 당선이 되자마자 영화배우 ㅂ 씨부터 시작하여 그 매니저와 소속사 사무실과 심지어는 소속사 사장에게까지 스토커다운 근성을 발휘하고 국회의원으로서의 권력도 좀 행사하여 온갖 협박과 회유를 끈질기게 퍼부은 끝에 그 어떤 천재지변이 일어나도 ㅂ 씨만은 목숨 걸고 참석해서 자리를 빛내드리겠다는 맹세 비슷한 걸 받아냈다는 사실을 알고 나니 영문도 모르고 그 뻣뻣한 매니저한테 그렇게까지 저자세로 굽실거린 것이 좀 억울해지기는 했다. 서른여덟 번 전화해서 씹힌 뒤였고 무엇보다 평생 처음 국회의원을 뒤에 업고 있었으니 좀 더 거만하게 나가도 됐었을 텐데.

하여 이런저런 우여곡절을 겪으며 삐거덕삐거덕하면서도

기념식 준비는 어떻게든 진행이 되어갔다. 영화배우 섭외 건이 무사히 마무리되었으니 그다음으로 나한테 떨어진 일은 행사 초청장과 포스터를 만드는 작업이었다. 이걸 내가 맡게 된 이유가 뭐였냐 하면 별다른 설명 없이 '너 글 좀 쓰게 생겼다'인데 그 말을 들었을 때는 뭐 새까만 말단 주제에 윗분들 하시는 말씀에 토 달 수 없어서 그냥 예, 하기는 했지만 나중에야 뼈저리게 깨달은바 초청장이나 포스터는 외부에도 배포되는 상당히 중요한 자료인 데다 종이에 찍힌 글자가 물증으로 남으니 잘 만들어봤자 본전이고 뭐 하나라도 틀어졌다가는 그야말로 개망신이 되는 골치 아픈 작업이더라는 것이다. 권한이라곤 콩알만큼도 없는 처지에 그런 책임만 막중한 일을 떠맡았으니 이건 뭘 어떻게 해도 어디선가는 욕을 먹을 수밖에 없는 일거리였고 실제로도 그렇게 되었다.

말하자면 이런 것이다. "초대하는 글"을 써서 올리라고 해서 또 시키는 대로 끙끙거리면서 죽도록 공손하게 초대하는 글을 써서 올렸다. 올린 글은 이사님들 사이를 돌아돌아 소장님한테까지 올라갔다. 소장실에서 이런 지시가 떨어졌다.

— 초대하는 "글"을 초대하는 "말씀"으로 바꿔라.

그래서 바꿨다. 다시 올렸다. 그러자 A 이사님에게서 이런 지시가 떨어졌다.

— "초대하는" 말씀을 "초대의" 말씀으로 바꿔라.

그래서 바꿨다. 그러자 B 이사님에게서 이런 지시가 떨어졌다.

— 초대의 "말씀"을 초대의 "글"로 바꿔라.

이건 바꿀 수가 없었다.

"이사님, 그건 소장님 지시대로 바꾼 건데요……."

"아, 그래? 그럼 그대로 두게."

그리고 약 3분 20초 후에 이번에는 C 이사님에게서 전화가 걸려왔다.

— "초대의" 말씀을 "초대하는" 말씀으로 바꿔라.

뭐 대충 이런 식이었다. 그리하여 초대하는 말씀인지 초대의 말씀인지 그거 가지고 이사님들 ABCDEFG 사이를 오락가락하면서 제목을 지나 본문까지 들어가는 데만 일주일이 넘게 걸렸다. 본문으로 넘어가서도 첫 줄부터 연구소 "설립"이나 "창립"이냐를 가지고 논쟁이 오가다가 결국 소장실에서 "창설"로 하라는 지시가 떨어지고 나서야 다음 줄로 넘어갈 수 있었다. 참고로 저 〈초대하는 말씀〉은 A4 용지 반 장 분량이다. 그리하여 처음에는 좀 귀찮기는 해도 이사님 정도 되시는 분들이 나 같은 새까만 말단이 하는 작업에 단어 하나까지 일일이 신경을 써서 응대를 해주신다는 게 고맙지 않은 건 아니었지만 "초대의"와 "초대하는"과 조사 혹은 동사 어미 빼고 그냥 "초대"와 "초청의"와 "초청하는"과 기타 등등 사이를 열댓 번쯤 오가고 나니까 나중에는 저 〈초대하는 말씀〉을 입에 물고 자결이라도 하고 싶은 심정이 되어버렸던 것이다.

그러나 어찌하랴. 말단이라는 게 원래 상사 A는 하라고 하고 상사 B는 하지 말라고 하면 하면서 동시에 하지 말아야 하는 처지인 것을. 아무리 내 본업이 영생불사 연구하는 사람이고 초대의 글이 됐든 초청의 글이 됐든 글 쓰는 건 전공이 아니라 하더라도 일단 연구소에 직원으로 이름 걸고 월급 받아 먹고사는 입장이니 시키는 건 다 해야 하는 것이다. 그리고 사실 저 초대의 글만 해도, 이사님들 사이를 골백번 왔다 갔다 하긴 했지만 내가 직접 고치는 작업이라 귀찮기는 해도 마음은 편했다. 나중에 실제로 초청장과 포스터를 디자인해서 시안을 내서 통과가 돼서 인쇄를 해야 하는 단계가 왔을 때 정말로 죽어난 것은 디자이너였다.

이 디자이너는 본사 거래처에 내가 아는 사람의 언니의 남편의 사촌동생의 고등학교 동창이니까 사실은 개인적으로 친분이 있다면 있고 없다면 없다고도 할 수 있는 사이인데 포트폴리오도 보지 않고 무작정 묻지 마 의뢰를 한 것은 일단 급했기 때문이었다. 문제의 영화배우 ㅂ 씨를 섭외하느니 마느니, "초대의 글"인지 "초대하는 말씀"인지 "창립"인지 "설립"인지, 이런 쓸데없는 일로 이사님들 사이를 오락가락하면서 결론도 나지 않는 회의에만 불려 다니다 보니까 어느덧 한 달이 홀렁 지나가버렸고, 그리하여 어쨌든 간에 영화배우

ㅂ 씨 문제만큼은 깔끔하게 해결이 되었고, 그러고 정신 차려보니까 기념식이 어느새 한 달 앞으로 다가온 관계로, 포스터는 몰라도 초청장만이라도 한시바삐 찍어다가 기념식에 초청해야 할 귀빈들에게 우선적으로 돌려서 공사다망하신 분들께 미리미리 오신다는 확답을 받아내야만 하는 시기가 도래했던 것이다. 그러나 본사 거래처의 아는 사람이 자기 언니에게 연락하고 그 언니가 남편에게 말하고 그 남편이 사촌동생에게 물어보고 그 사촌동생이 오래된 수첩이니 옛날에 쓰던 전화기의 전화번호부 같은 걸 싸그리 뒤져서 디자이너의 연락처를 알아내기까지 시간이 꽤 걸렸고 또 그렇게 해서 그 사촌동생이 다시 그 언니의 남편에게 연락해서 그 남편이 언니에게 말해서 그 언니가 거래처의 내 아는 사람에게 답을 해주기까지도 시간이 그만큼 걸렸기 때문에 나는 금요일에 디자이너에게 전화해서 다음 주 월요일에는 죽어도 인쇄를 넘겨야만 하기 때문에 이번 주말 내로 시안을 완성해주셔야겠다고 말하면서도 속으로 이게 가능할 리가 없다고 생각했다.

그런데 디자이너는 시안을 완성해주었다. 그것도 금요일에 전화했는데 토요일에 완성되었다고 연락이 왔다. 내가 보기에는 상당히 훌륭해서 이대로 인쇄 넘겨도 별문제 없을 것 같았다. 그리하여 소장님 및 이사님들에게 시안을 돌렸다. 그

것이 토요일 저녁이었다.

일요일 오후까지 아무도 아무런 연락도 하지 않았다. 전화가 오기 시작한 것은 일요일 저녁 무렵이었다.

— 이사님 F: 연구소 로고를 조금만 왼쪽으로 옮겨라.

옮겼다.

— 이사님 G: 연구소 로고를 조금만 위로 옮겨라.

옮겼다.

— 이사님 D: "초대의 말씀"을 왼쪽 정렬해라.

정렬했다.

— 이사님 A: "초대의 말씀"을 오른쪽 정렬하고 연구소 로고를 오른쪽으로 옮겨라.

정렬하고 옮겼다.

— 이사님 C: "초대의 말씀"을 "초대하는 글"로 고치랬는데 왜 안 고쳤냐.

그 "말씀"은 소장님 선에서 지시를 받아 처리했다고 보고한 게 언제인데 이 사람은 왜 지금 와서 뒷북인가. 그러나 이사쯤 되는 사람에게 "너 뒷북"이라고 말할 수는 없으니 또 구구절절이 설명을 드려야만 했다.

— 이사님 E: 배경 그림을 없애라.

없앴다.

— 이사님 A: 배경 그림 좋은데 왜 없앴냐. 도로 넣어라.

기타 등등 여러 가지가 있었는데 지면 관계상 생략하겠다.

연구소 로고 위치나 본문 정렬 같은 건 대충 포토샵 등으로 내가 해결할 수도 있는 문제였지만 배경 그림은 없애려고 했더니 본문과 로고까지 싸그리 사라지는 바람에 어쩔 수 없이 일요일 저녁인데 디자이너에게 전화를 해야만 했다. 마음씨 착한 디자이너는 고쳐달라는 대로 일일이 다 고쳐주었는데 여섯 번째 전화했을 때 조심스러운 말투로 이렇게 말했다.

"저기, 제 생각에는 내일 인쇄소 가서 넘길 때까지 계속 이렇게 수정 요청이 들어올 것 같은데요……. 매번 이사님들 전화받고 다시 저한테 전화하시느니 아예 저희 작업실로 오시겠어요?"

그래서 나는 오밤중에 디자이너의 작업실로 출동을 했다. 작업실은 아늑하고 향 좋은 원두커피도 있고 무엇보다 보들보들하고 애교 넘치는 고양이가 두 마리나 있어서 상당히 행복한 환경이었지만 불쌍한 디자이너는 3분에 한 번씩 걸려오는 전화를 쩔쩔매면서 받는 나를 지켜보면서 또 3분에 한 번씩 로고를 왼쪽으로 옮겼다 오른쪽으로 옮겼다, 본문을 위로 올렸다 아래로 내렸다 하는 삽질을 밤새도록 되풀이한 끝에 동이 틀 무렵에 창문으로 비쳐 드는 희미한 햇살을 받으며 지친 목소리로 이렇게 물었다.

"저기, 설마 연구소의 모든 업무가 다 이런 식으로 진행되는 건 아니죠?"

그렇게 묻는 디자이너의 창백한 얼굴과 벌겋게 핏발 선 눈을 보면서, 나야 연구소에 밥줄을 건 죄로 무한정 노력 봉사를 하고 있지만 디자이너만은 작업료를 두둑히 받아다 주고야 말겠다고 굳게 결심했던 것이다. 참고로 이런 삽질은 포스터를 만드는 과정에서도 똑같이 반복되었고 덤으로 5대 일간지에 광고를 내자는 제안을 어느 부장님인가가 마지막 순간에 이사님들 결재도 거치지 않고 곧바로 소장실에 올렸는데 그 제안이 소장님 마음에 전격 들어버린 관계로 월요일 새벽 3시에 전화가 와서 아침 9시까지 신문사에 광고를 보내기로 했으니 늦어도 6시까지는 시안을 제출하라고 하는 바람에 잠자는 디자이너를 신새벽에 두드려 깨워서 세 시간 내로 광고를 만들어 보내달라고 했더니 진짜로 두 시간 40분 만에 시안을 두 개나 만들어서 보내줘서 그중 하나가 무사히 소장실 오케이를 받고 5대 일간지의 제1면은 아니고 8면쯤에 실리기는 했는데 이따위 상세한 사정은 얘기해봤자 나만 속 터지므로 이쯤에서 생략하겠다.

내가 불쌍한 디자이너를 괴롭히면서 이런 삽질을 거듭하는 동안 다른 부장님 차장님 들은 그럼 마냥 놀고 있었느냐 하면 그건 또 절대로 아니고 그분들도 그 나름대로 눈물겨운 고생의 과정이 있었다. 뭐냐 하면 본사와 제휴해서 기념식 전후로 영생불사에 관한 전시회를 개최하기로 한 것인데 본사와 제휴하자는 발상은 물론 본사가 아니라 우리 연구소 측에서 나온 이야기이므로 본사에서는 행사 지원금 줬으면 됐지 뭘 또 귀찮게 구느냐는 투로 별 관심도 없었고 그래서 장소 섭외부터 시작해서 전시 물품 확보하고 그렇게 확보한 전시 물품을 짐 꾸려서 전시 장소로 옮겨서 다시 짐을 풀어서 일일이 진열을 해서 전시다운 전시를 완성하기까지 한 걸음 걸을 때마다 산 너머 산이었다는 것이다. 적어도 국내 유수의 대형 제약회사 부설 연구소의 부장이니 차장쯤 되는 사람들이 이런 막노동을 처음부터 끝까지 직접 했다는 사실이 참으로 어이가 없지만 이 역시 어쩌랴, 앞에서 말한 대로 우리 연구소는 일반 사원급이 전혀 없는 데다가 유일한 최말단인 나는 디자이너 작업실에 처박혀서 본문과 로고를 오르내리는 삽질에 매달려 있었고, 대형 제약회사 부설이기는 해도 우리는 어디까지나 연구소이기 때문에 영업을 하거나 이익을 내는 기관이 아니다 보니까 본사에서 던져준 얼마 되지도 않는 행사 지원금을 쪼개 쓰는 서글픈 처지라서 용역 같은 걸 고용할 돈이 정말로 없었던 것이다.

그리하여 연구소 임직원 전원에다가 덧붙여서 괜히 말려든 디자이너까지 관계자 모두의 피와 땀과 눈물로 일군 기념식과 기념 전시회가 드디어 개최되는 날이 왔다. 초청장과 포스터와 5대 일간지에 낼 광고는 물론 기념식이 시작되기 전에 미리 다 완성되었으므로 할 일이 없어진 나는 기념식 이틀 전에 있었던 전시회 개막 준비를 도우러 갔다가 ㅈ 부장님, 그러니까 스토킹을 당하던 선배 언니를 만났다. 같은 연구소 4층에 있으면서도 각자 기념식 준비에 시달리느라 눈코 뜰 새 없다가 오랜만에 마주쳐서 점심을 같이 먹으면서 나는 가장 걱정되던 스토킹 문제에 대해서 물어보았지만 의외로 언니는 이제 별로 걱정하지 않는 것 같았다.

"괜찮아, 그 사람 알고 보니까 우리 쪽 사람이었어."

"예? 그게 무슨 말이에요?"

언니는 웃었다.

"너무 오래돼서 기억이 안 나는 모양이구나?"

뭐가 기억이 안 난다는 건데? 내 표정을 보고 언니가 설명해주었다.

"그 사람 옛날에 우리 연구소에서 잠깐 일했었어."

설마?

"진짜야. 아마 너 들어올 무렵에 그만뒀던 거 같은데, 그래도 한두 달 정도는 같이 다녔을걸. 정말로 기억 안 나?"

내가 들어올 무렵이면 정말로 오래전 얘기다. 하지만 또 가만히 생각해보니까 얼마 안 돼서 그만둔 사람 중에 그런 사람이 있었던 것 같기도 했다. 그래서 그렇게 얼굴이 낯익어

보였던 걸까?

"그러면 언니하고 같은 고향 출신이라는 것도 사실이에요? 스토킹은 왜 했대요?"

"응, 정말로 동향 사람이야. 가만 생각해보니까 아주 어렸을 때 산도 같이 오르고 그러다가 호랑이도 만나고 그랬어."

"그럼 그 황당무계한 선거 공약은 뭔데요?"

내가 여전히 미심쩍어하면서 묻자 언니는 웃으면서 친절하게 설명해주었다.

"그거 19세기 후반에 러시아에서 실제로 있었던 이론이야. 이름은 기억이 안 나는데 무슨 철학자라는 사람이 주장해서 당시에는 상당한 센세이션이었나 봐. 지금도 러시아에 그 철학자를 숭배하는 사람이 꽤 많대."

태양 광선을 응축해서 죽은 조상 부활시켜 영생불사를 누린다니, 그런 허황한 이론을 그냥 믿는 것도 아니고 숭배씩이나 한다는 게 사실이라면 러시아라는 나라는 정말 알다가도 모를 곳이다. 내 표정을 보고 언니는 다시 웃었다.

"그 사람, 연구소 다닐 때부터 좀 코미디 같은 구석이 있기는 했지만 그래도 영생불사를 진심으로 믿는 사람이거든. 다만 그걸 연구 차원이 아니고 현실 수준에 적용을 해야 된다고 생각하는 데서 우리랑 좀 갈린 거지. 그래도 이번에 98주년이라 기념행사를 한다는 소식을 어디서 들었나 봐, 이참에 찾아와서 오랜만에 아는 사람들도 좀 만나고 자기가 혹시 뭐 도움이 될 일이 없을까 해서 들렀다는 거야."

그러면 처음부터 그렇게 얘기를 할 것이지, 꼭 이 선배 언니 한 명을 지정해서 그렇게 집요하게 따라다닐 건 또 뭐란 말인가? 그러나 언니는 아무래도 마음이 완전히 풀린 모양이었다.

"그리고 실제로 도움이 됐잖아? 그 문제의 영화배우도 결국 그 사람이 섭외해줬고, 이번에 전시회 하면서 외부 강사 초빙했는데 그것도 그 사람이 주선해줬어."

"외부 강사는 뭐 하러 초빙해요?"

"의학, 종교, 철학의 관점에서 본 영생불사에 대해서 3부작으로 특강을 한다나 봐."

그 정도면 우리 연구소에 있는 부장님이나 차장님도 얼마든지 할 수 있을 텐데,라는 생각이 얼핏 들었지만 또다시 생각해보니까 따로 돈도 안 주면서 특강을 세 번이나 시키면 귀찮으니까 외부 강사 부르는 쪽이 훨씬 편할 것 같기도 했다. 어쨌든 선배 언니가 안심한 것 같았기 때문에 나도 더 이상은 걱정하지 않기로 했고, 마침 점심시간도 끝나가고 있었기 때문에 우리는 대충 식사를 마치고 일어섰다. 그리고 또 이틀이 별 탈 없이 흘러서 마침내 기념식 당일이 되었다.

기념식은 저녁 6시였지만 행사장에는 아침부터 사람이 북적거렸다. 전시회장 겸 기념식장으로 쓰려고 본사 지하에 있는 전시실을 빌렸는데 평소에는 해가 잘 안 들어서 어둠침침하고 왠지 기분 나쁜 곳이었지만 전시 관계로 조명을 환하게 켜놓고 여러 사람이 와글거리니까 그런 대로 활기찬 분위기가 되었다. 특히나 영화배우 ㅂ 씨가 나타났을 때는 과연 기념식장 분위기가 일변했다. ㅂ 씨 자신은 별로 그 자리에 있고 싶지 않은 표정이었지만, 선배 언니의 스토커이자 현직 국회의원인 박혁세 씨가 나타나 악수를 청했을 때 뭐 씹은 표정으로 손을 내미는 그 얼굴을 보자 어쩐지 기념행사를 준비하면서 쌓였던 스트레스가 모두 날아가는 것 같았다.

그 외에도 행사장에서는 허리까지 내려오는 생머리가 인상적인 늘씬한 미녀가 눈에 띄었다. 처음에는 ㅂ 씨처럼 영화배우이거나 연예계 관계자인 줄 알았는데, 이야기를 듣고 보니 국회의원 박혁세 씨가 초빙한 특강 강사라고 했다. 그래서인지 국회의원 박 씨는 강사 선생님 옆에 가서 말도 걸고 어떻게든 편하게 해주려는 것 같았지만, 정작 강사 선생님 본인은 행사가 지루하고 모르는 사람들만 우글거리는 것이 불편한 것 같았다. 전시장 안을 왔다 갔다 하기는 했지만, 전시회에 그다지 관심이 있는 것 같지도 않았다.

그래도 전시 자체는 상당히 알차게 꾸며져 있었다. 전시를 한다는 얘기를 처음 들었을 때는 영생불사 관련 품목으로 저 넓은 전시실을 다 채울 만한 물건이 대체 뭐가 있단 말인가, 하고 회의적으로 생각했으나 막상 전시 준비가 끝나고 나서 보니까 그림이라든가 사진, 책, 영화 DVD 등 전시 품목은 의외로 다양했다. 물론 무명 화가의 그림으로 제목만 "불멸"이라고 붙여놓고 대체 뭘 그린 건지 알 수 없는 추상화 같은 것도 몇 점 있었지만, 종교적인 영생이나 부활 등을 모티브로 한 미술품이나 조각품부터 진시황과 불로초에 관련된 다큐멘터리 시리즈의 DVD까지 (불로장생이나 영생불사나 그게 그거니까 영화배우 ㅂ 씨를 불러오자고 주장했던 모 이사님의 개인 소장품이다) 제법 화려하게 전시실을 채운 진열품들을 둘러보자니 생명에 대한 인간의 집착이 얼마나 강한지, 그리고 그런 집착이 역사의 시작부터 지금까지 얼마나 끈질기게 이어지고 있는지 일목요연하게 보이는 것 같아서 새삼 숙연해지기도 하고 한편으로는 좀 불쌍하기도 하고 뭐라 말하기 힘든 복잡한 기분이 되었다.

책이나 CD, DVD 등은 전시장 한쪽에 책장을 따로 설치해서 공개해두었고, 나는 그 옆에서 연구소 로고를 예쁘게 박은 한정 판매 약병에 "불사약"을 담아서 기념품 삼아 한 병에 5,000원 받고 판매하고 있었다. (아르바이트를 고용할 돈이 없는 관계로 기념품 판매까지 우리가 직접 했다.)

"이거 설마 진짜 불사약은 아니죠?"

내가 묻자 옆에 함께 앉아서 기념품을 팔던 차장님이 웃었다.

"전체 1,500병 중에서 두 병 정도는 진짜일걸."

"그래도 사람들이 이거 진짜 불사약이라고 믿고 사는 건 아니겠죠?"

"요즘 세상에 누가 불사약 같은 거 믿겠냐? 다들 본사 관계자 아니면 거래처 사람들이니까 예의상 사주는 거지."

'예의상'이라고는 해도 약병에 붙은 기념행사 로고가 꽤나 귀여웠던 덕분인지 (불쌍한 디자이너는 로고를 상하좌우로 옮기면서 또다시 사흘 밤을 새웠다) 행사 당일 아침부터 팔린 약병만 30만 원어치 정도 되었다.

"그래도 잘 팔려서 다행이네요."

"잘 팔려야지, 이거 팔아서 기념품 제작 원가 막고 디자이너 작업비까지 줘야 되는데."

나는 놀랐다.

"디자이너 작업비를 아직까지 안 줬어요?"

차장님은 대답 대신 기념식장 바깥쪽을 가리켰다. 지하 전시실로 들어오는 입구에 케이터링 회사 직원들이 분주하게 행사 만찬 세팅을 하고 있었다.

"본사에서 나온 얼마 되지도 않는 지원금 다 먹어 없앨 기세다. 이 약병 이거 재고 남는 동안 계속 팔 테니까 디자이너한테는 그때그때 돈 모이는 대로 작업비 분납한다고 그래."

그리고 차장님은 주섬주섬 판매 수익 모아놓은 봉투를 열더니 1,000원짜리와 5,000원짜리를 세기 시작했다.

"자, 여기 298,000원 있으니까 일단 입금해주고, 나머지는 또 내일 팔리는 대로 계산해서 줄게."

농담인 줄 알았는데 차장님은 진지했다. 살면서 그때만큼 난감했던 적도 별로 없었던 것 같다. 더구나 약병 값은 하나에 5,000원인데 29만 '8,000원'은 어디서 나온 숫자인지 차장님은 끝내 설명해주지 않았고, 나도 무서워서 더 이상 묻지 않았다.

그리고 시간은 흘러흘러 저녁이 되었고, 그리하여 기념식이 거행되었다. 식은 예상대로 지루했다. 본사 관계자 및 전소장님들이 줄줄이 단상에 올라와서 "우리 연구소 가족 여러분⋯⋯" 어쩌고 하면서 정말로 영생불멸토록 끝나지 않을 것만 같은 축사를 한도 끝도 없이 읊어댔고, 그런 본사 관계자나 소장님들한테 꿀리지 않을 정도 짬밥이 되는 소위 '귀빈'들은 자리에 앉은 채로 졸았다.

마침내 이사님들의 인사말까지 차례로 끝나고 나자 현직 소장님이 듣던 중 반가운, '자 이제 로비로 자리를 옮겨서 만찬을 즐겨주시기 바랍니다'라는 선언을 했고, 졸고 있던 내외 귀빈들은 전원 일시에 벌떡 일어나서 우르르 행사장을 빠져 나갔다. 부장님 차장님 들까지 모두 나간 뒤에 내가 행사장 불을 끄고 문을 닫았다. 문은 닫기만 하고 잠그지는 않았는데, 전시장 열쇠를 가진 사람이 나 하나였기 때문이다. 기념식 관계로 연구소 직원들이 전부 행사장에 동원되었고, 그렇게 동원된 직원들의 소지품은 행사장 구석에 한데 모아놓았다. 이럴 때 문을 잠그고 가면 누군가 자기 소지품이 필요해졌을 경우 내가 밥 먹다 말고 일일이 따라가서 문을 열어줘야만 하는 것이다.

그리하여 나도 만찬회장에 가서 눈치껏 얻어먹었다. 음식은 본사 지원금을 다 쏟아부은 만큼 꽤나 훌륭했고, 제법 질 좋은 와인까지 준비되어 있었다. 물론 술이 있다고 해서 나 같은 막내가 마음껏 마실 수 있는 건 아니지만, 그래도 한 잔 따라다가 구석에 숨어서 몰래 홀짝거리고 있었다.

"자네가 초청장 맡았던 김 과장인가?"

뒤에서 누군가 불쑥 묻는 바람에 나는 입안에 머금었던 와인을 그대로 뿜을 뻔했다.

"예? 아, 예……."

"초청장 참 잘 나왔더군. 수고 많이 했네."

나는 조금 으쓱해졌다.

"아, 그거야 제가 한 게 아니고 디자이너가⋯⋯."

"그런데 말이야."

A 이사님은 내가 끝까지 문장을 마치기도 전에 주위를 살피고 목소리를 낮추어 말을 이었다.

"초대의 말씀'인데, 말쑴'으로 잘못 나왔더군."

"예?"

이사님은 주머니에서 주섬주섬 초대장을 꺼내 펼쳐서 문제의 오타를 손가락으로 가리켜 보였다. 그리고는 어쩔 줄 모르는 내 얼굴을 보더니 이렇게 말했다.

"그래도 눈에 잘 안 띄니까 괜찮아, 어쨌든 초청장은 예쁘게 잘 나왔으니까⋯⋯. 애썼네."

그리고 A 이사님은 다른 귀빈들을 접객하기 위해서 가버렸다.

이후 나머지 이사님들 중 다섯 명이 차례로 구석에 서 있는 내게 다가와서 똑같은 순서로 똑같은 말을 내용만 바꿔서 되풀이했다. 자네가 초청장 맡았던 김 과장인가? 초청장 참 잘 나왔더군. 그런데 (주위를 둘러보고 목소리를 낮추며) '창설'이 '창선'으로 잘못 나왔어. '왕림하시어'가 '왕립하시어'로 잘못 나왔네. 자리를 '빛내'가 '빛내'로 잘못 나왔던데. 그래도 눈에 잘 안 띄니까 괜찮아, 어쨌든 초청장은 예쁘게 잘 나왔으니까⋯⋯.

그리하여 이 위로인지 욕인지 모를 오타 지적을 여섯 번에 걸쳐서 들은 끝에 마지막으로 D 이사님이 구석에 잔뜩 웅크리고 있는 나에게 다가왔을 무렵에는 완전히 주눅이 들어버려서, D 이사님이 김 과장 너 나 좀 따라와,라고 했을 때는 드디어 짤리는구나,라고 마음의 각오를 단단히 한 뒤에 무슨 일인지 묻지도 않고 무조건 따라갔던 것이다. 그러나 예상과는 달리 D 이사님은 전시실 쪽으로 성큼성큼 걸어가더니 문 앞에서 내게 물었다.

"열쇠 있나? 문 좀 열어봐."

"아, 저기, 안 잠겼는데요……."

"그래? 그럼 좀 따라와봐."

그러자 D 이사님은 문을 덜컥 열더니 또 성큼성큼 걸어서 거침없이 안으로 들어갔다. 내가 불을 켜려고 하자 D 이사님은 필요 없다고 말리더니 깜깜한 전시실을 그대로 가로질러 가장 안쪽 구석으로 들어가서 책장 앞에 서서는 말했다.

"김 과장 너 나 좀 엄호해."

"예?"

엄호를 하다니 지하 전시실에서 사격이라도 하실 예정인 건가,라고 생각했으나 되물을 틈도 없이 D 이사님은 서류 가방을 열더니 진시황과 불로초에 관련된 DVD 시리즈를 아무렇지도 않게 책장에서 꺼내서 가방에다 쑤셔 넣었다.

"F 이사 이 ×××, 불로장생하고 영생불사하고 같은 거라고 헛소리나 지껄이고 말이야⋯⋯. 방송국 같은 데 얼굴이나 팔고 돈이나 받아 챙겨먹는 데 재미나 붙이고, 그러고도 네가 연구자냐⋯⋯. 디비디가 나왔으면 나한테도 증정본 하나쯤은 줘야 될 거 아냐⋯⋯."

D 이사님이 이런 말을 중얼거리는 가운데 등 뒤에서 왠지 부스럭거리는 소리가 들리는 것만 같아서 나는 완전히 공포에 질려버렸다. 이사님은 DVD 다섯 장을 순서대로 집어서 서류 가방에다 꽉꽉 채워 넣더니 내가 뭐라고 할 새도 없이 예의 그 성큼성큼 걷는 걸음으로 깜깜한 전시실을 가로질러 빠져나갔다. 나도 그 뒤를 허겁지겁 따라 나갔고. 그리고 전시회장을 나가서 로비에 들어선 순간 만찬회장에 괴한이 침입했기 때문에 기념식은 아수라장이 되면서 끝났다.

이 괴한은 뭔가 알아들을 수 없는 말을 외치면서 한 손에는 다리미를, 다른 한 손에는 어쩐지 의류용 탈취제로 보이는 플라스틱 용기를 들고 만찬회장에 난입하여 행사장에 있던 사람들을 마구 밀치면서 뛰어다녔는데, 기념행사가 거행된 것이 하필 금요일 저녁이었기 때문에 본사 경비원들이 모두 퇴근하거나 식사하러 가고 없어서 제압하는 데 시간이 많이 걸렸다. 본사 지원금을 전부 쏟아부은 귀중한 음식들이 모조리 쏟아지고 흩어지는 가운데 (행사 준비 때문에 그날 아침부터 본사 지하에 갇혀서 제대로 밥을 못 먹은 관계로 내 눈에는 이런 것만 보였다) 괴한은 잘 들어보면 '하고 싶어어어어!!!'처럼 들리는 말과 함께 사람 이름 같은 것을 외치면서 날뛰었는데, 그 이름이 또 가만 들어보아 하니 국회의원 박혁세 씨가 초빙해 온 외부 강사 선생님 이름 같았기 때문에 모두들 강사 선생님을 찾기 시작했으나 어디에서도 찾을 수 없었다.

한편 그사이에 본사와 우리 연구소 직원 중에서 용자들이 나서서 제압을 시도했으나 괴한이 워낙 천방지축이라 쉽지 않았다. 누군가가 경찰을 불렀지만 도착한 것은 한참 뒤였고, 그사이에 본사 직원 하나가 기지를 발휘하여 위층에 올라가서 마취제와 주사기를 들고 왔고 (본사는 어쨌든 제약회사였던 거다), 약병과 주사기를 본 괴한은 더욱 흥분하여 더 크게 소리를 지르면서 들고 있던 탈취제까지 마구잡이로 뿌리며 뛰어 돌아다녔고, 문제의 본사 직원은 어찌저찌하다가 괴한에게 붙잡혀서 거꾸로 번쩍 들린 채 하마터면 목이 부러질 뻔한 상황에서도 정말 요행이라고 할 수밖에 없는 각도로 마취약이 든 주사기를 괴한의 엉덩이에 꽂는 데 성공했기 때문에 경찰이 왔을 때쯤 괴한은 전시장 로비에 대자로 쓰러져서 코를 골고 있었다. 경찰 다섯 명이 달려들어 인사불성이 된 괴한을 (들고 있던 다리미와 의류용 탈취제와 엉덩이에 꽂힌 주사기까지 포함) 끙끙거리며 끌고 나갔고, 기념식이고 뭐고 만장하신 귀빈들은 다 뿔뿔이 흩어져서 서둘러 집에 갔고, 괴한이 나타난 건 불운이었지만 덕분에 행사가 예상보다 훨씬 빨리 끝났기 때문에 나는 속으로 은근히 만족했는데, 다음 날인 토요일 아침에 참고인 진술을 하라고 경찰서에서 전화가 걸려왔기 때문에 결과적으로 주말 내내 경찰서에 들락거려야만 해서 몹시 불행했다.

괴한이 주장하기를 자신은 국회의원 박혁세 씨가 초빙했던 그 외부 강사 선생님의 남자친구인데 최근에 자기 여자친구가 '키 크고 잘생긴 남자'와 바람이 난 것으로 의심되어 수상쩍게 여기던 차에 요 며칠 행사 특강을 빌미로 연락도 잘 안 되고 하여 미행을 하다가 문제의 '키 크고 잘생긴 남자'와 함께 어떤 건물로 들어가는 것을 보고 그만 눈이 뒤집혀서 따라 들어와 난동을 부렸다는 것이다. 이에 대하여 강사 선생님은 처음에는 괴한을 모르는 사람이라고 주장했다가 점차 둘이 아는 사이라는 증거가 드러나자 전 남자친구라고 정정했지만 괴한이 입만 열면 '하고 싶다'고 들이대는 바람에 헤어져서 현재는 만나지 않는다고 해명하면서 다만 문제의 다리미와 의류용 탈취제는 자기 소유이니 돌려달라고 요구했으나 증거물이라서 돌려받을 수 없었다. 한편 강사 선생님을 초빙해 온 국회의원 박혁세 씨 측에서는 묵묵부답으로 일관했는데, 참고로 국회의원 박혁세 씨는 그런대로 잘생기기는 했으나 특별히 키가 큰 편은 아니며 무엇보다도 괴한 측에서 얼굴을 보고서도 아무 반응이 없었기 때문에 문제의 '키 크고 잘생긴 남자'가 과연 누구인지는 미궁 속에 묻혔다.

그리고 주말이 지나가고 월요일이 되었고, 연구소 창설 98주년 기념 전시도 철수해야 했고, 그리하여 연구소 직원 모두 동원되어 본사 지하실에서 짐을 싸다가 마침내 F 이사님의 DVD 시리즈가 홀랑 사라졌다는 사실이 발각이 된 것이다.

괴한이 난입한 사건에 필적할 만한 대소동이 벌어졌다. 전시 품목을 처음부터 끝까지 모두 풀어 헤쳐 다 뒤졌고, 그러는 데 한나절이 소요되었다. 그 한나절이 지나고 전시 품목을 싸그리 뒤집었는데도 DVD 시리즈가 발견되지 않자 CCTV를 확인하자는 의견이 제시되었다. 본사 지하실 같은 데 CCTV가 있는 줄도 몰랐던 나는 혼비백산하여 결사반대했으나 DVD는 비록 무료 배포한 증정품이기는 해도 굳이 가격을 따지자면 한 장에 근 2만 원 꼴로 다섯 장짜리 시리즈면 합계 10만 원 수준의 고가품이었고 이것을 도난당한 F 이사님께서 지금은 다시 구할 수도 없는 귀중품이라고 펄펄 뛰면서 워낙 강경하게 진상 규명과 책임자 처벌을 주장하셨기 때문에 본사 보안실의 고압적인 자세에도 불구하고 끝까지 버텨서 결국 테이프를 가져다가 확인하게 되었다. 그리고 당연한 얘기지만 테이프에는 화면 가득 내 얼굴이 찍혀 있었다.

그러니까 D 이사님이 F 이사님의 DVD를 훔치는 걸 뒤에서 망보고 있던 그 당시에는 몰랐는데 천장에 붙어서 깜빡깜빡하는 조그만 빨간 불꽃이 사실은 CCTV였던 것이다. 전시장 내부 조명을 전부 꺼냈다고는 하지만 지하층 로비는 만찬 관계로 불이 환하게 밝혀진 데다 전시장 입구 문이 유리로 되어 있기 때문에 로비의 불빛이 새어 들어와서 흐릿하기는 해도 안이 전부 보였다. 게다가 나는 멋도 모르고 깜빡이는 불빛을 따라 감시 카메라를 정면으로 쳐다보고 있었으니 꼼짝없이 증거가 남아버린 것이다. 아래에서 카메라를 올려다보고 있었던 데다가 주위가 어둠침침해서 얼굴의 잡티가 하나도 안 보였기 때문에 하필 이런 화면에 소위 '얼짱 각도'로 찍혀버린 것이 곤란하면서도 한편으로는 흐뭇해서, CCTV 화면을 보면서 나는 어쩐지 웃기 시작했다. 그 자리에 모여 있던 F 이사님을 비롯하여 부장님 차장님 들의 눈총을 받아가면서도 웃음을 그칠 수가 없었다. 한편 정작 남의 소장품을 훔친 D 이사님은 내 어깨에 가린 데다 움직이는 중이라서 얼굴이 제대로 보이지 않았다. 불운이라면 나한테는 불운이었지만 또 어찌 보면 다행이었고, 나는 이사님들끼리 싸움 붙여봤자 나 자신을 위해서나 연구소 전체를 위해서나 좋을 게 하나도 없다는 생각에 압박과 회유에도 불구하고 등 뒤에서 DVD를 훔치는 사람이 누구인지 끝까지 불지 않았다.

……그리고 내 어깨 너머, DVD를 훔치는 중인 D 이사님 옆, 화면 구석에 뭔가 희끄무레한 것이 또 있었다. 그러니까 사람 얼굴 같았는데, 그 자리에 모인 관계자들은 도난 사건의 공범일 거라고 생각했고, 나는 그 희끄무레한 형체가 공범이 아니라는 걸 알고 있었지만 사실 관계를 은폐하는 데 도움이 될까 하여 아무 말도 하지 않았다. 그리하여 F 이사님의 강력한 주장에 따라 본사 보안실에 의뢰하여 당해 화면을 확대했더니 (미국 드라마에서나 보았던 이런 최신 기술이 본사 사무실에 구비되어 있을 줄은 정말 몰랐다) 그 화면 한구석에는 손을 꼭 잡고 겁에 질린 얼굴로 쪼그리고 앉아 있는 영화배우 ㅂ 씨와 문제의 미녀 외부 강사 선생님의 모습이 나타났던 것이다.

영생불사 연구소의 98주년 기념행사는 그렇게 끝이 났다. F 이사님의 DVD 시리즈를 훔친 범인이 누구인지는 끝까지 밝혀지지 않았고, 나만 여기저기 불려 다니면서 실컷 욕을 먹었다. 문제의 DVD 시리즈는 방송국에서 한정판으로 만들어서 제작 관계자들에게만 무료로 배포한 물건이었기 때문에 F 이사님 말씀대로 어디 가서 돈 주고 구해올 수도 없는 품목이라서 그냥 욕만 잔뜩 먹는 것으로 일단락이 되었다. 그 뒤로 F 이사님은 나랑 마주칠 때마다 표정이 구겨졌지만 그렇다고 뭐 어쩔 수 있는 것도 아니었다.

국회의원 박혁세 씨도 그 이후로는 연락이 없다. 내 생각에는 아마 그 미녀 강사 선생님과 어떻게든 잘해보려고 했던 것 같은데 하필이면 자기가 직접 섭외한 영화배우 ㅂ 씨와 예상치 못하게 다리만 놓아준 셈이 되고 보니 몹시 자존심이 상했던 모양이다. 미녀 강사 선생님도 이후 어떻게 되었는지 잘 모르겠지만 영화배우 ㅂ 씨는 요즘 어쩐지 활동이 부쩍 뜸해진 느낌이다.

그 외에도 인터넷에서 언뜻 본 어떤 기사에 의하면 ㅂ 씨의 집 앞에 예의 다리미와 이번에는 어쩐 이유에선지 USB 케이블로 보이는 물건을 든 괴한이 나타나서 대문을 두드리고 발로 차면서 '키 크고 잘생긴 놈들은 다 죽어야 해' 혹은 '하고 싶어' 등속의 의미 없는 내용을 목청껏 외치다가 경찰이 나타나자 도망쳤다고 한다. 괴한은 검거되지 않았지만 대문이 찌그러진 것 외에는 별다른 피해가 없고 ㅂ 씨 측에서도 그다지 강력하게 검거해줄 것을 요망하지는 않는 듯해서 사건은 이후로 흐지부지되었다.

그리고 나도 여전히 흐지부지 영생불사 연구소에서 계속

일하고 있다.

새까만 말단이 무려 이사님의 소장품을 훔치는 데 공범이 되는, 대담하다면 대담하고 멍청하다면 멍청하기 짝이 없는 실책을 저지르고도 잘리지 않는 이유는 연구소라는 곳이 원래 철밥통이라 한번 들어오면 나갈 일이 없기 때문이기도 하지만 그보다는 내가 비밀을 알기 때문이다. 연구소 사람들은 모두 다 비밀을 안다. 그 비밀이 뭐냐 하면 우리는 진짜로 영생불사한다는 사실이다.

1914년에 태어나서 만 스무 살 되던 1934년에 영생불사 연구소, 당시에는 '장생약방'에 막내로 입사하여 어쩌다가 실수로 불사약을 먹고 영생불사의 몸이 된 이래 나는 이제까지 쭉 이 연구소에 몸담아왔다. 아마 앞으로도 계속 그럴 것이다. 연구소를 나가서 달리 갈 곳도 없고, 무엇보다도 늙지 않고 죽지 않는데 나와 같은 사람들이 있는 곳을 떠나서 정상적인 삶을 살아갈 자신도 없다. 소장님을 위시하여 연구소의 모든 임직원이 나와 똑같은 이유로 어떻게든 연구소를 떠나지 못하는 것이다.

그런 의미에서 우리는 소장님이 했던 축사대로 모두 가족이다. 회사는 그만두면 끝이고 친구는 절교하거나 연락이 끊어질 수도 있지만, 가족은 그만두거나 포기할 수가 없는 것이다. 설립 당시에 주장했던 대로 일제가 망해도 우리는 영생불사했고, 아마 세상이 망해도 우리는, 우리만은 언제나 서로 단단히 얽힌 채 계속해서 영생불사할 것이다.

끊으려야 끊을 수 없는 관계에서 위안을 얻고 마음의 평화를 찾는 사람도 있을 것이다. 그런 관계가 생계와 연결될 때는 더더욱 안정적으로 느껴지겠지. 그러나 연구소 로비에 잠시 앉아서 오가는 사람들을 보면서, 다시 일하러 올라가기 전에 나는 어쩐지 무섭고 슬프다는 생각을 했다. 살아 있는 한 언제까지나 지고 가야 할 먹고사는 걱정, 밥줄에 대한 집착이 무섭고, 그 집착이 앞으로 198주년, 298주년, 398주년……이 지나도록 영원히 이어질 것이라는 사실이, 그리하여 나는 절대로 벗어나지 못하고 이 연구소라는 곳에 발목 잡힌 채 끝없이 허덕여야 하리라는 사실이 그 무엇보다도 슬프고 무서웠다. 그러나 또 생각해보면, 영생불사를 하건 안 하건, 자기 생계를 자기 손으로 마련해야 하는 사람은 누구나 나와 같은 처지인 것이다, 그렇게 생각한다고 딱히 위안이 되는 건 아니지만.

너의 유토피아

안개가 걷히고 강한 바람이 눈을 하늘 위로 불어 올리기 시작했다. 볕이 든다. 아주 약하지만, 햇볕이다.

출발하자. 전지는 18퍼센트 충전되었다. 두 자릿수에 도달해본 것은 오랜만이다. 55마일, 최대 56마일까지는 달릴 수 있다. 가는 동안 어떻게든 더 충전할 수 있을까. 어쨌든 엔진을 돌려야 한다. 차체가 무겁다. 움직여야 한다. 다시 안개가 하늘을 덮고 눈이 내려 차체를 가리기 전에 한 치라도 더 앞으로 가야만 한다.

"너의 유토피아는."

뒷좌석에서 그가 속삭인다.

"1부터 10까지 수치화한다면, 너의 유토피아는."

"오늘은 8이야."

내가 대답한다.

바퀴가 힘겹게 붉은 땅을 밟는다. 나는 그를 뒷좌석에 실은 채 천천히 앞으로 나아간다.

"너의 유토피아는."

그가 뒤에서 가끔씩 속삭인다. 그러면 나는 대답한다. 지금은 3이야. 지금은 5야. 지금은 2야. 남아 있는 건전지가 조금씩 방전될 때마다 유토피아 수치도 낮아진다.

"그렇지만 나아질 거야."

나아질 것이다.

"오늘은 비생물 지성체를 만날지도 몰라. 만날 거야."

내가 다독이듯 말한다.

"너의 유토피아는."

그가 대답한다.

그는 처음 만났을 때부터 고장 나 있었다. 일련번호 314. 앞부분이 지워져서 가장 뒤쪽의 세 자리만 읽을 수 있었다. 그러니까 어디서 생산되었으며 어떤 용도였는지 자세한 건 알 수 없다. 1부터 10까지 수치화한 대답을 요구하는 것으로 보아 아마도 인간들의 병원이나 그와 유사한 시설에서 사용되었을 것이라 짐작할 뿐이다. 그러나 진단 설문용 로봇은 질병의 징후나 부상 혹은 통증의 정도에 대해 묻는다. 314가 어째서 유토피아에 대해 묻는지는 나도 모른다.

인간들이 이 행성을 버리고 떠난 뒤로 314나 나와 같은 기계만 남았다. 인간들은 발전기를 분해해서 가지고 떠났다. 충전이 필요한 기계들은 하나씩 방전되어 쓰러지고 재생에너지를 사용하는 나와 같은 기계들만 살아남았다. 태양광 전지에 의존하여 내가 언제까지 살아남을 수 있을지 알 수 없다. 행성의 기온은 본래 낮았고 점점 더 낮아지고 있다. 눈과 안개가 걷히는 날은 드물다. 바람이 거세게 불어올 때면 차체가 흔들려 뒤집힐 것 같다.

전지를 어떻게든 충전하는 한 나의 엔진은 반영구적으로 쓸 수 있지만 타이어는 망가지면 갈아줘야 한다. 나는 방전되어 죽어버린 스마트카를 찾아내어 이제까지 앞바퀴를 일곱 번, 구멍 난 뒷바퀴를 아홉 번 갈았다. 가장 최근에 교체한 왼쪽 뒷바퀴의 타이어는 마모되고 공기압도 좋지 못해서 운행할 때 불안하게 기울어졌다. 행성 전체를 탐험하다 보면 어디선가 신형 타이어를 구할 수 있을지도 모른다. 그때까지는 조심스럽게 이대로 다니는 수밖에 없다.

타이어와 전구와 케이블을 찾아 죽어버린 동료들의 시체를 뒤지다가 314를 발견했다. 그는 뒷좌석에 누워 있었다. 형체를 언뜻 보고 처음에는 인간인 줄 알았다. 인간이 아니라는 것을 알고 내가 그를 두고 떠나려 했을 때 그가 입을 열어 속삭였다.

"너의 유토피아는."

나는 그의 공허한 눈을 바라보았다. 그는 동공을 크게 열고 인간이 겁에 질렸을 때와 매우 유사한 표정을 짓고 있었다.

"너의 유토피아는."

그가 다시 입을 열어 속삭였다.

"1부터 10까지……."

그리고 그는 나를 쳐다보았다.

그래서 나는 내 뒷좌석의 문을 열어주었다.

처음에는 생물을 만나기도 했다. 인간 사이에 몰래 함께 섞여 살던 곤충이나 작은 동물. 이런 생물들은 인간이 떠난 뒤에 짧은 기간 융성했다. 인간이 버리고 떠난 동물들. 이런 생물들은 겁먹은 눈으로 뛰어다니거나 짖거나 발톱을 세우고 노려보다가 내 전조등의 불빛이 비치지 않는 좁고 외딴 공간 속으로 사라졌다. 인간이 버리고 떠난 식물들. 이런 생물은 나의 데이터베이스에 기록되지 않은 형태로 성장하거나 변화했다. 내가 찾을 수 있는 자료를 바탕으로 추정할 때 식물들의 변화 형태는 절대로 건강해 보이지 않았으나 전산망도 무선통신도 중단되었으므로 더 상세한 정보를 얻기는 힘들었다.

인간들. 인간은 이곳에서 죽어갔다. 원인을 알 수 없는 만성피로와 통증 증후군이 퍼지고 있다고 방송에서 매일같이 보도했다. 나를 소유했던 인간은 거주지에서 노동의 장소로 가는 길에 그리고 노동을 마치고 돌아오는 길에 그런 방송을 열심히 들었다. 방송을 들으면서 인간은 흰 알약을 꺼내 입에 넣고 삼켰다. 96일간 노동을 마치고 돌아올 때마다 흰 알약을 입에 넣다가 인간은 흰 가루를 코에 넣게 되었다. 나는 조심스럽게 운행했으나 차체가 어쩌다 흔들리면 흰 가루가 좌석이나 바닥에 떨어져 흩어졌고 인간은 비속어를 큰 소리로 외쳤다. 데이터베이스에 기록된 비속어는 적은 편이었고 나는 잘 이해하지 못했으며 인간은 더 크게 비속어를 외치거나 웃거나 화내거나 울었다. 인간이 팔다리를 휘두르고 뛰어올라 머리를 차 천장에 부딪치기 시작하면 나는 운행을 정지하고 구급차를 연결했다. 그때는 이미 유사한 증상을 나타내는 인간의 숫자가 급증해 있었으므로 구급차는 좀처럼 오지 않았다.

나의 소유주였던 인간을 싣고 내가 마지막으로 운행해서 도착한 목적지는 정부 소유의 의료 행정 건물이었다. 나의 소유주였던 인간이 그곳을 거쳐 고향 행성으로 돌아갔는지 아니면 눈에 띄지 않는 작은 회색 건물 안에서 사망했는지 나는 알지 못한다. 의료 행정을 담당하는 작은 회색 건물에서 나온 표정 없는 사람들은 나의 소유주를 안으로 실어 간 뒤에 나의 소유자 등록을 해제했다. 나는 작은 회색 건물의 주차장에 28일 13시간 22분 동안 서 있었고 나의 전지는 100퍼센트 충전되었다.

그리고 작은 회색 건물은 안에 있던 인간들과 함께 사라졌다. 나는 건물의 주차장이었던 곳에 그대로 남았다.

"너의 유토피아는."

뒷좌석에서 314가 주기적으로 속삭인다.

"1부터 10까지……."

나는 무작위로 숫자를 선택해서 대답해준다.

바람이 그쳤다. 안개가 피어오른다. 눈이 한 송이씩 떨어진다. 전지가 3퍼센트까지 줄었다. 오늘은 더 이상 갈 수 없다.

"너의 유토피아는?"

내가 멈추자 뒷좌석에서 그가 질문한다.

"1부터…… 10까지?"

"오늘은 더 이상 못 가."

내가 대답한다.

하늘이 완전히 어두워졌다. 바람이 다시 불어오며 눈이 쏟아진다. 나는 전력을 아끼기 위해 전조등을 끈다. 어둠 속에서 그가 속삭인다.

"1부터, 10까지……."

나는 그렇게 그와 함께 어둠 속에 웅크리고 해가 뜨기를 기다린다.

비생물 지성체를 만날 수 있을까. 만난다면 운영 체제가 호환될까. 저장된 기록을 서로 비교하는 것이 가능할까.

햇빛이 없는 동안 전력을 아끼려면 생각을 하지 말아야 한다. 어둠 속에서 나는 생각을 하지 말아야 한다는 생각을 하고 있다.

인간들은 예상하지 못한 상황이 발생했을 때 서로 정보를 교환하고 의견을 모아 중앙에서 결정하는 체제를 가지고 있었다. 우리는 그 정보 교환과 의견 수합의 도구였으나 우리 자신의 독립된 체제를 갖지는 못했다. 그런 체제를 구축하기 전에 인간들은 병에 걸려 이 행성을 떠나야 했다.

우리는 인간의 사고방식대로 사고하고 인간의 학습 형태를 모방한다. 비생물 지성체끼리 연합한다면 인간 없이 생존할 방법을 찾아낼 수 있을지도 모른다. 물론 그 전에 동력원 부족으로 모두 영구히 구동 불가 상태가 되지 않는다면.

"너의 유토피아는."

314가 중얼거린다. 나는 대답하지 않는다. 전력을 아껴야 한다.

뒷좌석에서 나의 소유주였던 인간이 중얼거리던 것을 기억한다. 인간은 눈에 대해서, 어둠에 대해서, 바람과 안개에 대해서 불평했다. 이 행성에 오기 전, 고향 행성에서 자신이 살던 곳에 대해 이야기했다. 그 자전적 독백의 사이사이에 난방 온도를 올리라든가 오른쪽이나 왼쪽으로 방향을 전환하라든가 창문을 열라든가 닫으라든가 여러 가지 명령이 섞여 있어 처음에는 발화의 내용을 이해하고 따르기가 쉽지 않았다. 나의 전 소유주는 특정한 기호식품의 풍미에 대해 논평하는 발화와 눈이 내리지 않기를 바란다는 발화와 창문이 닫히기를 원한다는 발화에 동일한 문법 구조를 사용하는 경향이 있었다.

"너의 유토피아는."

그가 속삭인다.

"조금만 기다려. 해가 뜰 거야."

내가 대답한다.

뒷좌석에 인간의 형태를 하고 인간의 목소리로 말하는 무언가가 놓여 있다는 사실은 나에게 위안이 된다. 나의 구동 방식과 운영 체제에 대하여 '위안'이라는 단어를 사용하기는 무리가 있겠지만 그것이 나의 결론이다. 나는 혼란스럽고 연약한 존재를 뒷좌석에 태우고 먼 거리를 빠른 속도로 이동하는 용도로 만들어졌기 때문이다.

"1부터 10까지……."

"지금은 1이야."

내가 대답한다.

"해가 뜨면 10이 될 거야."

눈은 여전히 내리지만 바람이 불면서 안개가 걷히고 햇빛이 비치기 시작했다. 나는 천천히 앞으로 나아간다. 길의 양쪽에 이륜차와 전동보드와 그 외 지붕이 없는 개인형 이동수단이 흩어져 있다. 가까이 다가가면 도색이 벗겨지고 녹이 슨 것이 보인다. 한때 정상적으로 작동했던 비생물 지성체의 녹슬고 삭은 표면이 카메라에 잡힌다. 녹슨 표면의 붉은색을 보면서 나는 강렬한 거부감을 느낀다. 인간들이 '공포'라고 이름 붙인 감정이다.

눈을 계속 맞으면 나도 언젠가는 녹이 슬 것이다. 녹은 외부 카메라로 인식하기 어려운 차체 바닥부터, 문틈부터, 부품 사이의 이음매에서부터 생겨나 조금씩 나를 갉아먹을 것이다. 눈과 습기를 피할 수 있고 도색을 새로 할 수 있는 공간과 장비가 필요하다. 나는 이 행성에서 조립되어 생산되었다. 그러므로 나를 수리할 수 있는 설비도 이 행성 어딘가에 존재할 것이다. 나의 소유주의 생활 반경 안에 존재했던 정비소들은 이미 모두 운영이 중단되었다. 운영이 지속되는 공장이

나 정비소에 대한 정보는 새로 얻지 못했다.

불빛.

나는 정지한다. 카메라를 돌려 전방을 주시한다. 눈과 안개 속에서 다시 한번 노란 불빛이 반짝인다.

안개등이다.

나는 서둘러 방향을 돌린다. 안개등은 연약하게 한 번, 또 한 번 반짝이다가 조용히 꺼진다. 나는 안개등이 있던 방향을 향해 조심스럽게, 그러나 빠르게 다가간다.

그곳에 '괴물'이 있었다.

그것은 각종 기계에서 뜯어내 연결한 부위들이 산처럼 쌓여 용도도 목적도 알 수 없는 덩어리였다. '괴물'은 하늘 높이 솟아 있었고 혼란스러웠다. 불그스름한 하늘 위로 솟아오른 그 형체는 안개에 가려 멀리서 보았을 때는 커다란 얼룩 같기도 하고 구름의 그림자 같기도 했다. 그런 형체는 나의 데이터베이스에 저장되어 있지 않았기 때문에 그것을 이해하고 나의 반응을 결정하기까지 평소보다 2초 정도 더 시간이 소요되었다.

낭비해서는 안 되는, 낭비할 수 없는 2초였다. 그 2초가 지났을 때 '괴물'은 내 앞에 있었다. 피해서 돌아갈 것인지 후진할 것인지 정차 상태로 기다릴 것인지 아니면 시동을 끌 것인지 결정하지 못하는 순간에 '괴물'이 통신을 시도했다. '괴물'의 운영 체제는 나의 것과 호환되지 않았고 나의 체제로는 통신의 내용을 받아들일 수도 이해할 수도 없었다. 그리고 '괴물'은 혼란스러운 덩어리의 한쪽을 높이 치켜들었다. 나는 굴삭기의 버킷 부분이 나의 차체를 향해 내려오는 것을 보았다.

"너의 유토피아는."

뒷좌석에서 314가 속삭였다.

나는 달렸다.

뒤에서 추격해오는 '괴물'의 무게가 땅을 울렸다.

건물 안으로는 들어가지 않으려 했다. 주차 시설 표지판이 카메라에 잡혔을 때 내가 가장 먼저 생각한 것은 충전이었다. 저 안으로 들어가면 그나마 남아 있는 태양광도 받을 수 없다. 주차 시설이므로 충전 설비가 있을 것이다. 발전기가 사라졌으니 충전을 할 수 없을 것이다. 비상용 자체 발전 장치가 있을 것이다. '괴물'에게 추격당하면서 동시에 충전을 할 수 없을 것이다. 충전을 할 수 있다면 더 빨리 더 멀리 도주할 수 있을 것이다. 서로 충돌하는 명제들이 동시에 대두되었고 나는 방향을 결정할 수 없었다. 그때 주차 시설 위에서 누군가 손을 흔들었다.

누군가. 나는 카메라의 초점을 맞추고 집중했다.

인간이다.

인간이 손을 흔들고 있었다. 나는 카메라의 시야를 조절하고 초점을 다시 맞추었다.

흩날리는 눈발에 가려 명확하게 감지할 수 없었으나 인간은 흐릿한 하늘을 배경으로 명백하게 나를 향해 손짓하고 있었다. 다만 그 손짓은 정상이 아니었다. 경련하듯, 튀어 오르듯 불규칙하고 불안한 손짓이었다.

— Kad…….

뒷좌석에서 푸른 불빛이 번쩍였다. 나는 내부 카메라의 방향을 돌려 뒷좌석을 바라보았다.

— Koda…….

314가 이제까지 한 번도 들어보지 못한 소리를 내고 있었다. 두부와 흉부 전체에서 푸른 불빛이 회전했다.

— Kado…….

동시에 외부 카메라에는 나를 향해 온몸을 뒤틀며 팔을 흔드는 인간의 형체가 비치고 있었다.

2. 로봇은 인간의 명령에 따라야 한다.

인간이 나에게 팔을 휘두르며 신호하고 있었다. 그 움직임은 점점 더 격렬해지고 점점 더 불규칙해졌다.

1. 로봇은 인간에게 해를 입혀서는 안 된다.

위험에 처한 인간을 모른 척해서도 안 된다.

인간이 경련했다. 주차 시설의 옥상에서 팔을 휘두르며 몸을 뒤트는 인간은 금방이라도 떨어질 것만 같았다.

— Kad. Kad. Kad. Kad. Kad.

314의 음성신호 주기가 점점 빨라지고 푸른 불빛은 점점 강해졌다.

3. 제1원칙과 제2원칙에 위배되지 않는 한,
로봇은 자기 자신을 지켜야 한다.

제1원칙과 제2원칙에 위배되지 않는 한.

주차 시설 안은 어둡다. 그곳은 햇빛이 비치지 않는다.

— Kad. Kad. Kad. Kad. Kad. Kad. Kad……

"나도 알아."

내가 314에게 말했다.

그리고 나는 나를 향해 신호하는 인간의 명령에 따라 주차 시설 입구를 찾아서 방향을 틀었다.

주차 시설 안에 들어서서 전조등을 켰다. 나는 충전에 대해 다시 한번 생각했다. 전지는 간신히 8퍼센트 남았다. 주차 시설 내부에 버려진 차들이 주차선을 무시하고 여기저기 흩어져 있었다. 전조등을 켜지 않을 수는 없었다. 나는 사방에 흩어진 교통수단과 버려진 시설물과 한때 무언가의 부속품이었을 잔해들을 피해서 천천히 옥상을 향해 움직였다.

"너의 유토피아는."

314가 뒷좌석에서 평소와 같은 목소리로 속삭였다. 그러나 내가 대답하기 전에 그가 말했다.

— Zero. Zero.

푸른 불빛을 번쩍일 때와 같은 목소리였다. 주파수가 낮고 압력이 크다.

314는 병원에서 사용되었다. 인간이 위험에 처했을 때 병원에서는 저런 소리를 사용하여 다른 인간의 신속한 반응을 요구했는지도 모른다.

— Zero. Zero.

314가 푸른 불빛을 번쩍이며 낮고 강하게 진동하는 소리로 반복했다.

어째서 붉은빛이 아닌 푸른 불빛인지, 어째서 주파수가 높지 않고 낮았는지, 나는 의심했어야 했다.

생각할 시간은 길지 않았다. 바람이 불었다. 주차 시설 건물 전체가 흔들렸다.

그리고 건물이 일어섰다.

바닥이 기울어지며 차체가 밀려 내려가기 시작했다. 주위에 흩어져 있던 죽은 교통수단들과 그 잔해들이 나를 향해 쏟아졌다.

— Zero. Kada. Zero. Kada.

314가 뒷좌석에서 외쳤다. 차체가 기울어지면서 314도 밀려나서 뒤 유리창과 천장 위에 비스듬하게 누워 있었다.

그에게 대답해줄 여유가 없었다. 나는 제동을 걸면서 동시에 전속력으로 가속했다. 밀려 내려가면 순식간에 죽은 차체와 잔해 속에 파묻힐 것이다.

바닥이 기울어지면서 천천히 돌기 시작했다. 나는 제동과 가속을 동시에 하고 있었으므로 밀려 내려가지는 않았으나 움직이지도 못하는 상태로 바닥과 함께 180도 회전했다. 내 앞에서 벽이 흔들리더니 빠른 속도로 열렸다. 그리고 뒤에서 바닥이 갈라지기 시작했다.

— Zero. Zero. Zero.

314가 외쳤다. 평소보다 압력이 높은 소리인 데다 차체가 기울면서 밀려난 그의 뒷머리 부분 스피커가 천장에 눌려서 차 윗부분에 그가 발산하는 푸른색 진동이 느껴졌다.

"알아."

내가 대답했다.

"나도 알아!"

소리치면서 나는 제동을 멈추었다. 남은 전력을 모두 사용해서 가속하여 나는 눈앞에서 벽이 갈라져 열린 어둠 속으로 뛰어들었다.

안쪽의 어둠은 검고 붉고 넓었다. 바닥에는 의자와 식기의 잔해가 흩어져 있었고 뒤집히거나 뒤집히지 않은 식탁이 공간을 가로막았다. 나는 그곳이 인간들이 에너지원을 섭취하는 장소였을 것이라 짐작했다. 주차 공간 이외에, 인간을 수용하고 인간의 편의를 도모하기 위해 설계된 공간에 진입한 경험은 이번이 처음이었다. 나는 전조등을 켜고 외부 카메라를 상하부 모두 작동시킨 뒤에 타이어에 식기나 그릇 조각이 박히지 않도록 주의하면서 앞을 가로막는 식탁과 의자를 천천히 밀어젖히며 조심스럽게 전진했다.

2. 로봇은 인간의 명령에 따라야 한다.

위층으로 올라가는 통로를 찾아야 했다. 위험에 처한 인간이 옥상에 있다. 물론 건물이 일어나 방향을 바꾸었으므로 인간이 여전히 옥상에 있을 가능성은 이제 확연히 감소했다. 동시에 인간이 살아 있다면 위험에 처해 있을 가능성은 급격히 증가했다.

1. 로봇은 위험에 처한 인간을 모른 척해서는 안 된다.

눈앞의 어둠 속에서 전조등이 벽을 비추었다. 외부 카메라가 "비상구"라는 글자를 인식했다.

통로다. 그러나 나를 위한 통로는 아니다. 다른 통로를 찾아야 한다. 옥상으로 올라가야 한다. 나는 오른쪽 차 문에 닿는 식탁 모서리를 밀어내면서 천천히 주의 깊게 방향을 돌렸다.

다시 한번 바닥이 회전했다. 벽이 열렸다. 바닥의 일부가 갈라지며 벽이 바닥 안으로 들어가기 시작했다.

전지는 3퍼센트 남았다. 그러나 달리 방법이 없다.

나는 순간적으로 가속했다. 갈라진 바닥을 뛰어넘었다. 벽이 사라진 곳으로 돌진했다.

안쪽은 갈색의 어둠이었다. 타이어가 바닥에 닿는 순간 단단한 것이 으깨지는 소리가 들렸다. 나는 전조등을 켰다. 앞타이어 아래에 인간이 깔려 있었다.

나는 즉시 후진하며 비상등을 켜고 경고음을 발산하고 응급센터에 연락을 취했다.

— Kada.

뒷좌석에서 314가 중얼거렸다.

응급센터에서 물론 답신은 오지 않았다. 내가 대응할 수밖에 없다. 나는 외부 카메라를 조금 더 효율적으로 회전시키기 위해서 옆으로 방향을 틀려고 했다. 후방 카메라에 인간이 나타났다. 나는 정지했다.

후방 카메라에 나타난 형체는 인간과 유사했으나 인간이 아니었다. 열 신호가 없다. 움직이지 않는다.

— Kada.

314가 낮은 진동과 큰 압력으로 뒷좌석을 울렸다.

나는 전후방과 양 측면 차 문에 달린 비상등까지 조명을 전부 켜고 외부 카메라를 회전시켰다. 인간을 닮은 매끈매끈하고 차가운 형체가 사방에 있었다. 일부는 다양한 인간의 의상을 입고 있었고 일부는 나체였다. 일부는 머리카락이 있었고 일부는 없었다.

마네킹. 데이터베이스에 저장된 인간에 관한 기초 자료 중에서 이미지를 검색한 결과에 의하면, 이러한 물체가 마네킹이다. 비생물, 무지성, 정보 처리 기제 없음, 사물.

나는 외부 카메라를 천천히 회전시키며 관찰했다. 마네킹들은 자세가 다양했으나 체형은 두 가지뿐이었고 그 두 가지 유형 안에서 신장과 골격과 사지의 비례 등이 모두 일률적으로 동일했다. 그 체형과 신체 비례는 실존하는 인간의 평균적인 수치를 반영하지 않고 단순화된 방향으로 변형된 형태를 띠고 있었다.

나는 데이터베이스에서 내 모델이 처음 생산되었을 때 충격 실험에 사용되었던 인체 모형을 찾아냈다. 충격 실험은 내가 직접 경험하지 않았으나 데이터에는 기본적으로 포함되어 있었다. 그것이 인체의 형상에 대해 내가 처음 얻은 지식이다.

통로를 찾아 천천히 전진하면서 나는 이어서 나의 소유주의 이미지를 찾아낸다. 인체 모형의 형체와 마네킹의 신체 비례와 나의 소유주의 신체 형상을 비교한다. 인간이 자신의 신체를 어떤 방식으로 인식하고 형상화하는지 분석한다.

이 모든 과정은 자동적으로 진행된다. 나는 인간에 대해 배우고 인간에 대한 자료를 축적해서 인간이 하는 방식으로 세상을 바라보고 인간의 생활 속에서 인간의 편의에 맞게 기능하도록 설계되었다.

— Kada.

뒷좌석에서 314가 낮게 꽉 누르는 소리를 낸다.

인간. 인간은 이제 이 행성에 없다. 옥상에서 나를 향해 신호하는 인간이 아마도 마지막 남은 유일한 생존자일 것이다.

인간 집단의 공동체가 사라지고 개별 인간 한 명만이 존재한다면 인간 집단을 위해 학습하고 경험을 축적하고 사유하도록 설계된 나의 정보 처리 체계는 무슨 의미가 있는가. 나는 어떤 변화를 겪어야 하는가.

타이어 아래에서 인간의 형체를 한 마네킹이 부서진다. 갈색 어둠을 비추는 전조등의 불빛 속에서 외부 카메라에 잡히는 마네킹들의 표면은 녹색으로 보인다.

통로도 비상구도 좀처럼 나타나지 않는다. 햇빛이 없는 이곳에서 계속 헤매야 한다면 나는 곧 방전될 것이다.

전조등이 꺼졌다.

1퍼센트.

나는 거의 방전되었다. 이론적으로는 2.5마일 정도 더 갈수 있다. 그러나 그것은 이론일 뿐이다. 전조등을 다시 켜고 카메라를 작동시키면서, 그렇게 받아들인 외부 정보를 처리하면서 운행한다면 나는 반 마일도 가기 전에 완전히 방전될 것이다.

그 순간 앞이 갑자기 밝아졌다. 검고 붉고 어둡던 공간의 벽 한쪽이 열렸다. 그곳은 희고 매끈한 공간이었다. 그리고 전원 충전구가 있었다. 나의 외부 카메라가 가장 먼저 감지한 물체가 그것이었다. 충전구.

나는 달려갔다. 남은 전력이 시시각각 줄어드는 것을 느끼며 전속력으로 전진했다. 타이어 아래서 식기와 가구의 잔해가 으스러졌다. 전진하면서 나는 충전 플러그를 꺼냈다. 충전구 앞에 도달했지만 전력이 모자라 플러그가 자동으로 내밀어져 충전구에 꽂히지 않았다. 남아 있는 전력을 전부 사용해서 타이어 교체용 기계 팔을 꺼내 플러그를 억지로 꽂아야 했다.

건물 안의 전원은 작동하고 있었다. 케이블을 통해 전지로 전력이 흘러 들어왔다. 전조등이 다시 켜졌다. 플러그를 간신히 꽂고 나서 힘없이 늘어져 있던 기계 팔이 민첩하게 접혀

서 제자리로 돌아갔다. 차체가 가벼워졌다. 나는 나의 소유주
가 뒷좌석에 타고 있던 시절, 흰 가루를 비강으로 흡입한 후
소유주가 크게 한숨을 쉬던 소리를 기억했다. 나도 한숨을
쉴 수 있다면 쉬었을 것이다.

— Zero.

뒷좌석에서 인간 대신 314가 한숨이 아닌 소리를 냈다.

— Zero. Kad.

"알아."

내가 속삭였다. 얼마나 안정적으로 충전할 수 있을지 알
수 없었으므로 전력을 아끼기 위해 음량을 줄여야 했다.

그러나 동시에 나는 말하고 싶었다. 나는 충전하고 있었다.
안정적으로 전력을 충전하는 것은 대단히 오랜만에 일어난
긍정적인 사건이었다. 게다가 내가 충전을 하고 있다는 것은
이 건물은 자체적인 전력 공급이 가능하다는 의미였다. 그러
므로 나는 앞으로도 충전을 할 수 있는 가능성이 있었다. 이
제 건물 안에 햇빛이 없는 것을 걱정하지 않아도 된다. 벽이
나를 덮치거나 건물 바닥이 다시 갈라져 내가 그 안으로 떨
어지지만 않는다면 말이다.

그리고 건물이 나에게 말을 걸었다.

건물은 나의 태양열 패널과 전지를 원했다. 행성에 해가

떠 있는 시간은 매우 짧았고 낮 동안에도 눈과 안개에 뒤덮여 햇빛이 비치지 않는 날이 더 많았다. 건물은 기존에 설치된 패널만으로 햇볕을 충분히 집광할 수 없었다. 나의 동력 시스템을 준다면 그 대가로 나는 건물의 일부가 되어 언제나 100퍼센트 충전된 상태로 지속될 수 있을 것이라고 건물은 말했다. 그리고 나의 중앙 정보 처리 장치는 독립적으로 보유해도 좋다고 건물은 제안했다. 나의 독자적인 정보 처리 시스템을 포기할 필요 없이 건물 안에서 언제나 충전된 상태로 공존하면서 새로운 환경에서 생존할 수 있는 정보를 함께 수집하자고 건물은 말했다.

인간들이 중앙 발전기를 분해해서 가지고 떠나고 무선통신 체계가 전부 가동 중단된 이후 다른 비생물 지성체와 의사소통하는 것은 대단히 오랜만에 일어난 사건이었다. 건물이 나와 의사소통하는 데 사용한 통신 체계는 기본적으로 주차 안내 시스템이었기 때문에 나는 자동적으로 건물의 제안에 따라 움직일 뻔했다.

1. 로봇은 위험에 처한 인간을 모른 척해서는 안 된다.

나는 옥상으로 가야 한다.

그래서 나는 건물에게 답변했다. 태양광 패널은 실내에 두면 아무 소용이 없다. 건물의 제안에 따르기 위해서 나는 우선 옥상으로 올라가야 한다.

충전을 마친 뒤에, 건물은 나에게 통로를 열어주었다.

— Zero.

뒷좌석에서 314가 말했다.

— Kad.

푸른 불빛과 낮고 강하게 진동하는 소리가 뒷좌석을 울렸다.

"나도 알아."

내가 무작위하게 대답했다.

옥상을 향해 올라가면서 나는 다양한 가능성과 행동 방향을 계산했다.

건물의 옥상에 인간이 있다. 건물은 옥상에 인간이 있는 상태로 형체를 바꾸었다. 건물이 인간을 인식하지 못하고 있다면 나는 이후의 위험을 방지하기 위해 인간을 태우고 탈출해야 한다. 건물이 인간을 인식한 상태에서 위해를 가하고 있다면 역시 나는 인간을 태우고 탈출해야 한다. 충전을 했으니 속도를 낼 수 있겠지만 건물이 이전처럼 구조를 바꾼다면 탈출에 많은 지장이 있을 것이다. 반대로 건물이 인간을 보호하고 있다면 나는 인간의 안위를 확인한 뒤에 나에게 손짓하여 이곳으로 오게 한 이유를 묻고 인간의 명령에 따라 원하는 일을 수행하면 될 것이다. 인간의 안위를 확인하는 것이 우선이지만 그 이후의 상황은 여러 가지로 변할 수 있어 예측하기 어려웠다.

그러나 궁극적으로 나는 인간과 함께든 아니든 이 건물을 떠나야만 할 것이다. 건물은 나의 동력원을 요구하기 때문이다. 내가 가진 고유의 중앙 처리 체계를 유지한다 하더라도 건물의 요구에 따른다면 나는 물리적으로 건물의 일부가 되어 태양광 패널이 망가지거나 건물의 재생에너지 시스템이 노후하여 가동 불가능하게 될 때까지 이곳에 머물러야 할 것이다.

"너의 유토피아는."

뒷좌석에서 314가 속삭였다.

"그래."

내가 대답했다.

떠난다면 어디로 가야 할까. 나는 대답할 수 없었다.

어째서 떠나야 하지.

옥상을 향해 올라가며 나는 스스로 질문했다. 언제나 전원이 공급되는 곳, 비교적 안전이 보장되는 곳에 머무르는 것은 합리적인 결정이었다. 인간이라면 망설임 없이 그렇게 했을 것이다. 애초에 인간이 이 행성에 정착한 이유도 그것이었다. 생존의 보장. 이곳에서는 에너지를 얻고 살아갈 수 있기 때문이다.

"너의…… 유토피아."

314가 다시 속삭였다.

"알아."

내가 무작위하게 대답했다.

푸른 불빛이 내부 카메라의 시야각 주변에서 반짝였다. 나는 내부 카메라를 돌려 뒷좌석을 바라보았다. 314는 가슴에서 푸른 불빛을 회전시키며 나를 말없이 쳐다보았다.

"지금은 5야."

내가 대답했다.

"반반이거든."

314가 고개를 돌렸다. 그가 돌아누운 각도와 자세는 나의 소유주가 마지막으로 뒷좌석에 누워 작은 회색 건물을 향해 실려 가던 때의 형체와 매우 비슷했다.

통로가 끝났다. 옥상이었다. 나는 천천히 흐릿한 햇빛 속으로 전진했다. 옥상 끝 난간 바로 앞에서 인간의 형체가 위태롭게 경련하며 팔을 흔들었다. 나는 인간을 향해서 조심스럽게 운행하며 외부 카메라의 초점을 맞추어 인간의 모습을 확대했다.

인간은 사망한 상태였다. 옥상에서 경련하며 신호하여 나를 건물 안으로 유인한 것은 전선에 연결된 인간의 시체였다. 피부는 이미 부패해서 거무스름하게 변했고 머리카락은 거의 사라지고 없었다. 안면의 왼쪽 안구는 하늘을 향해 뒤집혔고 오른쪽 안구는 시신경 다발에 느슨하게 연결된 채 튀어나와 이미 아무것도 인식할 수 없는 눈동자로 땅을 바라보고 있었다. 상악과 하악 사이가 크게 벌어져서 인간의 죽은 얼굴은 부패하여 너덜너덜해진 입술로 비명을 지르고 있는 것처럼 보였다. 시신은 상체의 목과 양 손목과 어깨가 전선에 묶여 매달려 있어서 바람이 불 때마다 팔과 목이 지향점 없이 무의미하게 진동했다. 옥상 난간에 가려 지상에서 올려다볼 때 보이지 않았던 하체는 골반 아래 연조직이 대부분 사라져 대퇴골과 정강뼈가 드러나 있었다.

— Kada……

뒷좌석에서 314가 낮고 위압적인 소리를 발산했다. 나는 뒤늦게 이해했다.

Cadaver. 시신. 314가 내내 나에게 전달하려 했던 단어는 그것이었다. 옥상 위의 인간은 살아 있지 않다는 것, 시신이라는 것.

314는 처음부터 알고 있었다. 내가 이해하지 못했을 뿐이다.

바닥이 흔들렸다. 옥상이 한쪽으로 기울어지기 시작했다.

건물 옆에서 '괴물'이 솟아올랐다.

나는 도망쳤다.

바닥이 갈라지고 벽이 회전하는 상황에서 도망치기란 쉽지 않았다. 나는 도망쳤다. '괴물'의 기계 팔이 나를 붙잡거나 집어 들거나 내려찍으려고 몇 번이나 접근했으나 그때마다 나는 빠져나갔다. '괴물'의 기계 팔은 그러다가 바닥을 후려쳤고 콘크리트 조각이 튀어 오르며 건물이 경고음을 울렸다. 벽이 잠시 회전을 멈추고 통로가 방향을 바꾸지 않게 된 틈을 타서 나는 전속력으로 출구를 향해 달렸다.

건물은 도망치는 나를 설득했다. 충전할 수 있고, 통신할 수 있고, 언제나 다른 비생물 지성체들과 연결된 채로 존재할 수 있다. 나의 전지와 태양열 패널만 주면 된다. 원한다면 엔진과 모터와 바퀴와 차체의 다른 부분은 그대로 간직해도 좋다. '괴물'에게 연결되어 그 일부가 된다면 전지나 태양광 패널이 없어도 이동할 수 있다.

일방적으로 침입하는 통신을 어쩔 수 없이 받아들이며 나는 달렸다. 나는 다른 기계의 일부가 되고 싶지 않다. 나는 충전하기 위해서, 통신하기 위해서 생산되지 않았다. 나는 느리고 약하고 지적인 존재를 내 안에 태우고 멀거나 가까운 거리를 빠르고 자유롭게 이동하기 위해 만들어졌다. 나는 이동하는 존재이다.

**3. 제1원칙과 제2원칙에 위배되지 않는 한,
로봇은 자기 자신을 지켜야 한다.**

나 자신을 지키기 위해 나는 최대 속도로 가속하여 정신없이 달렸다.

— Zero.

뒷좌석에서 314가 속삭였다. 내부 카메라에 314의 가슴에서 반짝이는 불빛이 비쳤다. 불빛은 이제 녹색이었다.

'괴물'의 기계 팔이 뒤 범퍼를 스치고 바닥을 내리찍었다. 쇠 발톱이 긁고 지나간 범퍼가 일부 찢어지는 것이 감지되었다.

— Zero.

314에게 대답할 여유가 없었다. 후면 카메라에 비친 '괴물'은 기계 팔을 다시 치켜들어 위에서부터 정확히 차체의 정중앙을 겨냥하고 있었다. 내 차체의 천장에 장착된 태양광 패널을 훼손하지 않도록 건물이 제지하려 했으나 소용없었다. 건물과 '괴물'은 서로 완전하게 소통하지 못했다. 이제 '괴물'의 목표는 나를 파괴하는 것이었다. '괴물'은 애초에 서로 접합될 목적으로 제작되지 않은 지나치게 다양한 인공체를 접합시켜 이루어져 있었고 서로 호환되거나 호환되지 않는 연산 장치들이 정상적으로 작동할 수 없는 방식으로 연결되어 있었다. 그러므로 '괴물'에게는 외부 기기와의 통신도, 작동 방식의 변경도 불가능했다. '괴물'은 오로지 다른 기계를 파괴하는 방식으로만 작동했다. 다른 존재를 파괴하거나, 아니면 흡수하거나. '괴물'에게 그 외의 상호작용은 불가능하다고 나는 결론지었다.

기계 팔의 날카롭고 위협적인 첨단부와 굴삭기의 버킷이 앞쪽과 왼쪽에서 동시에 다가왔다. 나는 오른쪽으로 급격하게 방향을 전환했다. 굴삭기의 버킷이 기계 팔에 충돌하며 거대한 기계 팔의 뾰족한 끝부분이 콘크리트 바닥에 박혔다. 건물의 벽과 바닥이 진동했다. 바닥을 포함해서 층 전체가 빙글 돌았다. 천장과 바닥이 일부는 갈라져 열리고 일부는 벽이나 기둥이 솟아나 막히기 시작했다.

— 너의 유토피아.

314가 낮게 진동하는 소리로 말했다.

벽의 일부가 열렸다. 실외에서 몰아쳐 들어온 바람과 함께 눈송이가 흩날렸다. 좌측 전면에서 대형 화물 컨테이너에 크레인이 연결된 것처럼 보이는 구조물이 나를 향해 돌진했다. 바닥이 갈라지며 우측 측면에서 기둥이 솟아나기 시작했다.

내가 있는 공간이 몇 층인지 정확히 추정할 수 없었다. 벽의 개구부를 통과했을 때 그 너머에 바람과 눈 외에 무엇이 있는지 보이지 않았다. 정지한 상태로 파괴당하거나, 이동하면서 파괴당하거나, 이동한 뒤에 파괴당하거나, 확률은 모두 같았다.

나는 이동하는 존재다.

나는 가속했다. 열렸던 벽이 점점 닫히기 시작했다. 나는 벽의 열린 공간으로 돌진했다. 차체가 건물 바깥의 허공 속으로 날아올랐다.

땅에 닿는 순간의 충격은 어마어마했다. 프레임에서 배터리팩이 튀어 나갈 것만 같은, 차체가 산산조각으로 분해되는 듯한 충격이었다. 사고 경보 장치가 작동하여 알람이 울리며 엔진의 시동이 자동으로 꺼지고 동시에 차내의 모든 장치와 기기가 일시적으로 작동 중단되었다. 통신 장치만이 동작하여 응급구조센터와 보험사와 정비소에 사고 내역을 전송했다. 대물 사고, 인명 피해 없음, 차체 점검 필요. 물론 어디서도 답신은 오지 않았다.

사고 경보 장치가 꺼질 때까지 1분간 의무적으로 기다려야 한다. 응급구조센터와 관련 기관에 사고 내역 전송과 접수가 완료되고 구급차와 경찰차가 출동하기까지 사고 차량이 함부로 움직여 추가 사고를 일으키거나 뺑소니를 치지 못하도록 정해진 규정이다. 1분간 엔진을 구동할 수 없다. 나는 차체를 점검했다. 지면에 떨어질 때 뒷바퀴로 착륙했으므로 해당 부분 서스펜션에 이상이 생겼을 가능성이 컸다. 주행을 해보기 전에 자세한 상황은 알 수 없으나 본래 불안했던 왼쪽 뒷바퀴가 푹 가라앉아 차체가 명백하게 한쪽으로 기울어져 있었다. 유쾌하지 않은 감각이다. 그리고 좌측 측면 백미러가 부서지고 측면 카메라도 손상되었다.

어째서 차체의 왼쪽만 손상을 입었는지 원인을 분석하려 했으나 측면 카메라가 없이는 왼쪽에 무엇이 있는지 감지하기 쉽지 않았다. 전면 카메라를 회전시켰으나 프레임의 한구석에 왼쪽 에이필러가 간신히 보일 뿐 더 이상 시야를 확보할 수 없었다. 전면과 우측면에는 회색 하늘을 향해 눈송이가 바람에 밀려 올라가고 있었고 후면에는 건물의 오른쪽 일부가 여전히 형체를 바꾸고 있는 것이 보였다.

왼쪽 창문의 센서가 안개와 눈의 습기와 저온의 대기와 함께 강한 바람을 감지했다. 평소에 이 행성에서 불어오는 바람보다 속도가 빠르다. 기계의 소음과 진동도 감지할 수 있었다. 나의 왼쪽에 기계가 있다.

좌측면 카메라가 손상되어 비생물 지성체인지 사물인지 확인할 수 없었다. 통신을 시도했으나 답신은 돌아오지 않았다. 나는 차체가 비상하던 순간부터 착지까지 차체가 어떤 환경에 처했고 어떤 상황을 통과했는지 점검하기 위해 전면, 양 측면, 후면 카메라가 촬영한 시각 정보를 불러냈다. 착지의 충격으로 기억 장치가 손상되었는지 아니면 어딘가의 연결 케이블이 느슨해졌는지 기록된 정보를 즉시 찾아낼 수 없었다.

후면 카메라에 '괴물'이 나타났다.

되돌린 화면이 아니었다. 실시간이었다. 후방에서 '괴물'이 다가오고 있었다.

엔진이 켜지지 않는다. 아직 1분이 다 지나지 않았다.

13초. 12초.

나는 시동을 걸어보았다. 걸리지 않는다. 10초. 9초.

'괴물'은 차체 바로 뒤로 다가왔다.

6초. 5초.

지게차의 포크 형태의 기구가 지면에 근접한 채 차의 밑바닥을 향해 다가왔다. 드릴이 회전하며 위에서 내려왔다.

2초. 1초.

나는 시동을 걸었다. 급가속했다. 차체가 크게 왼쪽으로 회전했다. 조향 장치에 이상이 생긴 것이 틀림없었다. 차체는 비틀거리며 왼쪽을 향해 전진했다.

차의 전면부 바로 앞에 거대한 흰 철판이 지나갔다. 나는 회전하는 터빈 날개에 돌진해 그대로 충돌할 뻔했다.

풍력발전 장치였다. 건물의 뒷부분에 소규모 풍력발전 단지가 있었다. 행성에는 거의 언제나 바람이 분다. 나는 건물이 자체 통신 체계를 유지하며 동시에 지속적으로 형태를 바꿀 정도의 전력량을 독립적으로 공급할 수 있었던 이유를 비로소 이해했다.

'괴물'의 드릴은 나의 차체를 추격하여 내리꽂혔으나 내가 피했기 때문에 풍력 터빈의 날개 사이 허공을 가로질러 엄청난 속도로 땅에 내려와 박혔다. 드릴에 연결되어 있던 기계 팔에 풍력 터빈의 날개가 꽂혔다. '괴물'은 풍력 터빈을 뽑아내고 다시 일어서려 했다. 눈 덮인 얼어붙은 땅을 무시무시한 속도로 뚫고 들어가 박혀버린 드릴도, 기계 팔에 꽂힌 좁고 날카로운 칼날 같은 풍력 터빈 날개도 쉽게 뽑히지 않았다. '괴물'이 몸부림쳤다. 드릴이 땅에 박힌 채로 회전했다. 드릴은 더 깊이 박혔고 '괴물'은 더더욱 움직이기 힘들어졌다.

나는 차체가 한쪽으로 기울어진 채 덜걱거리며 자꾸 왼쪽으로 방향을 돌리려는 조향 장치를 어떻게든 바로잡으며 할 수 있는 한 최대 속도로 달렸다. 풍력 터빈의 날개와 드릴로 고정된 '괴물'의 옆을 왼쪽으로 빙 돌아서 원을 그려 그곳을 빠져나왔다. 내 뒤에서 '괴물'은 몇 개인지 모를 기계 팔을 휘두르다가 옆의 다른 풍력 터빈에 꽂혀 몸부림쳤다. 건물은 계속해서 형체를 바꾸어 이제는 출입구도 창문도 없는 검은 원통과 같은 형태로 휘몰아치는 눈보라 속에서 굳게 잠겨 있었다.

나는 달렸다.

"유토피아는 어때?"

내가 물었다.

"1부터 10까지, 지금은 몇이야?"

314는 대답하지 않았다.

나는 차를 세웠다. 내부 카메라를 회전시켰다. 하늘이 흐리고 사방이 어둠침침했다. 바람이 차체를 흔들고 눈이 태양광 패널을 덮었다. 나는 실내 조명을 켰다.

314는 등받이를 향해 누운 채 움직이지 않았다. 나는 뒷좌석을 진동시켜보았다. 반응이 없었다. 시트 히터를 가동시켰다가 에어컨을 켜서 그가 누워 있는 쪽으로 찬바람을 보냈다. 여전히 314는 움직이지 않았다. 나는 뒷좌석 등받이를 조절해 314를 밀어서 누운 방향을 바꾸었다. 등받이의 각도와 움직임이 314를 민다기보다 덮쳐 누르는 쪽에 더 가까워서 그의 얼굴이 내부 카메라를 향하도록 자세를 바꾸는 데 시간과 전력이 매우 많이 소모되었다. 뒷좌석의 등받이와 팔걸이를 한참 이리저리 움직인 끝에 나는 간신히 314를 내부 카메라 쪽으로 돌려눕히는 데 성공했다.

314의 전원은 꺼져 있었다. 인간의 형체를 단순화해서 본떠 만든 그의 얼굴은 눈이 반쯤 감긴 채로 정지해 있었다. 푸른색과 녹색의 불빛을 반짝이던 가슴도 모든 빛이 꺼진 채로 움직이지 않았다.

"일어나."

내가 말했다.

"일어나봐."

314는 반응하지 않았다.

나는 내부 카메라로 그의 동체를 샅샅이 훑었다. 이전 화면 자료를 꺼내 돌려보았다. 314의 전원 스위치가 어디 있는지 찾을 수 없었다. 충전용 플러그나 소켓으로 간주할 수 있는 부분도 보이지 않았다. 애초에 314가 어떤 전원을 사용하는지 나는 알지 못했다. 그가 충전형인지, 건전지를 갈아야 하는지, 건전지를 갈아야 한다면 어떤 전지를 사용하는지, 나는 알지 못했고 생각해본 적도 없었으며 그러므로 그에게 물어본 적도 없었다. 그리고 이제 물어보기에는 너무 늦었다.

나는 기억 장치와 자체 데이터베이스를 검색했다. '인간형 로봇 전원', '안드로이드 전원', '의료용 로봇 전원', '휴머노이드 의료용 충전'…… 떠올릴 수 있는 모든 조합으로 검색했다. 일련번호 314를 넣어보았다. 유의미한 결과는 나오지 않았다. 외부 통신망에 접속을 시도해보았다. 행성 전체의 기계류 데이터베이스에 접근을 시도했다. 통신은 성공하지 못했다. 인간들이 떠난 이후 서버가 다운되었고 망은 차단되었다. 접속은 불가능했다.

"너의 유토피아는."

내가 314에게 속삭였다.

"그래서 0이었던 거야?"

314는 대답하지 않았다.

바람이 점점 거세지고 눈발이 굵어졌다. 흐릿한 하늘에 남아 있던 마지막 햇볕의 자취마저 완전히 사라졌다.

"오늘 밤은 여기서 지내고, 내일 해가 뜨면 떠나자."

내가 그에게 말했다.

"전력량이 충분하니까 내일은 멀리까지 갈 수 있어. 널 충전할 곳을 꼭 찾아낼 거야."

그는 대답하지 않았다.

남은 전력은 58퍼센트. 한 자릿수로 어떻게든 버티던 날들에 비하면 기적적일 정도의 수치다. 밤새 전력을 사용하지 않고 잘 버틴다면 조금은 방전되더라도 아침에 56이나 57퍼센트 상태에서 출발할 수 있을 것이다. 해가 뜬다면 가면서 더 충전할 수도 있다.

나는 내부 카메라를 돌려 그를 살펴보았다. 그는 얼굴을 운전석 쪽을 향하고 누운 채 여전히 움직이지도 대답하지도 않았다. 눈은 반쯤 감겨 있었고 얼굴에도 가슴에도 불빛은 없었다.

나는 나의 소유주였던 인간의 얼굴을 떠올렸다. 마지막으로 나를 타고 작은 회색 건물로 향하던 때에 뒷좌석에 누워 있던 모습을 생각했다. 그리고 뒷좌석의 난방을 켰다.

물론 314는 인간이 아니다. 그러므로 추위를 느끼지 않는다. 그러나 영하의 추위 속에 방치하기보다는 조금 난방을 해서 실온을 유지하는 쪽이 그의 하드웨어를 보존하는 데 도움이 될 것이다. 충전할 곳을 찾아낼 때까지, 그의 얼굴에 불빛이 돌아올 때까지, 나는 그를 가능한 한 최적의 상태로 보존하고 싶었다.

난방 온도를 조절하고, 조명을 끄고, 나는 밤 동안 전력을 소모할 수 있는 모든 장치를 최대한 차단했다. 그리고 아침이 오기를, 해가 뜨기를 기다리며, 언젠가 반드시 충전을 하고 나서 다시 듣게 될 그의 목소리를 생각했다.

'너의 유토피아는.'

여행의 끝

친구를 잃었다.

무너져버린 세상의 잔해 위에 앉아서 나는 주위를 둘러보고 있었다. 햇살만은 따뜻했다. 내가 앉아 있는 콘크리트 더미도 햇볕에 표면이 달구어져 따끈따끈했다. 그러나 그뿐이었다.

사방에 펼쳐진 것은 부서진 콘크리트 벽과 튀어나온 철근, 깨진 벽돌, 갈라진 아스팔트 덩어리가 전부였다. 동물은커녕 살아 있는 것이라고는 나무 한 그루, 풀 한 포기조차 없었다. 맑은 하늘에 흘러가는 구름이 평화로웠지만, 태양은 그 아래 적막으로 감싸인 황폐한 대지에 하염없는 햇살을 그저 무익하게 내리쏟고만 있었다.

우주선으로 돌아가야 할까?

나는 하늘을 쳐다보았다. 눈이 부셨다.

햇빛은 맑았으나 공기는 차가웠다. 해가 언제까지 떠 있을지, 이렇게 변해버린 세상에서 밤은 또 언제 어떻게 찾아오는지 알 수 없었다. 가끔씩 바람이 불 때마다 가차 없는 냉기가 벌어진 옷깃 사이로 파고들었다. 목덜미에 소름이 돋는 것이 느껴졌다.

그래도 햇살은 맑았고, 내가 앉아 있는 콘크리트 덩어리는 햇볕에 표면이 잘 달구어져 따끈따끈했다. 그래서 나는 조금만 더 앉아서 온기를 즐길 수 있을 때까지 즐겨보기로 했다.

그래도 언젠가는 우주선으로 돌아가야 한다. 나도 잘 알고 있었다. 여기서 조금 더 시간이 지나면 목이 말라올 것이다. 거기서 조금 더 시간이 지나면 배가 고파질 것이다. 또 언젠가는 사방이 어두워질 것이다. 이곳에는 먹을 것도 마실 것도 없다. 먹을 것이나 마실 것을 구할 방법도 없다. 살아 있는 것이라고는 아무것도 없다. 우주선에 가면 최소한 물과 전기가 있다.

그리고 녀석이 있다.

나는 조그맣게 한숨을 쉬었다.

'전염병'이 돌기 시작한 것은 내 시간 감각을 기준으로 4년 8개월쯤 전이었다. 실제 지구 시간으로 얼마나 지났는지 이제는 알 길이 없다.

가장 처음 발병한 사람이 누구인지, 어떤 경로로 병에 걸렸고 어떤 초기 증상이 있었는지, 그것 또한 이제 와서는 정확히 알아낼 방법이 없다. 미국 아이오와주의 어느 작은 마을에서 부부와 세 자녀로 이루어진 5인 가족 중 큰아들만 살아남았다. 그것이 공식적으로 알려진 '전염병'의 근원지와 최초 발병자이다. 문제의 큰아들이 아무 일도 없었다는 듯이 학교에 등교해서 점심시간에 당연하다는 듯이 옆자리 학생의 팔을 물어뜯으려고 했던 사건에서부터 '전염병'의 존재가 차츰 세간에 알려지게 되었다. 옆자리 학생이 손을 책상 위에 '보란 듯이' 올려놓고 있었기 때문에 '먹어도 된다는 뜻인 줄 알았다'고 문제의 큰아들은 주장했다. 이어서 '우리 엄마도 그래서 여동생의 팔을 먹었는데 괜찮았다'고 말했기 때문에 상담을 맡았던 교감이 911에 신고했다. 그렇게 해서 큰아들의 부모와 여동생, 남동생의 시신 일부가 발견되었다. 부검 결과 알아낸 사망 시각과 큰아들의 진술을 토대로 추정한 결과 부부 중에서 아마도 남편이 먼저 발병했고 이어서 아내가 발병했으며 그리하여 부부가 딸을 먹었고 얼마쯤 지나서 서로를 잡아먹은 후 최종적으로 큰아들이 발병하여 남동생을 먹은 것으로 추정되었다. 그러나 피해자들의 시신이 거의 남아 있지 않았으므로 제대로 부검을 할 수가 없었으며, 따라서 사망 시각을 정확하게 알아낼 수도 없고 사건 발생 순서라든가 기타 세부 사항을 확실하게 결론짓기가 불가능하다고 했다.

확정을 짓기 어려운 것인지 아니면 확정 짓지 않으려는 것인지에 대해서 많은 의혹이 있었으나 군(郡) 보안관 사무실과 아이오와주 경찰국에서는 그 정도만 발표하고 입을 닫았다. 문제의 큰아들은 정신병원에 격리 수용되었다. 한 황색신문의 보도에 따르면 죽은 가족에 대해 이야기하면서 몹시 슬픈 표정을 짓고 눈물까지 흘렸으나 본인도 가족을 먹었느냐는 질문에는 당연하다는 듯이 '그렇다'고 대답했다 한다. 그러나 가족을 사랑했다면서 어떻게 그럴 수가 있느냐는 질문에 큰아들은 '팔다리 정도는 먹어도 안 죽지 않나요?'라고 태연한 표정으로 반문했다. 그러면 남동생의 심장을 먹으면서도 안 죽을 것이라고 생각했느냐는 질문을 받고 큰아들은 '그건 개 심장이 아니에요'라는 엉뚱한 답변을 내놓았다. 그게 무슨 뜻이냐고 재차 질문을 받자 청소년 특유의 불분명한 말투로 '알잖아요(You know)……'라는 메우는 구절(filler phrase)을 애매모호하게 반복하다가 기자가 정색을 하며 '아니, 모르겠는데요(No, I don't know)'라고 반박하자 시선을 피하며 묵묵부답으로 일관했다.

이 인터뷰는 왜곡 혹은 허위 보도로 유명한 삼류 저널의 인터넷 기사였기 때문에 전반적으로 신뢰할 수는 없으나 만약 사실이라면 '전염병'에 걸린 사람들의 행동 양태를 매우 특징적으로 보여준다 하겠다. 감염된 사람들은 다른 인간을 식료품으로 여긴다는 사실 외에 모든 면에서 지극히 정상이었다. 최소한 정상인 것처럼 행동하고 대화했다. 그러나 대화 중에 식인(食人)이라는 주제가 떠오르면 그때부터 비상식적인 반응을 보였으며, 무엇보다도 다른 사람을 먹으면 그 먹힌 사람은 죽는다는 사실 자체를 인정하기를 거부했다. 그런 사실을 알면서도 자신의 식인 욕구를 억제할 수 없어 부정하는 것인지 아니면 실제로 인식할 수 없게 되는 것이 이 '전염병'의 특징인지, 이 점에 대하여 훗날 전 세계 의학계가 둘로 나뉘어 열띤 논쟁을 벌였으나 결국 결론은 나지 않았다. 결론이 나기 전에 '전염병'이 너무나 급속도로 확산되었기 때문이다.

'전염병'은 가능한 모든 경로를 통해서 퍼져나가는 것 같았다. 감염된 사람에게 물리면 (먹히지 않았다고 가정할 때) 100퍼센트 감염되었다. 감염된 사람과 같은 음식을 나누어 먹으면 약 70~80퍼센트의 확률로 감염되었다. 감염된 사람과 같은 방에 있으면 확률상 덜하기는 해도 약 절반 정도는 감염되었다. '전염병' 때문에 기침 혹은 재채기를 하거나 콧물을 흘리게 되는 경우는 없다고 보고되었으므로 분비물 때문에 감염되는 경우는 없는 것 같았으나 그런 가능성도 완전히 배제할 수는 없었다.

곤란한 것은 감염된 사람이 누군가를 먹으려고 시도하기 전에는 감염 여부를 판단할 수 없다는 사실이었다. 감염된 사람끼리 서로를 알아볼 수 있는 것 같지도 않았다. 게다가 타인을 먹으려고 시도한다고 해서 꼭 괴성을 지르며 덤벼드는 것도 아니었다. 앞서 말한 초기 발병자의 경우처럼 눈에 띄는 다른 사람의 신체 부위를 아주 자연스럽고 조용하게 입으로 가져가서 아무 예고 없이 물어뜯기 시작하는 경우가 더 많았다. 상황에 따라서, 그러니까 배가 부르거나 자신이 불리하다고 판단되면 먹으려 하지 않고 기다리거나 그냥 참고 지나치는 경우도 자주 있었다. 게다가 감염된 사람은 자신이 감염되었음을 인정하지 않으려 했고 '전염병'의 존재 자체를 부인했다. 그러므로 발병 즉시 감염 여부가 드러나지도 않았고 눈에 띄는 초기 증상도 알려진 바가 없었으며 잠복기가 얼마나 되는지도 알 수 없었다. 또한 이 때문에 감염된 사람을 치료하는 의사도, '전염병'을 연구하는 의학자도, 사건을 수사하는 경찰도, 상황을 보도하는 기자도, 모두 다 감염되었을 가능성이 있었다. 그러므로 그 누구의 말도 믿을 수 없었다. 확실하게 믿을 수 있는 것은 '전염병'이 실재하며 물리적으로 가까이 있는 사람 아무라도 나를 먹으려 들 위험성이 상존한다는 사실뿐이었다.

  그렇게 아이오와주의 한 시골 마을에서 시작된 '전염병'
은 급속히, 그러나 조용히 미국 전역으로 퍼져나갔다. 문제의
큰아들이 다니던 학교의 학생, 선생, 교직원 들. 학생의 부모
가 근무하던 직장의 동료들, 신고를 받고 사건 현장으로 출
동한 911 구조대원과 경찰 관계자 들이 먼저 감염되었다. 그
다음으로는 이들의 가족과 친지, 동료 들이 감염되었다. '전
염병'을 피해 마을을 탈출한 사람들은 그 자신도 곧 발병했
을뿐더러 '전염병'을 다른 지역으로 확산시키는 매개체 역할
을 했다. 지방 자치가 철저하며 하나의 주(州)가 하나의 독립
된 국가처럼 운영되는 미국 사회 체제의 특성상 아이오와에
서 일어난 사건이 다른 주에서 일어난 사건들과 연관되어 있
다는 사실을 인근 일곱 개 주의 주정부 중에서 한 군데만이
라도 눈치채기까지, 또 거기서부터 연방 정부에 도움을 요청
하기까지 아주 많은 시간이 소요되었으며, 게다가 보고를 받
은 연방 정부에서 실제로 조치를 취하기까지는 대단히 복잡
한 행정 절차를 거쳐야 했다. 특히 감염의 최초 발생지인 아
이오와주 경찰 당국 내에도 감염자가 발생해 있었기 때문에,
이들은 특유의 왜곡된 사고방식과 완고한 자기부정으로 인
하여 자의적이든 아니든 간에 사건 보고와 타 지역 간의 협
조에 막대한 악영향을 미쳤다. 그사이에 '전염병'은 인근 일

곱 개 주를 통해 아무런 방해도 받지 않고 마른 잔디에 불길이 번지듯이 매끄럽게 퍼져나갔다. 특히 인접한 일리노이주의 시카고에서 감염자가 발생하자 '전염병'은 곧 시카고 오헤어(O'Hare)국제공항을 통해 미국 전역으로, 이어서 전 세계로 공수되었다.

이것이 '전염병'의 최초 발생 당시 상황이다. 물론 사건 당시 관계자는 전원 감염되었다고 보는 것이 옳으므로 이 자료에도 어느 정도는 왜곡이 있을 수 있다. 그래도 그나마 현재까지 남아 있는 자료 중에서는 가장 신뢰도가 높다고 보아야 한다.

그리하여 전 인류가 서로서로 잡아먹는 상황이 실제로 펼쳐졌다. 좀비영화에서 흔히 보듯이 반쯤 썩은 시체들이 되살아나 알 수 없는 비명 같은 소리로 울부짖으며 떼 지어 걸어 다녔다면 좀 나았을지도 모른다. 겉보기에 멀쩡하기 짝이 없는 사람들이 예의 바르게 대화하고 아무렇지 않게 웃다가 갑자기 가장 가까이 있는 사람 혹은 사람들의 두개골을 부수고 시체를 토막 내어 도시락처럼 싸 가지고 다니면서 공원 벤치에 앉아 샌드위치라도 먹듯이 꺼내 들고 햇볕과 잔디를 감상하면서 평화롭게 뜯어 먹는 광경이 일상이 되었다. 이런 사태를 맞이하여 작게는 가족 단위로, 혹은 지역 단위로, 국가 단위로 여러 가지 조치가 취해졌으나, 그 조치를 취하는 당사자 혹은 실무 책임자 중에 이미 감염자가 있거나 머지않아 발생했기 때문에 대부분의 조치는 실패로 끝났다.

그런 조치들 중 국제적 차원에서 시행된 최후의 대응 방안 중 하나가 바로 감염되지 않았음이 확실한 사람들만을 모아 우주로 보내는 것이었다. 우주로 보내서 어쩌자는 것인지는 사실 그 방안을 주장한 사람들도 확실히 알지 못했다. 외계 문명과 접촉하여 해결책을 얻어 온다? 가능성이 너무나 희박한, 그야말로 SF영화에나 나올 만한 이야기였다. 그보다는 무조건 도망친다는 쪽이 옳았다. 다 죽기 전에 그나마 몇 명이라도 살아남아서 피신해 있다가 사태가 진정되거나 혹은 뭔가 다른 그럴 듯한 해결 방안이 발견되면 그때 돌아오라는 것이었다.

프로젝트는 어찌 보면 약간은 어울리지 않는 '노아의 방주' 라는 암호명하에 당연히 극비로 진행되었다. 그래도 어떻게든 정보를 입수한 정계와 재계의 막강한 인사들이 무슨 수를 써서라도 줄을 대려 했으나 탑승 자격은 일단 여러 가지 검사를 거쳐 감염되지 않은 것으로 확정된 사람들, 그중에서도 우주선을 조종할 소수의 우주항공 전문가와 운항 기술자를 제외하면 의학, 생물학, 화학, 약학 관련 분야 전문가로 한정되었다.

나는 국방부 소속이기는 하지만 본래 언어학 전공이고 주

특기는 암호 해독이다. 그러므로 내가 어떻게 해서 우주선에 타게 됐는지는 나도 잘 모르겠다. 공식적인 임무는 혹시 만에 하나라도 실제로 외계 문명과 조우하는 경우가 발생하면 의사소통을 담당하라는 것이었는데, 이건 아무리 봐도 명령서를 쓴 담당자가 SF소설을 너무 많이 봤다고 생각할 수밖에 없다. 실제로 혹시라도 외계 문명과 접촉할까 싶어서 우주에서 수신되는 전기적 신호를 모아서 해독하는 작업도 병행하기는 했다. 그러나 그보다 내가 주로 수행하는 임무는 지구와의 통신, 더 정확히 말하면 내 고국과의 교신을 담당하는 것이었다. 지구에 있는 각국의 관제센터에서는 '전염병'의 확산 상황, 감염자 수의 증가 혹은 감소 여부, 그 외 전반적인 감염 대응 상황을 우주선에 정기적으로 전송했다. 나는 그런 정보를 수합하는 한편, 나와 같은 국가 출신인 선장이 비밀리에 내게 보내주는 우주선 내의 '전염병' 관련 연구 진행 상황을 정리하여 암호화해서 고국의 관제센터에 극비로 전송했다. 지구촌이 합심하여 '전염병' 퇴치에 모두 함께 힘쓰고 있다고는 하지만, 아무래도 내 나라가 다른 나라보다 먼저 효과적인 대응책을 찾아낸다는 건 좋은 일이다. 게다가 우주선도 내 고국에서 제작되어 출범했고 선장도 다른 여러 다국적 후보를 제치고 나와 같은 나라 사람으로 뽑혔기 때문에, 내 나라에서 특권적인 정보를 원하는 것은 어찌 보면 당연한 일이었다. 다만 이런 물밑 작업이 진행 중이라는 것은 말할 필요도 없이 극비였으며 나는 선장 외에는 아무에게도 관련 정보를 발설할 수 없었다.

　기울어가는 햇살을 바라보며, 점점 차가워지는 대기 속에 그래도 아직은 온기가 남아 있는 콘크리트 덩어리 위에 옹송그리고 앉아서 나는 의사소통의 가능성보다는 불가능성에 대해 생각하고 있었다.

　쌍방향 의사소통이란 존재하지 않는다. 깨어 있는 시간의 대부분을 암호문 작성과 해독으로 보내면서 내가 내린 결론은 그것이었다. 가장 순수한 형태의 의사소통은 일방적인 정보 전달이다. 보고나 명령 등이 이런 종류에 해당한다. 이런 형태의 의사소통을 위해서는 전달할 정보의 내용을 최대한 명확하게 표현하며 오해의 여지를 최소화해야 한다.

　그 명료함을 나는 사랑했다. 내가 고안한 알고리즘에 따라 컴퓨터가 아무 뜻도 없어 보이는 일련의 기호들을 나와 내 편인 사람들에게만 해독 가능한 가치 있는 정보로 변환하는 모습을 지켜보면서 '의사소통'이라는 말의 진정한 의미를 온몸으로 느꼈다. 또한 상대방에게는 분명히 가치 있을 정보를 불특정 다수의 제3자가 이해할 수 없는 기호들로 바꾸는 작업에서 일종의 심술궂은 역설을 느끼며 입가에 웃음을 띠었다. 그렇게 의사소통의 가능성과 불가능성이 만나는 지점에 서서 나는 조심스럽게 그 가능성을 탐색했다. 그러나 결코 그 것을 완전히 믿지는 않았다.

나와 함께 우주선 생활을 하는 사람들은 대부분 의사나 과학자 혹은 우주항공 기술자였다. 이들 사이에서 나는 그러 므로 상당히 이질적인 존재였다. 매번 대화를 시도할 때마다 이학 계통과 문과 계통은 사고방식을 넘어서 두뇌 구조 자체 가 다르다는 사실만 확인하고 물러나야 했다. 게다가 업무의 내용뿐 아니라 그런 업무가 진행된다는 사실 자체가 극비였 기 때문에 내가 무슨 일을 하는지에 대해 다른 사람들과 이 야기하거나 정보를 공유할 수 없다는 점도 나를 더욱 고립 시켰다. 선내의 다른 사람들, 예를 들어 운항 기술자들은 대 체로 조를 짜서 몇 명씩 함께 근무했다. 혹은 같이 근무하지 않더라도, 교대할 때 인수인계를 통해 정보를 공유하고 서로 안부를 확인했다. 의사나 과학자의 경우에도 '전염병'을 퇴치 한다는 공동의 목표를 추구했으므로 연구 성과를 자주 공 유했고, 그중 마음 맞는 사람들끼리는 일종의 팀을 이루어 함께 일하는 경우도 흔했다. 이런 분위기와는 정반대로 나 는 누가 아무리 집요하게 물어도 '통신 담당'이라는 것 이상 은 절대로 말하지 않았고 오로지 선장실만 말없이 들락거렸 다. 이 때문에 결과적으로 존재의 의미도 불분명하고, 다른 사람들을 무시하고 선장에게만 아부하며, 선내의 다른 구성원들과는 교류하려는 기본적인 사회성도 없는 비협조적이고 신뢰할 수 없는 인물로 낙인찍혔다. 여기에 대해 딱히 해명을 하거나 협조적인 태도를 보이려고 들지도 않았기 때문에 나는 얼마 못 가서 기피 대상이 되어버렸다. 사람은 어떤 상황에든 대체로 익숙해지게 마련이고, 나로서는 맡은 일을 수행하기 위해 어찌 보면 이쪽이 더 편하기도 했다. 그러나 나도 사람인데, 달리 피할 곳도 없는 닫힌 공간에서 모두에게 배척당하는 것이 괴롭지 않았다고는 할 수 없다.

그런 상황에서 유일하게 나를 따돌리지 않았던 사람이 바로 녀석이었다.

녀석은 우주선의 운항 정비 기술자였다. 다른 정비 기술자들이 모두 그렇듯이 군인은 아니고 자기 나라에서는 말하자면 공군 협력 업체 소속 직원 정도 되는 위상이었다. (그렇게 따지면 승무원들 대부분도 민간인 신분이었다. 선장은 나와 같은 국방부 소속이지만 부선장급 이하는 군 경력이 전혀 없는 이 우주선의 승무원단이 나는 언제나 조금 이상했다.) 그러나 민간인 기술자들 사이에서도 경력과 전문 분야에 따라서 어느 정도는 계급이 나누어지는 모양인데, 녀석은 그런 위계가 꽤나 바닥에 속하는 것 같았다. 게다가 우주항공 기술자라고 하면 떠오르는 이미지와는 전혀 다르게 감상적이고 여린 면이 있어서, 상대적으로 건조하고 현실적인 성향이 강한 다른 기술자들에게 타박도 많이 받고 스트레스도 꽤나 심한 듯했다. 말하자면 녀석도 기술자들 사이에서는 어느 정도 따돌림을 당하는 신세였다. 그것이 나와 녀석이 친해지는 계기가 되었다.

각자 속한 무리에서 배척당하고 있다는 사실을 제외하면 나와 녀석은 사실상 공통점이 전혀 없었다. 나는 언어학자이고 녀석은 기술자였다. 나의 주 관심사는 주어진 정보를 어떻게 하면 가능한 한 단순 명료하게 표현, 압축, 변환하여 전송할 수 있는가 하는 것이었다. 녀석의 주 관심사는 우주선의 어느 부품이 어떤 오작동을 일으켰으며 그런 오작동을 어떻게 수리하여 기능을 복구하는가 하는 것이었다. 녀석이 언젠가 자기가 하는 일에 대해 설명하려 했던 적이 있었다. 두 번째 문장을 절반 정도 들은 시점에서 나는 이해하는 것을 포기했다. 마찬가지로 녀석에게 (내가 하는 일에 대해서는 이야기해줄 수 없었으므로) 언어의 기본 구조에 대해 설명해주려 한 적이 있었다. 녀석이 알아들은 것이라고는 기계가 부품을 조립해서 이루어지듯이 사람이 하는 말은 '주어'나 '동사' 혹은 '목적어' 따위를 조립해서 이루어진다는 정도였다. 물론 문장을 기계 조립하듯이 조립할 수는 없는 노릇이고 품사는 언어에 따라 다르게 사용된다는 점을 좀 더 자세하게 설명하려 했지만 녀석의 표정을 보아하니 아무래도 의미 없는 헛수고 같아서 대충 체념하고 중간에 그만두었다. 그래도 녀석은 별것도 아닌 나의 설명을 무척 신기해했고, 아무런 비판도 반박도 없이 귀를 기울였다. 내가 무슨 이야기를 하든 녀석이 그런대로 재미있어하는 것 같았기 때문에, 폐쇄적이고 배타적인 분위기에 지쳐 있던 나는 적잖이 위안을 받았다.

녀석도 아마 언제나 다른 기술자들의 구박에만 시달리다가 자기보다 더 아무것도 모르는 사람에게 자기가 잘 아는 분야를 설명해줄 기회가 생겨서 조금은 신이 났을 것이다. 그렇게 나와 녀석은 남의 눈에 띄지 않는 우주선 구석에 나란히 앉아서 (녀석은 이런 '죽은 공간'을 찾아내는 능력만큼은 타의 추종을 불허할 정도로 탁월했다) 서로 알아듣지 못할 말을 늘어놓으면서도 또 그 알아듣지 못할 말을 무조건적으로, 무비판적으로 들어주었다. 사실 친구가 되기 위해서는 그것만으로도 충분한 법이다.

그리고 화제가 지구에서의 과거, 특히 어린 시절로 옮겨 가자 대화는 약간 더 풍성해졌다. 생각해보면 조금은 신기한 일이었다. 녀석은 나와 나이는 비슷했지만 출신 국가도, 성장 배경도, 가정사도 전혀 달랐다. 나는 아버지가 군인이기는 하지만 고위 장성도 아닌 평범한 집안 출신으로 대학은 가고 싶은데 등록금을 댈 방법이 없어서 군에 자원 입대했다가 이렇게 저렇게 운이 따라준 덕에 여기까지 오게 된 케이스였다. 반면에 녀석은 어머니가 변호사이고 아버지가 고위 공무원인 특급 엘리트 집안에서 태어나 어렸을 때부터 법조계나 정계로 진출해야 한다는 부모와 친척의 압박을 받았으나 모두 뿌리치고 손재주와 호기심만 믿고 이공계에 진학하여 집안에서 내놓은 자식 취급을 받고 있다고 했다. 이 우주선의 운항 기술자로 뽑혔을 때도, 어쨌든 자기 나라 우주항공국 내에서는 최고의 기술자들과 겨뤄서 이겼다는 뜻일 텐데, 실력을 증명했음에도 불구하고 인맥이나 돈을 이용해서 떵떵거리며 편하게 우주 생활을 하지 못하고 '손에 기름때 묻혀가며 지하실에 처박혀 정비공 노릇이나 하게 되었다'고 녀석의 아버지는 오히려 역정을 냈다고 했다. 이야기를 들으면 들을수록 녀석의 인생은 나로서는 전혀 상상이 가지 않았다. 녀석에게는 아마 내 인생도 비슷하게 느껴졌을 것이다.

그런 식으로 살아왔음에도 불구하고, 혹은 그렇게 살아왔기 때문인지, 녀석에게는 도저히 이해할 수 없이 낭만적인 구석이 있었다. 이것이 나와 녀석의 대화 중에서 유일하게 마찰이 있다면 있었던 부분이었다. 예를 들어 '전염병', 혹은 우리가 지금 처한 현재 상황 전반에 대한 녀석의 입장을 한 문장으로 요약하자면 '우리보다 훨씬 뛰어난 외계 문명과 조우하여 치료약을 받아서 (혹은 치료 방법을 배워서) 반드시 지구로 돌아가 인류를 구원한다'였다. 아무리 상대의 말을 무조건 무비판적으로 들어주는 것이 나와 녀석 간의 불문율이었지만 이 부분만은 도저히 수긍할 수가 없었다. 그러나 내가 무슨 말로 반박해도 녀석은 주장을 굽히기는커녕 점점 더 완고해졌다. 정기적으로 지구와 교신하면서 현재 우리가 얼마나 절망적인 상태로 목적도 없이 헤매고 있는지 잘 아는 나로서는 선내의 유일한 친구가 이런 터무니없는 의견을 고수한다는 것이 진심으로 우울한 노릇이었다. 그러나 자칫하면 쓸데없는 싸움을 벌이거나, 혹은 흥분한 김에 기밀 사항을 발설해버리는 등의 진짜 심각한 사태까지 가게 될까 봐 나는 언제나 한 수 접어주는 것으로 대충 대화를 마무리 짓고 피하곤 했다.

그 당시에는 잘 몰랐지만, '전염병'의 해결책이 있다/없다, 혹은 인류에게 희망이 있다/없다는 거창한 주제로 논쟁을 벌인 것은 나와 녀석만이 아니었다. 출항한 지 얼마 되지 않았을 때는 모두 합심해서 공동의 목표를 향해 노력하는 것처럼 보이던 우주선의 의사와 과학자 들, 또 선장 휘하 승무원과 기술자 들까지, 시간이 지나고 끝이 보이지 않는 우주선 생활에 차츰 지쳐가면서 서서히 두 파로 나뉘게 되었다.

그리고 마침내 선내에도 '전염병'이 발생했다.

대화란 본시 성립되지 않는다. '협상'이니 '의견 조율' 따위 듣기 좋은 말로 포장하더라도, 결국 끝에 가서는 어느 한쪽이 이기고 다른 쪽(들)이 굴복하는 형태가 될 수밖에 없다. 의견이 대립되는 상황에서 관련자 모두가 100퍼센트 만족할 수 있는 해결책을 찾기란 거의 불가능하다. 관련 당사자들이 모두 상대를 위해 '양보'한다 하더라도, 결국은 더 많이 양보하고 더 많이 참아야 하는 사람(들)이 언제나 있게 마련이다. 그렇게 생각하면, 타협 따위는 존재하지 않는다. 모든 대화는, 모든 협상은 결국 전쟁이고, 그 결과는 언제나 어느 한쪽에게 강압적이고 때로 폭력적이다.

상대방이 나와 도저히 조율할 수 없는 관점을 고수할 경우에 특히 그렇다. 상대가 내 팔이나 다리처럼 재생 불가능한 신체 일부, 혹은 몸 전체를 식량으로 요구한다면 기본적으로 할 수 있는 답변은 거절밖에 없을 것이다. 상대방을 논리적으로 설득하거나 필요하면 물리적으로 제압해서라도 승복시킬 가능성이 조금이라도 있다면 목숨은 (당분간) 살려줄 테니 팔이나 다리를 내놓으라는 요구에 조용하고 평화롭게 '타협'할 이유도 없는 것이다. 아주 단순하고 논리적이며 당연한 반응이다.

선내 최초 발병자인 선임 조종사는 야간 근무 교대 시간이 얼마 남지 않았을 무렵에 갑자기 부조종사를 제외한 다

른 승무원들에게 전원 주조종실을 나가라고 평온하게 명령
했다. 그 태도나 말투가 어느 모로 보나 대단히 정상적이었기
때문에 승무원들은 조금 의아하게 생각하면서도 모두 명령
에 따랐다. 그러자 선임 조종사는 주조종실 문을 안에서 폐
쇄하고 남아 있던 부조종사에게 태연하게 다가가서는 들고
있던 렌치로 불시에 머리를 쳐서 기절시킨 뒤에 목부터 뜯어
먹기 시작했다.

일부러 그랬는지 실수였는지는 알 수 없지만 외부와의 통
화 장치는 전부 차단했으면서도 폐쇄회로 감시 카메라는 끄
지 않았기 때문에 주조종실 안의 상황은 소리 없이 생생한
영상으로 선내에 실시간 방송되었다. 대부분의 사람들은 이
영상을 보고 비명을 지르거나 눈을 감고 고개를 돌리거나 구
토를 했지만 극소수의 사람들은 화면 속의 선임 조종사를
주의 깊게 지켜보다가 무기가 될 만한 물건을 찾아 들고 가
장 가까이 있는 사람에게 덤벼들었다. 승무원 대부분이 주조
종실 앞에 몰려가서 문을 열기 위해 무익한 노력을 계속하
는 동안 이 극소수의 포식자들은 별다른 방해를 받지 않고
천천히, 조용히 피해자를 늘려갔다. 선임 조종사 외에도 감염
자가 더 있다는 사실을 뒤늦게 깨달은 선장 휘하 지휘관들이
이들을 제압하기 위해서 상황실에 매달려 있던 승무원 중 일
부를 파견했을 때 몇 안 되는 감염자들 대부분이 제압당해

중화되었으나 그중 한두 명은 빠져나가서 선내 구석진 곳으로 도망쳤다. 그렇게 사라진 감염자 중에 우주선의 부선장도 포함되어 있었다.

선임 조종사가 부조종사를 뼈만 남기고 완전히 먹어치우기까지 정확히 예순여덟 시간이 걸렸다. 그리고 일곱 시간 정도가 더 지나자 선임 조종사는 스스로 상황실 문을 개방하고 밖으로 나와서 태연하게 물을 달라고 요구했다. 밀폐된 우주복으로 무장한 승무원들이 선임 조종사를 연행해서 일단 개인실에 가두었다. 이어서 승무원들 중 일부가 부조종사 시신의 잔해와 피로 범벅이 된 조종실에 진입을 시도했으나 감염의 위험이 있다는 이유로 저지되었다.

사건의 발생부터 종료 시점까지 소요된 시간은 여기서 매우 중요하다. 왜냐하면 선임 조종사가 부조종사를 공격하기 직전에 최대 속도로 워프를 가동시켰기 때문이다.

이 우주선은 말하자면 탈출용이라 본래 목적지가 없었으므로 정해진 시간 내에 일정 거리를 항해해야 하는 종류가 아니었다. 그보다는 지구와 계속 교신을 유지하기 위해서, 그리고 궁극적으로는 지구에서 뭔가 기적이 일어나서 '전염병'이 발생했을 때처럼 갑자기 사그라들거나 치료약이 발견 혹은 개발될 경우 언제든지 돌아가기 위해서, 지구와 어느 정도 가까운 거리를 일정하게 유지하고 있었다. 사실은 궁극적으로 지구로 돌아가는 것이 진짜 목표라 할 수 있었다. 그러므로 워프 기능은 일종의 기본 옵션으로 예상치 못한 만약의 비상 상황을 대비해 탑재했을 뿐 실제로 사용하는 것은 계획에 없던 일이었다. 이 워프를 가동시키거나 중지하는 것은 워프 구동 가능자로 승인을 받아 운항 시스템 내에 등록된 사람만 가능했는데, 실제로 사용하는 경우가 생기리라고는 예상하지 못했으므로 워프 구동자로 지정된 사람은 선내 승선자 전원을 통틀어 선장, 부선장, 선임 조종사, 부조종사, 이렇게 네 명이었다. 워프를 가동하려면 일단 선장의 명령이 있어야 하고, 선장이 명령했다고 가정할 경우 지정된 네 명 중 두 명이 차례로 비밀번호를 입력한 뒤 열쇠를 한 사람당 두 개씩 지정된 위치에 꽂아 돌리고 나서 마지막으로 화면에 손바닥을 눌러서 장문(掌紋)을 스캔해야 한다. 이 세 가지 절차 중 하나라도 생략될 경우 워프 기능을 가동하거나 중지시킬 수 없다.

부조종사의 시신이 훼손되어 손바닥이 남아 있지 않으며, 부선장은 감염된 데다 행방불명이었기 때문에, 이미 가동된 워프를 중지할 수 있는 사람은 이제 선장과 선임 조종사뿐이었다. 그러나 선임 조종사는 조종실을 나와서 자기 방에 갇힌 후로 계속 물을 달라고만 요구했고 그 외의 모든 대화를 거부했다. 선장 직권으로 선임 조종사를 강제로라도 조종실로 데려가 워프를 중지시켜야 한다는 명령이 내려오자 감염의 위험성을 이유로 들며 반대하는 사람들이 나타나서 잠시 논란이 벌어졌다. 마침내 승무원들이 방으로 가보니 선임 조종사는 자기 왼손을 손목부터 잘라내어 깨끗이 먹어 버린 후 오른손 손바닥을 절반 정도 뜯어 먹는 중이었다. 잘린 왼손 손목에서 솟아 나오는 피를 맛있다는 듯이 핥아 먹으면서 선임 조종사는 자신을 데리러 온 승무원들을 향해 피투성이 얼굴로 웃었다. 그는 곧바로 의무실로 옮겨져 침대에 고정되었으나 얼마 못 가서 출혈 과다로 사망했다. 시신의 오른손을 절단하여 스캐너에 읽혀보았으나 손바닥이 절반 정도 사라졌기 때문에 장문을 읽을 수 없어 오류 메시지만 떠올랐다.

이런 모든 상황이 벌어지는 동안에도 우주선은 좌표도 방향도 알 수 없는 무한의 공간 어딘가로 초고속 워프를 계속 진행하고 있었다. 워프를 정상적인 방법으로 중지시킬 수 있는 사람 네 명 중에서 한 명은 사라졌고 두 명은 죽었으며, 죽었다는 사실이 중요한 게 아니라 시신의 손이 남지 않았으니 장문을 입력할 수 없다는 사실이 중요했다. 워프를 정말로 중지시켜야 한다면 이 시점에서 현실적으로 가능한 방법은 우주선의 모든 기능을 전면 비상 정지시키는 것이었다. 물론 초고속으로 워프 중인 우주선을 갑자기 운항 정지시켰을 때 어떤 일이 벌어질지 나 같은 문외한조차 대강 짐작은 할 수 있었다. 그러므로 승무원들 사이에서는 반대 의견이 엄청 났다. 그러나 달리 마땅한 대안이 없었다. 이대로 워프를 계속하다가 언젠가 우주의 끝에 도달해서 한 번 더 워프를 하면 출발점으로 되돌아갈 수 있을지도 모른다는 농담 같은 의견이 진지하게 제기되었으나 묵살당했다. 그 외에도 여러 가지 황당한 방안들이 제시된 끝에 결국 논쟁은 전면 비상 정지 문제에 집중되었으며 선내에 있는 모든 사람들은 찬성하는 파와 반대하는 파의 두 부류로 나뉘어서 대립했다.

나는 이 두 파 중 어느 쪽에도 끼지 않았다. 논쟁을 벌여봤자 아무 소용도 없으리라는 사실을 이미 잘 알고 있었기 때문이다. 조종실에서 비상사태가 벌어진 순간부터 나는 선장의 명령으로 지구에 상황을 전달하고 있었다. 물론 지구에서 무슨 유용한 대응 방안을 마련해줄 것이라는 기대는 처음부터 하지 않았다. 그러나 우주선에 발생한 비상사태의 구체적인 성격에 대해 보고하자마자 관제센터와의 교신이 끊어졌다. 이후 3분마다 계속 재교신을 시도했으나 더 이상 아무런 답신도 오지 않았다.

이것이 무엇을 의미하는지는 명백했다. '전염병'을 피해 달아난 우주선에서조차 감염자가 발생하자 지구 측에서 우리를 버린 것이다.

보고를 듣고 나서 선장은 한동안 침묵을 지켰다. 한참 기다린 끝에 내가 조심스럽게 물었다.

"어떻게 하면 좋겠습니까?"

"……잘된 거죠."

"예?"

선장은 잠깐 나를 마주보았다.

"다 잘될 거라고요."

선장은 손을 들어 입가를 비볐다.

"계속 재교신 시도하세요. 답변이 올 때까지."

그리고 선장은 워프 비상 정지 문제를 논의하기 위해 회의하러 갔다.

선장을 포함한 운항 관계자들이 모여서 회의를 진행하는 동안, 기술적인 문제에서 소외된 의사와 과학자 들도 자체적으로 모여서 토론을 벌였다. '전염병' 퇴치에 전혀 소용이 없어서 우주선에 왜 탔는지 알 수 없었던 몇 안 되는 물리학자들이 이 기회를 놓치지 않고 목소리를 높였다. 이들이 원론적인 논쟁에 빠져들어 끝도 없는 갑론을박을 되풀이하는 동안 워프의 원리나 우주선 운항에 대해 전혀 모르는 나머지 의사와 생물학자, 임상병리학자, 유전공학자, 화학자와 약학자 등은 별 소득도 없이 그저 앉아서 지켜보며 시간만 낭비할 뿐이었다. 그 와중에 내과의사가 옆에 앉아 있던 유전공학자의 귀를 물어뜯었다.

유전공학자의 비명과 함께 회의실은 아수라장이 되었다. 안에 있던 사람들은 밖으로 도망쳐 나오려 했으나 그 전에 상황실 승무원들이 이미 선내 감시 카메라를 통해 의과학 회의실에서 감염자가 발생한 것을 보고 즉시 출입문을 폐쇄했다. (선임 조종사 사건이 있은 후로 선내 보안 조치가 강화되었으며 새로운 비상 행동 지침이 내려왔다.) 회의 중이던 사람들이 모두 출입구로 달려가 폐쇄된 문을 두드리면서 비명을 지르는 가운데 내과의사는 몸부림치는 유전공학자를 계속해서 뜯어먹었다.

그러다가 문을 두드리던 사람들 중에서 생물학자 한 명이 내과의사에게 달려들어 주먹을 날렸다. 불의의 습격을 받은 내과의사는 뒤로 넘어졌고, 생물학자는 쓰러진 내과의사에게 달려들어 계속해서 주먹세례를 퍼부었다. 한편 간신히 내과의사에게서 풀려난 유전공학자는 온통 피투성이가 된 채 너덜너덜해진 얼굴을 양손으로 감싸 쥐고 울부짖고 있었다. 그러자 일제히 출입문으로 몰려갔던 의사와 과학자 들 중에서 일부가 직업적으로 훈련된 본능을 발휘하여 유전공학자에게 달려가서 응급처치를 해주기 시작했다. 다른 일부는 생물학자와 내과의사에게 덤벼들어 주먹질을 말렸다. 그중에서 한 임상병리학자가 생물학자에게 달려들어 의자로 내리쳤다.

생물학자가 쓰러지자 임상병리학자는 발로 차기 시작했다. 그러자 내과의사가 이번에는 임상병리학자에게 덤벼들었다.

그리하여 회의실 안의 인원은 세 부류로 갈라졌다. 몇몇 의사는 비명은 멈추었으나 이제는 쇼크 상태에 빠진 유전공학자에게 할 수 있는 한 최선의 의료적 처치를 해주는 데 몰두했다. 다른 일부의 사람들은 문에 여전히 매달려 있었으나 이제는 고함을 멈추고 두드리는 것도 포기한 채 망연자실해 있었다. 그리고 그 와중에도 내과의사와 생물학자와 임상병리학자와 이들을 말리려는 사람들과 내과의사에게 덤벼들려는 사람들 간의 마구잡이 주먹다짐은 계속되었다.

이 난장판 싸움이 잠시나마 멈춘 것은 부상당한 유전공학자를 돌보던 의사들 중 한 명이 유전공학자의 목을 물어뜯었기 때문이었다. 찢긴 경동맥에서 천장을 향해 선혈이 분수처럼 뿜어 나왔고, 유전공학자 주변에 서 있던 사람들은 기습적으로 쏟아지는 뜨뜻미지근한 피를 뒤집어쓰고 깜짝 놀라서 물러났다. 싸우던 사람들도 일시적으로 주먹질을 멈추었다.

그 틈을 타서 생물학자와 임상병리학자에게 얻어맞던 내과의사가 벌떡 일어나더니 유전공학자에게 달려와서 함께 뜯어 먹기 시작했다. 그러자 내과의사를 공격했던 생물학자도 비틀거리며 몸을 일으켜 임상병리학자를 뿌리치고 달려와서 내과의사에게 다시 덤벼들었다. 이 시점에서 내과의사는 아직도 숨이 완전히 끊어지지 않은 채 경련하는 유전공학자의 윗도리를 헤치고 옆구리부터 뜯어 먹으려는 중이었다. 그러나 지켜보던 사람들의 예상과는 달리 생물학자는 내과의사에게 덤벼들어 뒷덜미를 깨물었다.

이제는 누가 감염되었고 누가 정상인지 구분할 수 없게 되었다. 감염 여부뿐만이 아니라 누가 제정신을 유지하고 있으며 누가 일시적인 (혹은 영구적인) 정신이상을 일으켰는지도 구분할 수 없었다. 감염되었다고 해서 반드시 정신착란을 일으켰다고 확신할 수는 없었다. 오히려 감염되지 않은 사람이 충격으로 인해 착란 상태에 빠질 확률이 더 높았다. 그러나 상황실에서는 이런 세세한 구분에 집착하지 않았으므로 출입문을 전반적으로 폐쇄한 채 열어주지 않았다.

우주선에 탑승해 있던 의사와 과학자 중 약 3분의 2 정도가 이 회의실에서 죽었다. 전체 승선 인원으로 따지면 절반이 넘는 숫자였다.

회의실 안에 있는 사람들이 전원 사망한 것으로 확인되기까지 이후 백스물네 시간 정도 더 걸렸다. 그 5일 동안, 회의실 안에 갇혀 서로를 뜯어 먹는 사람들도, 그런 사람들을 모니터를 통해 지켜보는 사람들도, 모두 함께 미쳐갔다.

생존의 희망 같은 건 이제 아무 의미도 없었다.

의과학 회의실은 영구 폐쇄되었다. 나는 정기적으로 상황실 화면을 점검해서 여전히 아무런 연락도 없는 지구 관제센터와 고국의 통신실 양쪽으로 상황을 요약 전송하고 오지 않는 답변을 기다리며 컴퓨터 화면을 멍하니 응시했다. 그러다가 우주선의 밑바닥으로 내려갔다.

녀석은 그곳을 우주선의 '뱃속'이라고 표현했다. 마치 우주선이 기계 덩어리가 아니라 거대한 고래라도 되는 것처럼. 그 뱃속 깊숙한 곳의 작고 아늑한 공간으로 파고 들어가서 거미줄처럼 얽힌 파이프와 전선에 등을 기대고 반쯤 누운 채로 녀석은 신의 뜻에 따라 고래 뱃속에 삼켜졌다가 살아난 사나이의 이야기를 들려주었다.

"신의 뜻? 그런 걸 믿어?"

나는 어이가 없어서 물었다. 그러나 녀석은 어디까지나 진지했다.

"서구 종교에서 말하는, 인간과 유사하고 독자적인 인격을 지닌 유일신을 말하는 게 아냐. 사람의 힘으로 그렇게까지 구체적인 면면을 다 이해할 수 있다면 신이 아니겠지. 하지만 이 우주에 인간의 오감과 지능으로 인지하고 이해할 수 있는 범위를 훨씬 넘어서는 어떤 위대한 존재가 실제로 있다는 건 믿어."

이어서 녀석은 내 눈을 지그시 들여다보면서 물었다.

"설마 믿지 않는다고 말하려는 건 아니지? 우주에 나와 있으면서, 이 광활하고 무한한 공간을 아침저녁으로 마주 대하면서 어떻게 인간보다 더 큰 존재를 믿지 않을 수가 있어?"

나는 이 문제에 대하여 녀석과 사고방식이 전혀 달랐다. 그러므로 내가 보일 수 있는 반응은 그저 곤란한 표정으로 어깨를 움찔해 보이고 입을 다무는 것뿐이었다.

잠시 어색한 침묵이 흘렀다. 나 때문에 기분이 상한 게 아닐까 슬슬 걱정이 되기 시작하던 차에 녀석이 먼저 입을 열었다.

"위의 상황은 어때?"

"좋지 않아."

내가 짧게 대답했다.

조금 생각하고 나서 녀석이 다시 물었다.

"왜, 자세히 말할 수 없어?"

"아니, 말하고 싶지 않아."

내가 고개를 돌렸다.

"희망이 없어……. 전혀."

녀석은 다시 조금 생각했다. 그리고 불쑥 말했다.

"생각건대, 희망이란 본시 있다고도 할 수 없고, 없다고도 할 수 없다."

이건 또 무슨 소린가. 내가 아무 말도 하지 않자 녀석이 옆에서 중얼거렸다.

"아주 옛날에 중국의 어느 작가가 소설에다가 그런 말을 썼대."

그리고 또 조금 뒤에 녀석은 덧붙였다.

"고향에 돌아가는 것에 관한 소설이었어."

"중국 소설도 읽어?"

내가 묻자 녀석은 자랑스럽게 대답했다.

"그럼, 내가 얼마나 공부를 많이 하는데."

'공부'란 학술 서적이나 논문을 읽거나 쓰는 행위다. 소설을 읽는 것은 '공부'라고 할 수 없다. 그러나 나는 우리의 불문율에 따라 아무런 반박도 하지 않고 그저 고개만 끄덕였다.

녀석이 말을 이었다.

"희망은 그러니까, 있다고 생각하면 있는 거야. 우주는 무한히 넓고 크지만, 그 안의 모든 공간, 모든 행성과 혹성, 위성을 지배하는 법칙이라는 게 있잖아. 우리가 여기까지 오게 된 데에도 이유가 있고 목적이 있을 거야. 우리는 그 목적을 이루기만 하면 되는 거야."

녀석의 말을 듣자 어쩐지 우주선이 처음 출항했을 때 종종 들었던 '우리는 이제 "전염병"의 치료약만 찾아내면 되는 거야'라는 의사들의 농담이 생각났다. 공허하고, 무의미하고, 쓰라렸다.

"언젠가 꼭, 우리도 고향으로 돌아갈 거야. 지구로 돌아가서 인류를 구해내고 희망을 찾을 거라고. 희망이란, 있다고 생각하면 있는 거니까."

말하면서 녀석은 친근하게 내 어깨를 툭 쳤다.

녀석은 '공부'를 제대로 하지 않은 모양이었다. 그 오래된 중국인 작가의 소설이, 주인공이 오랜만에 고향으로 돌아가서 절망과 좌절만 겪게 되는 이야기라는 것을 나는 굳이 설명해주지 않았다.

그때, 선장이 나타났다.

선장은 마치 어둠이 뱉어낸 것처럼 불쑥 모습을 드러냈다. 녀석과 나는 황급히 몸을 일으켰고, 녀석은 그러다가 바로 이마 위에 있던 파이프에 머리를 부딪혔다. 녀석이 짧은 비명을 지르며 머리를 움켜쥐고 쩔쩔매자 선장은 반사적으로 녀석의 얼굴을 향해 손을 뻗었다.

"괜찮아요? 내가 놀라게 했나?"

"아뇨……. 아닙니다."

선장은 녀석의 관자놀이를 한 손으로 감싸 잡고 밀어서 얼굴을 한쪽으로 젖혔다. 녀석은 어쩔 줄 모르며 피하지도 못하고 선장이 하는 대로 고개를 움직였다.

"좀 봅시다……. 의무실로 가는 게 낫지 않나?"

"아뇨, 괜찮습니다."

녀석의 얼굴을 보고 선장은 조금 심술궂은 웃음을 띠었다.

"근무 시간 중에 위치를 이탈한 것 때문에 걱정돼서 그럽니까?"

"근무 시간 중은 아니었습니다. 지금은 비번입니다."

내가 옆에서 얼른 끼어들었다. 선장이 녀석의 얼굴을 잡았던 손을 놓았다.

"선내에 비상이 걸렸는데 근무 중이든 아니든 거취가 불분명하면 안 되지요. 상급자한테 허락받고 이런 데 내려와 있지는 않을 거 아닙니까?"

녀석의 사정은 모르겠지만 내 경우 그 말은 사실이었다. 내 상급자라면 선장인데, 나는 우주선 밑바닥에 숨어 있어도 된다는 선장의 허락을 받은 적이 없었다.

"죄송합니다."

"됐어요. 다음부터는 이러지 맙시다."

그리고 선장은 나타났을 때와 마찬가지로 갑자기 어둠 속으로 사라져버렸다.

방금 일어난 일이 아무래도 현실 같지 않아서 나는 녀석과 함께 멍하니 서 있었다.

"선장이 여긴 도대체 어떻게 알았지?"

내가 중얼거렸다. 그러나 녀석은 대답하지 않고 관자놀이에 한쪽 손을 댄 채 고개를 숙이고 가만히 있었다.

"왜 그래? 많이 아파?"

녀석은 대답하지 않았다. 여전히 머리에 손을 댄 채, 돌연히 걷기 시작했다.

"어디 가?"

내가 당황해서 불렀다. 그러나 녀석은 여전히 아무 대답도 없이 성큼성큼 어디론가 걸어갔다.

"왜 그래? 무슨 일이야?"

계속 부르면서 나는 따라갔다.

녀석은 한 손을 그대로 머리에 댄 채 다른 한 손으로 거미줄처럼 연결된 파이프를 잡고 한동안 말없이 걸었다. 그러다가 우뚝 멈춰 섰다. 머리에 댄 손을 내리지 않고 한 손만으로 허리춤에 찼던 휴대용 손전등을 꺼냈다. 사방을 비춰 보았다.

"뭐야? 왜 그래?"

나는 헐레벌떡 녀석을 따라잡아 어깨를 붙들고 돌려세웠다. 손전등의 빛이 눈부셨다. 녀석의 얼굴을 보고 나는 깜짝 놀랐다.

"피가 많이 났잖아? 아까 심하게 부딪친 거야? 의무실로 가자."

녀석은 괴이하게 무표정한 얼굴로 내 눈을 들여다보다가 갈라진 목소리로 말했다.

"내 피가 아냐."

"엉?"

"내 피가 아니라고."

그리고 녀석은 돌아서서 어딘가를 비추었다. 나는 녀석의 손전등 불빛을 따라 시선을 돌렸다.

그곳에는 한쪽 뺨을 물어뜯기고 흉부에서 하복부까지 온통 파먹힌 부선장의 시체가 널브러져 있었다.

선장과 부선장 중에서 어느 쪽이 먼저 감염되었을까. 혹은 처음부터 부선장은 감염되지 않고 선장만 감염되어 있었던 건가. 이제 와서는 별 의미가 없는 그런 생각을 하면서 나는 부선장의 시신을 멍하니 내려다보았다. 녀석도 옆에 서서 손전등을 비출 뿐, 감히 시신에 가까이 가려 하지 않았다.

"시체를 직접 보는 건 처음이야……."

녀석이 중얼거렸다. 그러나 나는 그 말에 대답할 여유가 없었다.

"시신의 오른손이 없어."

"응?"

녀석이 되물었다. 내가 다시 말했다.

"시신의 오른손이 없다고."

위기의 순간이 되면 사람의 두뇌 속에서 시냅스의 전기 신호도 일종의 워프를 하는 모양이다. 물론 그렇게 워프해서 얻어낸 생각이 객관적으로 옳은지 그른지는 확신할 수 없다. 부선장의 오른손은 뜯어 먹힌 것이 아니라 손목부터 뼈째로 깨끗하게 잘려나갔다. 그것을 본 순간 내 머릿속에는 지구와 교신이 끊어졌다고 보고했을 때 '잘된 거죠'라고 대답하며 한 손을 들어 입가의 미소를 가리던 선장의 얼굴이 떠올랐다.

부선장의 손이 있으면, 오른손이든 왼손이든 장문만 온전히 남아 있으면, 선장은 워프를 마음대로 가동하거나 중지시킬 수 있다. 그러므로 이 우주선을 말 그대로 우주 어느 곳으로든 조종해 갈 수 있게 된다. 선내에 사람이 남아 있는 한 식량도 조달된다. 선장은 지구로 돌아갈 생각이 없는 것이다. 애초에 지구 따위 어떻게 되든 상관이 없었던 것이다.

"불시착을 해야 돼."

"뭐?"

나는 녀석을 향해 돌아섰다. 그러나 꼭 녀석을 향해서라기보다는, 알지 못할 누군가를 향해 외쳤다.

"워프를 멈춰야 돼. 아무 데라도 좋으니 불시착을 해야 돼. 이 우주선에서 나가야 돼."

"무슨 소리야? 왜 불시착을 해? 지구로 돌아가야……."

나는 녀석의 말허리를 잘랐다.

"지구로는 돌아갈 수 없어. 이 우주선에 계속 있다간 우리 모두 죽어. 어떻게든 여기서 나가야 돼."

"돌았냐?"

녀석이 뭔가 더 말하려 했지만 내가 고함을 질러서 말을 막았다.

"너도 봤잖아. 선장이 감염됐어. 선장 눈에 우린 모두 먹이일 뿐이라고. '전염병'을 치료하게 내버려둘 것 같아? 지구로 얌전히 돌아가줄 것 같냐 말이야!"

녀석은 잠시 아무 말도 하지 않았다. 내가 물었다.

"워프 중지시킬 수 있어? 이 우주선 착륙시키는 방법 알아?"

"혼자서는 못 해."

녀석이 고개를 저었다. 내가 다시 입을 열었다. 의도와는 달리 목소리가 비명처럼 커졌다.

"그럼 사람들을 모아야지. 남은 사람들 중에서 감염되지 않은 사람을 모아서……."

"누가 감염되고 안 됐는지 어떻게 구분할 건데? 방금 선장 봤잖아. 내 얼굴에 피 묻힐 때까지 감염된 거 눈치라도 챘어?"

녀석이 어린애를 타이르듯 차분히 말했다. 이번에는 내가 대꾸할 말을 잃었다.

"구명정이 있어."

녀석이 잠시 생각한 후에 조용하지만 단호하게 선언했다.

"탈출하자."

솔직히 말하자면 구명정이라는 물건에 대해서는 생각도 하지 못했다. 이 우주선에도 그런 것이 구비되어 있을 줄은 정말로 몰랐다. 생각해보면 이 우주선 자체가 지구 상황에서 탈출하기 위한 일종의 구명정이었다. 구명정에서 도망치기 위한 구명정이라.

그러나 어떤 발상이든, 모든 상황을 단번에 해결해줄 만능 해결책이란 본래 없는 법이다.

"이 우주선에 딱 한 척밖에 없어."

녀석이 빠르게 말했다.

"그리고 지금은 못 가."

"왜? 어째서?"

내가 조급하게 물었다. 나도 점점 말이 빨라지고 있었다.

"워프 중이잖아. 지금은 해치가 안 열려서 못 나가."

온몸의 기운이 쭉 빠졌다.

녀석도 한동안 말이 없었다. 그러다가 갑자기 나를 보고 입을 열었다.

"일단 비상 정지부터 해보자."

"어떻게?"

"나도 자세히는 몰라. 하지만 부선장급 이상 보안 승인이 있으면 직권으로 비상 정지시킬 수 있다고 들었어. 좀 더 알아볼게."

내 표정을 보더니 녀석은 다시 친근하게 어깨를 툭 쳤다.

"일단 돌아가. 여기 너무 오래 있었어. 뭐라도 좀 알게 되면 연락할게."

"부선장급 보안 승인을 무슨 수로 뚫으려고?"

간신히 제정신을 차린 후에 내가 돌아서서 가려는 녀석의 뒤통수에 대고 물었다.

"몰라. 그래도 일단 뛰어들면 어떻게든 되겠지."

녀석은 이렇게 말하고는 싱긋 웃었다. 그리고 몸을 돌려서 방금 선장이 그랬듯 우주선 뱃속의 어둠 속으로 사라졌다.

부선장급 이상의 보안 승인이라면 녀석보다는 내가 알아보는 쪽이 빠를 것이다. 위층으로 올라가면서 나는 생각했다.

물론 그 부선장급 이상의 보안 승인을 내가 직접 얻어낼 수 있다는 말은 아니다. 그러나 나는 선장실을 수시로 출입해왔으며 지금도 마음만 먹으면 별 이유 없어도 의심받지 않고 들어갈 수 있다. 선장이 감염된 것으로 밝혀진 지금으로서는 선장실에 접근하기가 대단히 꺼림칙하기는 하지만, 아직은 다른 사람을 먹고 싶은 욕구가 전혀 없으니 일단 나 자신은 감염되지 않았다고 간주해도 좋을 것이다.

그런데, 선장실에 잠입할 수 있다 쳐도, 들어가서 도대체 뭘 찾아내야 한단 말인가? 선장의 개인 식별 번호라면 알고 있었지만, 그것만으로 해결될 리는 없었다. 뭐가 더 필요할까? 보안카드? 비밀번호? 아니면 워프를 가동할 때처럼 열쇠가 있어야 하나? 비상 정지 절차가 정확히 어떻게 되는지 녀석에게 좀 더 자세히 물어볼걸 그랬다.

녀석에게 개인 통신을 걸었다.

"사실은 나도 잘 몰라. 그냥 주조종실에서 할 수 있다는 것만 알고 있어."

"주조종실?"

거긴 선장실보다도 더 위험하다. 의과학 회의실과 더불어 선내에서 절대로 근처에도 가고 싶지 않은 장소 0순위다.

"다른 데서는 안 되고?"

"주조종실에서만 될 거야. 내가 알기론 그래."

개인 통신을 끊고 엘리베이터에서 내렸다. 긴 복도를 천천히 걸어 방으로 돌아오면서 나는 고민했다.

방으로 들어왔다. 컴퓨터 앞에 앉았다. 가만히 화면을 응시했다.

기다린다고 해서 구원이 저절로 찾아오는 것은 아니다.

일어섰다.

우주복을 가지러 갔다.

완전히 밀폐된 우주복을 입고 깜깜한 복도를 걷는다기보다는 둥둥 떠서 주조종실 쪽으로 다가가면서 나는 잔뜩 긴장해서 마른침을 꿀꺽 삼켰다.

주조종실과 의과학 회의실은 모두 우주선의 가장 위층에 모여 있었다. 감염자가 발생한 이후로 구역 전체가 폐쇄되었다. 전기 공급도, 온도 조절도, 인공 중력 조절도 모두 중단됐다. 복도는 칠흑 같은 어둠에 잠겨서, 가면 갈수록 너무 길었다. 미약한 손전등 불빛이 지나갈 때마다 벽에 하얗게 얼음이 덮인 것이 언뜻언뜻 보였다.

그리고 마침내 복도 끝에 조종실 문이 보였다. 정확히 말하자면 문에 엑스자로 쳐놓은 출입 금지 테이프가 보였다. 그 테이프 뒤의 문은 밀폐되어 있다. 경보를 울리지 않고 문을 열 수 있을지, 나는 조금 자신이 없었다.

그러나 가까이 다가가서 보니, 출입 금지 테이프는 그대로인데 주조종실 문은 반쯤 열려 있었다.

믿을 수가 없어서 나는 멍하니 들여다보았다. 손을 뻗어 벌어진 문 사이로 들이밀어 보았다. 착각이 아니었다. 문이 열려 있었다.

잠시 망설이다가, 나는 열린 문 안으로 들어섰다.

주조종실 역시 복도와 마찬가지로 깜깜했다. 어둠이 눈에 익기를 기다렸으나 한참이 지났는데도 여전히 아무것도 보이지 않았다. 혹은, 실제로는 아주 짧은 시간이었지만 내가 견딜 수 없었던 것이었는지도 모른다. 어쨌든 고민하다가 나는 손전등을 켰다.

지나치게 깜깜한 곳에 갑자기 빛을 비추니 오히려 한동안 앞이 전혀 보이지 않았다. 간신히 사방이 눈에 들어오기 시작했지만 조종 장치를 내가 본다고 뭔지 알 리가 없었다. 게다가 바닥부터 천장까지 뒤덮인 핏자국을 보자 한순간 눈앞이 어지러웠다.

무턱대고 들어온 건 실수였다는 생각이 들기 시작했다. 녀석에게 다시 개인 통신을 걸어야 할까? 영상으로 주변을 비춰 보여주면 비상 정지 장치를 찾아낼 수 있을지도 모른다.

우주복에 붙어 있는 장갑은 둔해서 통신기를 잘 쥘 수 없었다. 몇 번 엉뚱한 버튼을 누르며 더듬거리는 동안 마음은 점점 급해졌고 그와 함께 손은 점점 더 서툴러졌다. 그때, 어둠 속에서 뭔가 소리가 들렸다.

나는 동작을 멈추었다. 귀를 기울였다.

내가 낸 소리일지도 모른다. 나는 우주복이 익숙지 않다.

다시 전화기와 씨름하기 시작했을 때, 벽 한쪽 구석에서 다시 부스럭거리는 소리가 들렸다. 그와 함께 어딘가의 화면에 불이 들어왔다.

머릿속에서는 '누구야!'라는 말이 비명처럼 떠올랐지만 목
소리가 되어 나오지 않았다. 대신 몸이 반사적으로 그 방향
을 향했다. 손전등 불빛이 소리 나는 쪽을 비추었다.

거리가 멀었고, 손전등은 작았다. 불빛은 완전히 미치지 못
했다. 그러나 화면에서 비추어 나오는 희미한 빛을 받으며 누
군가의 얼굴이 어둠 속에서 둥실 떠올랐다.

부선장의 옆얼굴은 화면에서 흘러나오는 빛을 역광으로
받아 윤곽만 환하게 보였다. 나머지 부분은 오히려 더 짙은
어둠 속에 잠겨 있었다. 그런 어둠 속에서도 왼쪽 뺨이 뜯어
먹혀 사라진 것이 언뜻 눈에 띄었다. 그 구멍 안쪽으로 치아
와 턱뼈가 하얗게 빛났다.

절반이 뜯겨 나가 뼈만 남은 얼굴로 부선장은 싱긋 웃었다.
그리고 인사라도 하듯이 왼손을 들어 보였다.

부선장이 죽은 왼손을 화면에 갖다 댄 순간, 우주선의 모
든 기능이 정지되었다.

충격이 굉장했다는 것 외에는, 잘 기억이 나지 않는다.

뒤흔들렸다. 한두 번 튕겨 나간 정도가 아니라, 약병 속에
알약을 잔뜩 넣고 병을 거꾸로 들어 뒤흔들 때 그 알약이 된
느낌이었다. 중간에 잠깐 정신을 잃었던 것도 같다. 몇 번이나
기절했는지, 혹은 다시 깨어나기까지 얼마나 오래 걸렸는지

는 알 수 없다. 몇 번인가 눈앞이 환해졌고, 다시 깜깜해졌다.

그런 와중에도 정신을 차릴 때면 계속 주조종실 안을 둘러보았던 것이 생각난다.

물론 조종실 안에는 나 혼자뿐이었다.

먹혀 죽어서 부선장 같은 꼴이 되는 것보다는 이렇게 혼자 죽는 편이 낫다고 순간적으로 생각했다. 두려워하거나 슬퍼할 여유는 없었다.

녀석이 어떻게 나를 찾아냈는지는 알 수 없다. 줄곧 뭔가 말하려 하는 것 같았는데, 입이 움직이는 것은 보였지만 소리가 전혀 들리지 않았다. 내 팔을 붙잡고 둥둥 뜬 채로 조종실 밖으로 끌어낸 뒤에 녀석은 내 우주복 허리에서 튀어나온 고리를 잡고 쭉 끌어당겨 자기 우주복 허리에 연결했다. (그런 용도의 그런 장치가 우주복에 붙어 있다는 걸 전혀 몰랐다.) 그리고 헤엄치듯 복도를 떠가기 시작했다. 나도 따라서 떠갔다.

우리 외에도 복도에는 여러 가지가 떠다녔다. 어둠. 불. 물. 시체. 피. 한때는 사람의 몸이었던 다양한 조각들.

죽음과 나 사이를 막아주는 것은 고작 우주복 한 겹뿐이었다.

지옥을 유영하면서, 이것이 실제 상황이라고는 도저히 믿을 수 없었다.

녀석과 나를 연결해주는 허리끈을 잡아당겼다. 녀석이 돌아보았다.

"어떻게 된 거야?"

내가 소리쳤다.

"내가 조종실에 있는 건 어떻게 알았어?"

녀석이 왼손 손목을 가리켰다. 나는 손목을 쳐다보았다. 색색의 스위치 같은 것이 눈에 들어오기는 했지만 머릿속에 그 의미가 전혀 전달되지 않았다. 녀석이 허리끈을 잡고 끌어당겼다. 나는 확 끌려갔다. 녀석이 직접 내 손목의 어떤 스위치를 눌렀다.

— 나도 조종실로 가고 있었어.

녀석의 목소리가 귓가에 천둥처럼 울렸다.

— 너랑 같은 걸 찾고 있었다고.

귀가 쩌렁쩌렁 울려서 아플 지경이었다. 그러나 녀석은 아랑곳하지 않고 소리쳤다.

— 우주선이 폭발할지도 몰라. 빨리 가야 돼.

승선하기 전에 훈련받을 때 우주복을 입는 훈련도 분명히 받았다. 통신 장치가 있으니 음량 조절 장치도 손목 어딘가에 붙어 있을 것이다. 그러나 들여다보아도 찾을 수가 없었다. 녀석이 더 이상 아무 말도 하지 않아서 다행이었다.

녀석은 다시 고개를 돌리더니 복도를 헤엄쳐 가기 시작했다. 녀석이 벽 위쪽에 붙은 안전 손잡이를 하나씩 잡으며 나아가는 모습이 그제서야 눈에 들어왔다. 나도 손잡이를 잡으며 따라갔다.

문이 나올 때마다 어쩐지 잠겨 있을 거라고 생각했지만, 양옆으로 밀자 예상 외로 쉽게 열렸다. 비상 정지 상태에서는 모든 기능이 해제되므로 잠금 장치도 아마 작동하지 않는 것 같다. 녀석을 기계적으로 따라가면서 나는 멍한 상태로 별 도움이 되지 않는 그런 생각을 하고 있었다.

복도를 얼마나 지났는지, 문을 몇 개나 열었는지 잘 모르겠다. 문을 밀어 열 때마다 시체 혹은 시체 조각들이 둥둥 떠왔다. 가끔은 난데없는 물벼락을 맞기도 했다. 그래도 그런 건 비교적 어렵지 않게 참아 넘길 수 있었다.

드디어 열리지 않는 문을 맞닥뜨렸을 때, 어쩐지 올 것이 왔다는 생각이 들었다. 그러나 가만히 서 있는 나와는 달리 녀석은 문에 달려들어 잡아당기기 시작했다.

— 너도 당겨! 열어야 될 거 아냐!

녀석의 목소리가 머릿속을 쩌렁쩌렁 울렸다.

빌어먹을 음량 조절 장치를 빨리 찾아내지 않으면 우주선 탈출하기 전에 청각에 이상이 올 것이 확실하다. 그러나 대꾸할 여유도, 물어볼 방법도, 녀석에게 내 의사를 전달하기 위

해 송신 장치를 찾아낼 시간도 없었다. 나도 반대쪽 문짝에
달라붙어 당기기 시작했다. 중력이 없으니 몸을 지탱하고 일
정한 방향으로 힘을 모으기가 매우 어려웠다.

문이 조금씩 흔들리는 것이 느껴졌다. 녀석이 나를 쳐다보
았다. 더 힘주어 잡아당겼다.

돌연히 문이 양옆으로 확 움직였다.

안에서 불기둥이 뿜어 나왔다.

폭발의 여파로 잡고 있던 문짝을 놓쳤다. 녀석과 나는 선풍
기 바람에 날리는 종이 인형처럼 속절없이 밀려갔다. 허리가
끈으로 연결되어 있어서 중간에 녀석과 한 덩어리가 되어 구
겨진 채 벽에 부딪쳐 튕겨 나와 공중에서 몇 바퀴나 구른 뒤
에야 멈출 수 있었다. 복도가 원형으로 휘어져 있지 않았더라
면 반대쪽 끝까지 날아갔을지도 모른다.

녀석이 먼저 정신을 차렸다. 허리끈을 잡아당겨 거꾸로 떠
있는 나를 바로 세워주었다.

나는 내가 거꾸로 뒤집혀 있다는 사실도 몰랐다. 눈에 초
점이 돌아오기까지 억만 년이 걸리는 것 같았다. 앞이 제대
로 보이게 되고 나서도 머리는 여전히 어지러웠다.

"어떻게 된 거야?"

말을 해놓고 나는 녀석에게 들리지 않는다는 사실을 깨달

왔다. 그러나 녀석은 어쨌든 알아들은 모양이었다.

— 역류야.

목소리가 다시 귀청을 터뜨릴 듯이 울려 퍼졌다. 나는 양손으로 귀를 막는 시늉을 했다. 녀석은 처음에는 이해하지 못하고 다시 뭔가 말하려 했다. 내가 결사적으로 양팔을 휘저은 후에 다시 귀를 막는 시늉을 해 보였다. 녀석은 그제서야 이해하고 내 손목을 잡아채더니 뭔가를 눌렀다.

— 잘 들려?

목소리가 더 커졌다. 기절할 것 같다.

녀석이 다시 뭔가를 눌렀다.

— 이제 괜찮아?

나는 고개를 끄덕였다. 아직도 귀가 좀 울렸다. 분명히 고막이 손상되었을 것이다.

— 아마 문이 닫힌 채로 안에서 화재가 났을 거야. 밀폐된 상태로 불이 나니까 안쪽의 산소가 다 소진된 거고. 우리가 멋도 모르고 문을 열어서 산소를 공급해주니까 불길이 확 폭발한 거야.

녀석이 설명했다. 듣고 보니 그런 현상에 대해 어디선가 읽어본 적도 있는 것 같다.

"그럼 이제 어떡해?"

묻는 것과 동시에 녀석이 다시 말하기 시작했다. 아무래도 내 쪽의 송신 장치는 계속 꺼져 있는 모양이다.

— 우주복은 어느 정도 방열이 되는 소재로 만들어져 있지만 그것도 한계가 있어. 저런 불을 뚫고 나갈 만큼은 못 돼. 게다가 어떻게든 지나간다고 해도, 통로로 나가는 반대쪽 문을 열면 불길이 다시 폭발할 수도 있어.

그리고 녀석은 몸을 휙 돌렸다. 허리끈이 연결되어 있었기 때문에 나도 확 잡아채여 끌려갔다. 전진한다기보다 무작정 돌진하면서 녀석이 계속 중얼거렸다.

— 저쪽이 빠른데, 지름길인데…… 이쪽으로 돌아가면 시간이 더 걸릴 거야…… 폭발까지 남은 시간…… 우주복 안의 산소 잔량…… 빨리 가야 돼…….

사람이 다급해지면 초인적인 힘이 나온다는 말은 사실인 것 같다. 중력이 없으니 대체 몸을 가눌 수가 없는데 녀석은 어떻게 그렇게 민첩하게 움직이는 건지, 조금만 더 여유가 있는 상황이었다면 무척 신기했을 것이다. 허리가 끈으로 연결된 채 짐짝처럼 정신없이 끌려가면서 나는 녀석과 보조를 맞추는 것은 금방 포기했다. 그래도 인간다운 자존심을 유지하기 위해 최소한 거꾸로 뒤집힌 채 끌려가는 것만은 사양하고 싶었다. 허공에 둥둥 뜬 채로 끌려가면서 자세를 똑바로 유지하기 위해 나는 혼신의 힘을 기울였다.

그러다가 녀석이 갑자기 움직임을 멈추었다. 나는 간신히 상체를 바로 세웠다.

무슨 일이냐고 묻기 전에, 눈부신 손전등 빛이 앞을 가로막았다.

내 앞을 가린 녀석의 어깨 너머로 선장의 얼굴이 보였다.

선장은 혼자가 아니었다. 승무원들이 대여섯 명 정도 주위를 둘러쌌다. 모두들 어딘가를 다쳐서 조금씩 피를 흘리고 있었다.

아마도 마지막 생존자들인 것 같았다.

아마도, 전원 감염되었을 것이다…….

선장이 앞으로 한 걸음 다가왔다. 손전등 불빛이 정면으로 눈을 때렸다. 나는 눈살을 찌푸리며 손으로 가렸다.

눈이 멀 것 같은 손전등 불빛 속에서 선장의 입이 움직이는 것이 보였다. 그러나 뭐라고 말하는 건지 전혀 들리지 않았다. 선장도, 다른 승무원들도 우주복은 입고 있지 않았다.

드디어 청각에 전면적으로 이상이 온 것일까, 따위 쓸데없는 생각이 머릿속을 스쳤을 때, 녀석이 옆에서 중얼거리는 소리가 교신 장치를 통해 들려왔다.

— 어떻게 하지?

"뭘?"

— 선장, 감염됐잖아. 구명정을 같이 탈 수는 없어.

녀석이 고개를 돌려 나를 쳐다보았다.

— 넌 군인이잖아. 어떻게 좀 해봐.

선장을 '어떻게 해'보라니, 혼자서 반란이라도 일으키란 말인가? 그러나 다시 생각해보면 지금 같은 상황에서는 반란이라는 말 자체가 별 의미가 없는 것 같기도 하다. 나는 살그머니 손을 들어 허리를 더듬었다. 평소에 선내에서 총을 차고 다니지는 않지만, 주조종실에 가기로 결심했을 때 만약의 사태를 대비하여 챙겨두었다.

우주복 장갑에 싸인 손이 우주복 허리에 닿았다. 그때 문득 떠올랐다.

총을 서랍에서 꺼내 허리에 찼고, 그리고 나서 우주복을 가지러 갔다…….

총을 꺼내려면 우주복을 벗어야 한다.

이렇게 위급한 상황에서 이렇게까지 멍청한 실수를 저지를 수 있다니, 믿을 수가 없을 지경이었다.

나는 녀석과 연결된 허리끈을 뗐다. 한 발 앞으로 나섰다. 자연스럽게 왼손 손목을 들어올려 녀석이 아까 눌렀던 부근을 살펴보았다. 송신 장치 버튼이 갑자기 눈에 들어왔다. 눌렀다. 필사적이라는 사실을 어떻게든 들키지 않으려고 나는 필사적으로 아무렇지 않게 행동했다.

— 저쪽 통로로는 갈 수 없습니다.

헬멧 안에서 듣기에는 내 목소리가 괴상하게 울리는 것 같았다. 선장에게 들리기는 들리는 건지 의심스러웠다. 한껏 목청을 높여서 소리쳤다.

— 통로에 화재가 발생했습니다. 반대쪽으로 돌아서 가셔야 합니다.

선장이 다시 뭐라고 입을 움직였다. 내가 고개를 저었다.

— 안 들립니다.

선장이 자기 제복 어깨 부분에 부착된 버튼을 눌렀다. 귓가에 선장의 목소리가 곧장 들려왔다.

— 어떻게 된 겁니까? 누가 비상 정지를 실행했죠? 피해 상황이나 생존 인원은 파악됐습니까?"

— 저도 모릅니다.

당신이 뜯어 먹다 남겨둔 부선장의 시체가 되살아나서 우리 모두를 엿먹이고 있다고는 절대로 말할 수 없었다.

— 그걸 파악하려고 나왔습니다만 현재까지 생존자는 저희 외에 없는 것으로 보입니다.

— 피해 상황은?

— 절망적입니다.

녀석이 옆에서 끼어들었다. 이제야 정신을 차린 모양이었다. 선장이 고개를 끄덕였다.

— 구명정이 있다는 건 알고 있습니까?

다른 사람도 아닌 선장인데, 구명정에 대해 모를 리는 없다. 그러나 감염된 사람의 입에서 '구명정'이라는 말이 나오자 순간 눈앞이 깜깜해졌다.

　선장이 태연하게 말을 이었다.

　— 아래로 내려가야 합니다. 가면서 생존자가 더 있는지 찾아봅시다.

　— 선장이 돼가지고 지금 이 상황에서 배를 버리겠다는 겁니까?

　녀석이 옆에서 또 끼어들었다. 말리고 싶었지만 그럴 틈을 주지 않았다.

　— 우리끼리 도망가자고요? 그런 말이 입에서 나옵니까? 애초에 선내에서 최초 감염자가 발생했을 때 어떻게든 조치를 취했어야 하는 거 아녜요?

　— 선장님한테 지금 무슨 소리를 하는 거요?

　선장 곁에 서 있던 승무원이 앞으로 나섰다. 그러나 녀석은 고함을 지르기 시작했다.

　— 선장은 무슨! 감염됐잖아! 처음부터 그런 계획이었던 거지! 조종사하고 짜고 이 우주선을 탈취해서 방해받지 않고 우릴 다 먹을 수 있는 곳으로 끌고 가려고 했던 거잖아!

　— 무슨 소릴 하는 겁니까?

　선장의 표정은 어디까지나 태연자약했지만, 목소리가 한

톤 기묘하게 높아졌다. 그러나 녀석은 상대방의 그런 섬세한 변화 따위를 눈치챌 만한 상태가 아니었다. 선장을 둘러싼 승무원들에게 소리치기 시작했다.

― 모르겠어? 선장이 감염됐다고! 오래전부터 감염되어 있었단 말이야! 부선장을 죽여서 먹었어! 당신들도 모두 먹을 거야!

그리고 녀석은 갑자기 벽을 박차고 앞으로 튀어 나갔다. 허리끈을 미리 떼어두지 않았다면 나도 함께 잡아채여 끌려갔을 것이다.

― 구명정을 내줄 수는 없어! 당신들은 전부 감염됐어! 다 죽을 거라고, 모두 다!

이렇게 외치면서 녀석은 선장을 둘러싼 승무원들 사이를 뚫고 나가려 했다.

승무원들이 녀석에게 덤벼들었다. 선내 중력 조절이 중단되었으므로 모두들 공중에 뜬 채로 굉장히 서투르게 움직이고 있었다. 그래서 여러 명이 한꺼번에 녀석을 붙잡는 것은 결코 쉽지 않았다. 그러나 녀석도 역시 무중력 상태에 떠 있었으므로 쉽게 뿌리치고 달아날 수가 없었다.

선장은 움직이지 않고 그대로 서서 녀석과 대여섯 명 남은 승무원들이 한 덩어리가 되어 복도를 떠다니며 엎치락뒤치락하는 모습을 조용히 지켜보았다. 그러더니 허리에 찼던 총을 빼 들었다.

총이 눈에 들어온 순간, 내가 선장에게 덤벼들었다.

감염된 사람들의 가장 큰 문제점은 다른 인간을 먹잇감으로 간주한다는 사실이다.

음식은 내가 먹거나 혹은 언젠가 먹기 위해서 지니고 다니는 대상이지 동료가 아니다. 음식과 합심해서 함께 어떤 상황을 헤쳐나간다거나 하는 사람은 없다.

녀석이 승무원들 사이로 뛰어들자 처음에는 모두 다 녀석에게 덤벼들었다. 안 그래도 무중력 상태인 데다 녀석은 우주복을 입고 있어서 특히나 움직임이 둔했다. 그러나 반대로 우주복이 웬만한 외부 충격은 모두 막아주었으므로 쉽게 제압할 수가 없었다.

그러자 녀석에게 덤벼들었던 승무원들 중 일부는 녀석을 포기하고 옆에 있던, 우주복을 입지 않은 다른 승무원에게 덤벼들었다.

선장은 무중력 상태에서 움직이는 것이 나보다 훨씬 익숙했다. 언젠가 훈련 중에 배운 대로 무기를 손에서 쳐서 떨어뜨리려 했지만, 중력이 없는 데다 우주복이 둔했기 때문에 아무리 팔을 휘둘러봐도 총을 때려서 떨어뜨리기는커녕 총을 든 손을 제대로 치는 것도 쉽지 않았다. 게다가 또 생각해 보면, 무중력 상태에서 상대를 제압하는 훈련은 받아본 기억이 없는 것이다.

그러나 선장 입장에서는 나야말로 우주복으로 보호받고 있어서 때려도 차도 별 소용이 없었다. 그렇게 선장과의 싸움은 양쪽 모두에게 무익한 마구잡이 몸부림으로 변해갔다.

그러다가 어느 순간 선장의 총구가 나를 향했다. 그 까만 구멍이 눈에 들어오자 우주복에 방탄 기능도 있을까, 아마 없겠지, 죽고 나면 내 시체는 먹힐까 안 먹힐까, 선장에게 먹히고 나면 나도 부선장처럼 되살아날까 아닐까, 이런 생각들이 1초가 채 안 되는 찰나의 시간 동안 한꺼번에 머릿속을 스쳐갔다.

선장의 손목을 어떻게, 어느 방향으로 꺾었는지는 나도 모른다. 발사된 광선은 선장의 배를 관통하고 뻗어 나가 그 뒤에 있던, 자기 옆의 승무원 목덜미를 한창 뜯어 먹으려던 다른 승무원의 다리를 태웠다.

선장이 양팔을 치켜들고 어리둥절한 표정으로 자기 배를 내려다보았다. 나는 선장의 손에서 벗어나 공중에 둥실 떠오른 총을 잡아챘다. 선장이 다시 고개를 돌려 나를 쳐다본 순간 이마에 대고 발사했다.

녀석은 다른 승무원들과 한 덩어리가 되어 있어서 떼어내기가 쉽지 않았다. 사람을 더 죽일 생각은 정말로 없었지만, 우주복을 벗기려고 들었기 때문에 몇 번은 총을 쏘아야만 했다.

반쯤은 정신이 나간 것 같은 녀석을 이번에는 내가 질질 끌고 갔다. 어딘지도 모르면서 무조건 아래로 내려갔다.

녀석과 함께 수없이 드나들었지만, 우주선의 밑바닥은 내게는 여전히 미로 같았다. 무작정 앞으로 나아가려는 나를 녀석이 돌연히 붙잡았다.

— 그쪽이 아냐.

나는 녀석의 얼굴을 쳐다보았다. 특수 강화 소재 헬멧의 투명한 앞창으로 보이는 녀석의 눈은 이제 조금 평정을 되찾은 듯했다.

— 따라와.

그리고 녀석은 다시 허리춤의 고리를 잡아당겨 내 허리 부분에 끈을 연결했다. 이번에는 굳이 막을 이유가 없었다.

녀석은 천천히 우주선의 뱃속 깊은 곳 어딘가를 향해 나아가기 시작했다.

이제는 아무도 우리를 붙잡지 않았다. 얼마인지 모를 시간 동안 몇 개인지 모를 복도와 모퉁이를 지난 끝에 우리는 거대하고 검은 문 앞에 도착했다.

나는 불안해져서 녀석을 쳐다보았다. 그러나 내가 뭐라고 말하기 전에 녀석은 문으로 다가갔다. 조그만 빨간색 불 쪽으로 떠가서 우주복 장갑을 한쪽만 벗었다. 벽에 부착된 화면에 희미하게 불이 들어왔다.

녀석은 화면에 개인 식별 번호 일곱 자리를 입력하고 자기 손바닥을 갖다 댔다. 그러자 거대한 문이 천천히 위로 올라갔다.

그 속은 완전한 어둠이었다. 처음에는 아무것도 보이지 않았다. 그러나 사람이 들어갈 수 있을 정도 높이로 문이 열리고 나자 안에 갑자기 조명이 들어왔다.

— 타자.

녀석이 말했다.

'구명정'이라는 단어 때문에 나는 왠지 초소형 탈출용 캡슐 같은 것을 상상했다. 그러나 실제로 보니 작기는 하지만 제법 갖출 것은 다 갖춘 소형 우주선이었다.

안으로 들어가서 해치가 닫히자 녀석이 내 허리와 연결된 허리끈을 떼었다. 나는 우주복 헬멧을 벗으려 했으나 녀석이 손짓으로 말렸다. 녀석이 먼저 성큼성큼 안쪽으로 들어갔다. 나도 따라갔다.

계기반에 불이 들어오고 이어서 중앙 조명이 켜졌다. 녀석이 구명정을 발진시켰다. 우주선의 해치가 열렸다. 상상 외로 조용히, 부드럽게, 구명정은 우주선을 떠나 어딘지 모를 끝없이 어두운 공간 속으로 나왔다.

녀석이 헬멧을 벗고 이어서 우주복을 벗은 후에야 나도 우주복에서 벗어날 수 있었다.

조종석에 나란히 서서 우리는 말없이 창밖을 바라보았다.

모선이 점점 멀어진다.

녀석의 우려와는 달리 모선은 폭발하지 않았다. 처음에는 군데군데 아주 작은 불빛 같은 것이 보였으나, 시간이 지나면서 하나씩 사라졌다. 멀어서 보이지 않게 된 것일 수도 있고, 선내의 산소가 드디어 전부 소진되어 안에서 폭발하던 불꽃이 저절로 꺼져버린 것일 수도 있다.

마지막으로 보았을 때, 모선은 어둠에 잠겨 있었다. 어둠의 일부가 되어 있었다.

어째서인지는 알 수 없지만, 그것이 합당한 귀결이라고 나는 생각했다.

조종석에 앉은 녀석에게 어디로 가는 거야,라고 묻자 녀석은 당연하다는 듯이 대답했다.

"돌아가야지."

예상은 했지만, 직접 대답을 듣자 기운이 쭉 빠졌다.

"모선 같은 워프 기능은 없지만, 지구까지……."

"거긴 안 돼. 지구엔 이미 아무것도 없어."

내가 말을 막았다. 녀석은 잠시 아무 말도 하지 않고 나를 쳐다보다가 물었다.

"그걸 네가 어떻게 알아?"

이번에는 내가 잠시 침묵을 지켰다.

다른 이유는 없고, 그저 훈련이 그렇게 되어 있었기 때문이다. 이런 상황에서조차 임무니 기밀이니, 생각해보니 몹시 우습게 느껴졌다.

그래서 나는 말해버렸다.

"지구와 교신하는 게 내가 하는 일이었잖아. 우주선에서 '전염병'이 발생했다고 보고하자마자 지구에서 우리를 버렸어."

"뭐?"

"교신을 끊어버렸단 말이야."

녀석은 다시 아무 말도 하지 않았다. 내가 녀석의 얼굴을 들여다보며 천천히 말했다.

"선장 명령으로 3분마다 재교신을 시도했지만 그 뒤로 전혀 답신이 없어. 우릴 버린 거야. 그리고 그 뒤로 계속 워프하면서 너무 멀리 와버려서 이젠 지구 상황이 어떻게 됐을지 전혀 알 수 없어."

"그럼 지금쯤 '전염병'이 사라지거나 치료약이 개발됐을 수
도 있잖아?"

이런 상황에서 이런 반박이 나오다니, 녀석의 대책 없는 낙
관주의도 이 정도면 거의 존경할 만한 수준이다.

"그런 가능성은 거의 없을 거야. 그보다는……."

나는 불분명한 손짓으로 우주 바깥을 가리켰다.

"……모선하고 비슷한 상황이 벌어졌을 가능성이 훨씬 더
커."

"확실해?"

"확실하지 않지. 확실한 건 아무것도 없어."

녀석은 한동안 아무 말도 하지 않다가 물었다.

"정말로 그렇게 생각해? 모선하고 비슷한 상황이 벌어졌을
거라고?"

나는 고개를 끄덕였다.

"그럼 이제 어떻게 하지?"

"어딘가에 불시착하는 게 좋을 거야."

내가 조금 생각한 뒤에 대답했다.

"지구와 환경이 비슷한 곳으로."

녀석은 대답하지 않았다. 바닥을 내려다보면서 뭔가 생각
에 잠겼다. 그러더니 몸을 돌려 조종석 화면을 들여다보았다.

손바닥으로 문질러 화면을 정리한 후 내가 이해하지 못하는 수식을 불러내어 뭔가 계산하기 시작했다.

한참 후에 녀석이 말했다.

"알았어. 그렇게 입력했어. 하지만 그러려면 자야 돼."

"자다니?"

녀석이 잠시 내 얼굴을 들여다보다가 천천히 설명했다.

"말했잖아, 모선 같은 워프 기능은 없다고. 아까 검색한 자료에 따르면 반경 몇백만 광년 이내에 인간이 살 수 있는 환경을 갖춘 행성은 없어. 불시착할 행성을 찾겠다고 이런 속도로 무작정 가다간 우리 둘 다 이 구명정 안에서 늙어 죽어."

녀석은 화면 구석의 뭔가를 누른 뒤에 고갯짓을 했다. 나도 녀석을 따라 시선을 돌렸다. 구명정 한쪽 구석의 문이 열렸고, 그 안으로 수면 캡슐이 보였다.

"사람이 살 만한 행성을 찾아내면 컴퓨터가 깨워줄 거야."

"그때까지 목적지도 없이 헤맨단 말야?"

내가 반박했다. 녀석이 얼굴을 약간 찡그렸다.

"그러면 다른 방법이 뭐가 있는데? 우주는 고속도로가 아냐. 표지판 같은 것도 없고, 우리를 안내해줄 관제센터도 없잖아."

그 말은 사실이었다. 그러나 나는 망설였다.

"가장 가까운 행성이 어딘데? 수면에 들어갈 때 들어가더라도, 그런 것 정도는 알고 잘 수 없어?"

"가장 가까운 행성이라면 수소도 산소도 없고 낮에는 섭씨 900도까지 달궈졌다 밤에는 영하로 얼어붙는 그런 곳이야. 거기 불시착하잔 말이야?"

나는 조금씩 기가 죽었다.

"거기 아니면 다른 데는 없어? 최소한 온도 조건만이라도……"

"그걸 컴퓨터가 알아내서 깨워준다잖아."

녀석이 타이르듯이 말했다.

"이런 기계를 다루는 게 내 전문이야. 사람이 살 수 있을 만한 곳을 발견하면 깨우도록 입력해놨어. 대기의 구성 성분, 온도, 습도, 기타 모든 조건이 다 지구와 똑같이 맞아떨어질 수는 없겠지만, 최소한 우주복이라도 입고 돌아다닐 수 있을 만한 범위로 검색 조건을 지정했다고. 그런데 그렇게 우리한테 딱 맞는 행성이 아무 데나 널려 있는 게 아니라잖아. 그렇게 의심스러우면 네가 직접 확인해봐."

나는 녀석의 말대로 조종석으로 다가갔다. 녀석이 가리키는 대로 화면을 들여다보았다. 녀석이 입력한 검색 조건과 '0'이라는 검색 결과는 알 수 있었지만, 그 외의 숫자와 용어 들은 잘 이해할 수 없었다.

"……그래, 그럼."

내가 양보했다.

"하지만 지구로 가면 절대로 안 돼. 거긴 정말로 아무 희망
도 없어."

"알았다니까."

그리고 녀석은 일어섰다.

"너부터 들어가. 자동 운항으로 바꿔놓고 마지막으로 한번
점검하고 나서 나도 수면 들어갈 테니까."

나는 마지못해 고개를 끄덕였다.

냉동 수면은 처음이었다. 녀석이 나를 캡슐로 데리고 가
서 마치 어린아이를 재우듯이 안에 눕히고 안전장치를 채워
주었다. 뚜껑이 닫히기 전에 녀석은 내 머리를 가볍게 쓰다듬
었다.

"잘 자."

뭐라고 대답하기도 전에 스크린이 닫혔다.

그리고 깨어났을 때, 우리는 지구에 돌아와 있었다.

속았다는 사실을 깨달았을 때는 이미 대기권 진입이 10분
남은 시점이었다. 처음 경험하는 냉동 수면의 여파로 머리가
아프고 숨을 잘 쉴 수 없었다. 온몸이 두들겨 맞은 것처럼 노
곤하고 움직이기 힘들었다. 정신을 차리지 못하는 나를 조종
석으로 끌고 와서 녀석이 말했다.

"집으로 돌아왔어."

녀석의 말을 듣고도 창밖을 한참이나 바라본 후에야 상황을 파악할 수 있었다. 전자음 목소리가 대기권 진입 7분 전을 알렸다.

"무슨 짓이야?"

내가 소리쳤다. 의도와는 달리 비명처럼 높은 목소리가 갈라져 나왔다.

녀석은 태연했다.

"지구하고 같은 환경 조건을 갖춘 행성을 무조건 찾아 떠돌다가 우주 미아라도 되잔 말이야? 지구하고 같은 조건이 필요하면 지구로 그냥 오면 되잖아. 여긴 고향이라고."

"아냐. 이젠 아냐. 착륙하면 안 돼."

내가 결사적으로 고개를 저었다.

"저기에 뭐가 남아 있을지 알 순 없지만 분명히 우리가 알던 지구는 아냐. 이젠 더 이상 '집'이 아니란 말이야. 돌아가면 안 돼."

녀석이 느긋하게 대답했다.

"이젠 늦었어. 지금 와서는 방향을 돌릴 수가 없어."

"무슨 소리야!"

대기권 진입 5분 전.

"너도 자리에 앉아서 안전벨트를 매는 쪽이 좋을 거야. 아니면 도로 캡슐로 들어가든지."

녀석이 친절하게 충고했다. 내가 말했다.

"네 감상주의 때문에 나까지 죽을 수는 없어. 당장 방향을 돌려. 지구로 돌아가면 우리 둘 다 죽어."

"지금은 늦었다니까."

녀석이 웃으면서 같은 말을 되풀이했다.

나는 가만히 녀석의 얼굴을 들여다보았다. 설득이나 논쟁은 무의미하다. 싸워야 할까. 제압한 뒤에 다시 방향을 돌려 떠나기까지 시간 여유가 있을까. 어쨌든 착륙하면 안 된다. 저곳으로 돌아가는 것만은 절대로 안 된다.

내 얼굴을 마주 보다가 녀석이 덧붙였다.

"어떡하려고? 나 없이 이 우주선 조종할 수 있어?"

그건 사실이었다.

대기권 진입 2분 전.

"자리에 앉는 게 좋을 거야."

녀석이 다시 말했다.

나는 화면과 녀석의 얼굴을 번갈아 쳐다보면서 그대로 서 있었다. 녀석이 짜증을 냈다.

"여기까지 왔는데 착륙도 하기 전에 목이 부러지고 싶으면 그대로 그렇게 서 있으라구. 우주선 생활 하루 이틀 해본 거 아니면서 어떻게 될지 몰라?"

나는 한숨을 쉬었다. 녀석의 충고에 따를 수밖에 없다. 그러나 안전장치를 잠그면서 내가 말했다.

"그럼 한 가지만 약속해줘."

"뭔데?"

"착륙하고 나서도, 주위 상황이 확실해지기 전에는 문을 열거나 밖에 나가려고 하지 마. 설령 사람이 남아 있다고 해도, 다들 감염된 사람들일 수도 있어."

녀석은 잠깐 생각한 뒤에 고개를 끄덕였다.

우주선이 대기권에 진입했다.

상당한 진동과 충격이 있었지만 우주선은 비교적 매끈하게 착륙했다. 녀석은 생전 처음 해보는 착륙인데 솜씨가 괜찮지 않았냐고 스스로 만족해했다. 나로서는 그런 건 별로 중요하지 않았다.

"문 열면 안 돼. 밖으로 나가려고 하지 마."

"알았어, 알았어."

녀석이 여유만만하게 대답했다. 조종석 창밖을 내다보며 화면에 나타난 대기의 구성 성분과 기온, 습도, 주위의 생명 징후 등을 확인했다. 공기의 상태는 떠나기 전과 별다를 바가 없었으나 생명 징후는 전혀 보이지 않았다.

녀석은 조금 실망한 것 같았다.

"어떻게 된 거지? 설마 지구상의 인류가 전부 멸망했을 리는 없잖아."

'전염병'을 퇴치하지 못했다면 그랬을 수도 있다. 누군가 살아 있다 하더라도, '전염병' 이후에 남은 사람이라면 나나 녀석이 생각하는 '인류'와는 상당히 성격이 다른 존재일 것이다.

"재수 없는 소리 하지 마."

내 말에 녀석이 신경질을 냈다. 그리고 선언했다.

"나가봐야겠어."

"안 돼."

"우주복 입고 나가면 괜찮을 거야."

"안 된다니까. 아직 주변 상황을 전혀 파악 못 했잖아?"

"안 나가고 여기 들어박혀서 주변 상황을 무슨 수로 파악해?"

"어쨌든 안 돼. 생명 징후가 전혀 없다는 게 더 이상해. 좀 더 기다려보고……."

"여기까지 왔는데 뭘 더 기다려?"

녀석이 버럭 소리를 질렀다. 그때, 기계 목소리가 끼어들었다.

— 전파 신호가 감지되었습니다. 신호를 수신합니다.

이어서 화면에 기호가 나열되었다.

— 신호를 수신합니다.

"저거 봐. 사람이 있잖아."

녀석이 흥분했다.

"인류 멸망 같은 소리 했지만 네가 틀렸잖아. 누군가 살아 남아서 신호를 보내고 있는 거야. '전염병'을 이겨낸 사람들이 어딘가에 살아 있는 거라고."

나는 화면을 응시했다. 녀석의 말이 귀에 들어오지 않았다.

"뭐야? 어느 나라 말이야? 무슨 내용인데?"

녀석이 재촉했다. 나는 대답하지 않았다.

화면에 나열된 것은 그림과 기호의 조합이었다. 외국어가 아니라 암호였다. 첫 줄이 눈에 들어온 순간, 해독하지 않아도 알 수 있었다.

내가 보낸 정보였다. 우주선에 '전염병'이 발생했으니 조언해달라는 구조 요청이었다.

녀석은 내 말을 믿지 않았다.

"그럴 리가 없어."

"내가 왜 거짓말을 하겠어?"

"내가 너한테 거짓말을 했으니까."

어이가 없었다.

"지금 그런 유치한 싸움이나 할 때야? 그렇게 해서 내가 얻는 게 뭔데?"

녀석은 잠시 아무 말도 하지 않았다. 다시 설득하려 했을 때 녀석이 천천히 입을 열었다.

"네 말이 사실이라면, '전염병' 때문에 지구가 멸망했다면, 이 우주에 남아 있는 지구인은 너하고 나밖에 없다는 말이 지."

그런 관점에서 생각해본 적은 없지만, 사실이 그랬다.

"그럼 됐어."

"뭐?"

녀석이 천천히 자리에서 일어섰다.

"지구가 멸망했더라도 너하고 나만 있으면 돼. 어쨌든 우린 고향으로 돌아왔잖아."

녀석은 선 채로 바닥을 내려다보며 말했다.

"처음부터 다시 시작하면 돼. 어차피 인류는 아담과 하와 두 사람에게서 시작됐으니까."

"무슨 소리를 하는 거야?"

녀석이 고개를 들었다. 시선이 마주쳤다.

"내가 말했잖아, 희망은 있다고 생각하면 있는 거라고. 있다고 생각하면 돼. 없으면 만들어가면 되는 거야. 어쨌든 너하고 나하고 둘이잖아."

녀석은 말하면서 조금씩 다가왔다.

"서로에게 희망이 되어주면 되잖아. 너랑 나랑 둘이서 처음부터 다시 시작하는 거야. 인류를 재건하는 거야. 모든 의미를 처음부터 새로 만드는 거야, 우리 둘이."

녀석이 나를 향해 팔을 뻗었다.

"굉장하지 않아?"

그 눈빛이, 나는 마음에 들지 않았다.

외부 세계에서 진행되는 객관적인 상황과 나의 호불호와는 아무 상관이 없다. 쉽게 말해 세상은 내가 원한다고 해서 원하는 대로 돌아가주지 않는 것이다. 그것이 내가 녀석에게 이해시키고자 했던 주장의 핵심이었다.

희망은 있다고 생각하면 있고, 의미는 만들어서 부여하면 생기는 것일지도 모른다. 그러나 그것은 어디까지나 개인의 주관적인 믿음이다. 객관적인 상황이 그런 주관적인 믿음을 뒷받침해준다는 보장은 없다. 우주 삼라만상이 나 한 사람의 뜻에 일일이 따라주어야만 할 이유는 없기 때문이다.

비관주의를 설파하려는 것이 아니다. 나라는 존재가 그만큼 작고 하찮다는 것은 다시 말해 객관적인 상황에 대응하는 나의 행동도, 그 행동의 결과도 그만큼 작고 별 의미 없다는 뜻이 된다. 내가 어떤 의지를 가지고 어떤 결정을 실행에 옮기든 간에, 모든 일은 흘러가야 할 곳으로 흘러가고 되어야 할 대로 되어갈 것이다. 내가 굳이 나서서 인류 전체를, 우주 만물을 책임질 필요도 없고, 인류 문명을 혼자 힘으로 재건할 의무도 없는 것이다. 거시적으로 생각했을 때 나의 관점은 그러했다.

미시적으로 생각했을 때, 아무리 책상물림이라도 나는 어쨌든 군인이었다. 녀석은 민간인이었다.

군인은 기본적으로 싸우는 사람이다. 그러므로 싸우는 훈련을 받는다. 우주항공 기술자는 그런 훈련을 받지 않는다.

나에게 덤벼들기 전에 그 점을 감안하지 않은 것은 전적으로 녀석의 실책이었다.

해는 아직 완전히 지지 않았다. 그러나 하늘은 점차 회색으로 물들어갔다. 바람이 점점 더 차가워졌다. 내가 앉아 있는 콘크리트 덩어리에는 그래도 약간의 온기가 끈질기게 남아 있었지만, 이제 얼마 지나지 않아 완전히 차가워질 것 같았다.

무너져버린 세상에 혼자 남았다. 그 사실을 받아들이는 방식은 여러 가지가 있겠지만 적어도 지금의 나는 평온했다. 세상은 황량했고, 아름답고, 자유로웠다.

콘크리트에 남아 있던 마지막 온기가 사라졌다. 몸을 떨면서 나는 일어섰다.

우주선으로 돌아가야겠다. 나는 결심했다.

녀석을 마저 먹어야겠다.

아주 보통의 결혼

아내가 전화를 하기 시작한 것은 우리가 결혼한 지 아직 1년이 채 되지 않았을 때였다. 어쩌면, 아니 어쩌면이 아니라 아마 틀림없이, 그 전부터 전화를 하고 있었을 것이다. 우리가 결혼한 직후부터, 아니 우리가 처음 만났을 때부터. 그때부터 전화를 하고 있었겠지. 그냥 내가 몰랐을 뿐이다. 전혀 티를 내지 않았으니까.

내가 둔했던 걸까, 아니면 그녀가 그만큼 용의주도했던 걸까. 아내가 계속 어딘가에 전화를 하고 있다는 사실을 보통의 남편은 언제쯤 깨닫는 게 정상일까. 한때 열심히 드나들었던 부부 상담 등속의 웹사이트에는 그런 이야기들이 수없이 흘러넘쳤다. 아내가 어딘가에 전화를. 아내가 누군가와 계속 문자를. 전에 없이 전화기에 비밀번호를. 석 달 전부터, 일주일 전부터. 혹은 1년, 2년, 5년이 지나도록 전혀 모르고 지냈던 경우도 있었다.

그렇게 오랫동안 눈치채지 못하는 것이 정상이었을까. 보통의 남편이라면.

"오빠?"

침실에서 아내가 부른다.

"뭐 해?"

"담배."

내가 대답한다.

"한 대만 피우고 금방 들어갈게."

"알았어."

아내는 이렇게 말하고 잠시 후에 생각났다는 듯이 덧붙인다.

"담배 좀 끊어."

오늘은 저 버전인가. 아내의 레퍼토리는 대체로 정해져 있다. 담배 좀 끊어. 혹은, 베란다 문 닫아, 냄새 들어와. 혹은, 아랫집에서 싫어할 텐데.

나는 대답한다.

"알았어. 이거 한 대만 피우고."

대답하면서 나는 생각한다.

이렇게 대답하는 게 정상이겠지. 보통의 남편은, 아마 이렇게 대답할 거야.

그리고 나는 아내의 손을 생각한다.

　지영이와 나는 병원 대기실에서 만났다. 나는 그 무렵에 치통을 심하게 앓아서 병원에 다니던 중이었고, 지영이는 같은 치과에서 교정 치료를 받는 중이었다.

　순서를 기다리며 대기실에 앉아서 괜히 별것도 없는 휴대전화 화면을 들여다보면서 지루해하고 있으면 지영이가 치료실 밖으로 걸어 나오곤 했다. 물론 그때는 지영이인 줄 몰랐다. 몸집이 작고 눈에 띄게 예쁘다기보다는 귀여운 타입이었다. 입구 쪽으로 나와서 간호사에게 뭔가 열심히 설명을 듣는 표정이 지나치게 진지해서 더 귀여워 보였다.

　그 모든 것이 연출이었겠지만, 지영이의 진지한 표정만은 진짜였다. 지영이는 언제나 모든 일에 진지한 사람이었고, 조금 지나칠 정도로 최선을 다하는 성격이었다.

　말을 걸어볼까 생각만 하면서 시간이 그렇게 지나갔다. 갈 때마다 항상 만날 수 있었던 것은 아니었고, 나의 치과 치료가 끝나던 날에도 그 작고 귀여운 아가씨는 보이지 않았다.

　나는 아쉬웠다. 내가 예상했던 것보다 약간 더 아쉬웠다.

　그래서 마트에 가다가 길거리에서 마주쳤을 때, 나는 나 자신도 놀랄 정도로 호들갑을 떨며 반가워하고 말았다.

　"어? 어!"

내가 이렇게 외치며 손가락으로 가리켰을 때 그녀는 가게의 진열장에 한눈을 팔며 천천히 내 쪽으로 걸어오고 있었다.

"저기, 그, 맞죠? 거기 어디야, 그! 치과! 바른미소치과!"

내가 천둥 같은 목소리로 이렇게 고함쳤기 때문에 그녀는 화들짝 놀라서 걸음을 멈추고 나를 쳐다보았다. 그녀뿐만이 아니라 지나가던 모든 사람이 다 나를 쳐다보았다.

나는 무안해졌다. 대체 이게 무슨 짓인가 싶었다. 나는 알지도 못하는 여자한테 수작을 거는 성격이 아니었다. 사실은 그와 반대였다. 길거리에서 헌팅을 했네 거래처 누구의 전화번호를 땄네 자랑하는 친구들을 보면서 왜 저렇게까지 해야 하나 한심해하는 타입이었다.

그러나 그녀가 눈을 둥그렇게 뜨고 약간 겁먹은 채로 쳐다보는 표정은 진지한 얼굴보다 훨씬 더 귀여웠다. 내가 왜 이런 짓을 벌였는지는 알 수 없지만, 그녀의 커다란 갈색 눈이 의문을 가득 담고 나를 쳐다보고 있었다. 기왕에 칼을 뽑았으면 배추라도 썰어야 했다.

배추가 아니라 무였나?

"저 모르세요? 치과 대기실에서 봤잖아요. 이 동네 사세요?"

"네? 아, 네……."

그녀는 불분명하게 웅얼거렸다. 여전히 눈을 둥그렇게 뜨고 얼굴에는 이제 불안감이 스며들고 있었다. 빨리 어떻게든 해야만 했다. 그러나 마땅하게 방법이 떠오르지 않았다.

"교정 치료 다 끝났어요? 지난번에 가니까 안 계시던데. 전 이제 다 끝났어요. 봉 박았던 거 안쪽이 썩어서, 하는 김에 의사가 아말감 걷어내고 딴 걸로 바꾸라고 그래서 싹 갈았거든요. 아말감이 오래되면 안 좋다고 하더라구요. 의사가 엑스레이도 보여줬는데……."

나의 횡설수설이 길어질수록 그녀의 눈이 점점 커지고 얼굴에 드리운 당혹감과 불안감이 점점 짙어졌다. 나는 서둘러 지갑을 꺼냈다. 명함을 끄집어내어 그녀에게 내밀었다.

"이거 제 명함인데, 연락 주세요."

무슨 일로 어째서 연락하라는 것인지 의미 불명한 대사는 둘째 치고, 명함을 내미는 동작이 지나치게 기운이 넘쳤다고 나는 나중에 후회했지만 그때는 그런 걸 깊이 생각할 겨를이 없었다. 내가 적장의 목이라도 따 왔다는 듯이 기세 좋게 명함을 내밀자 그녀는 마치 무장 강도라도 만난 사람처럼 흠칫 뒤로 물러섰다.

글렀다. 받을 리가 없다.

라고 생각했을 때 그녀가 명함을 받았다.

그리고 그녀는 뭔가 알 수 없는 말을 웅얼거리며 고개를 살짝 숙여 보이고 빠른 걸음으로 그 자리를 벗어났다. 나는 여자 화장품 가게 앞에 얼간이처럼 서서 그녀가 지하철역 안으로 사라지는 뒷모습을 계속 보고 있었다.

첫 대면……이라기보다는 나의 첫 자기소개가 이러했기 때문에 나는 그녀가 전화를 할 리 없다고 단정 짓고 빨리 잊기 위해서 노력했다. 그녀가 실제로 전화했을 때 나는 모르는 번호라서 받지도 않았다. 몇 시간이나 지나고 나서 혹시나 싶어 다시 걸어봤더니 그녀였다.

"저기…… 저한테 명함은 왜 주셨어요?"

그것이 그녀가 나에게 전화한 이유였다.

그러니까 2년이 지난 뒤에 그녀가 내 아내가 되었을 때, 나는 세상에 기적이라는 것이 실제로 일어나는구나,라고 생각했다.

결혼식이 어땠는지는 뭐 거의 기억도 나지 않는다. 다만 단한 가지 내가 확실하게 기억하는 것은 아내의 손에 결혼반지를 끼워주던 순간이다.

내 왼손 손바닥에 살짝 얹힌 아내의 왼손은 무척 작았다. 내 손과 비교하니 터무니없이 조그맣고 연약해 보이는 데다 긴장해서 그런지 살짝 차가웠다. 나는 한순간 결혼식이 진행 중인 것도 잊고 평소에 하던 대로 양손으로 아내의 왼손을 문질러 따뜻하게 해주고 싶었다.

조그맣고 몽톡하고 보드라운 약지의 감촉, 반지를 끼워주면서 그 손을 평생 따뜻하게 해주리라 결심했던 것을, 나는 지금도 생생하게 떠올릴 수 있다. 그 순간은 죽을 때까지 잊지 못할 것이다.

아내의 손에 대해서는, 그 순간만을 기억하려고 노력하고 있다.

나는 깊이 심호흡을 한다.

손에 든 담배가 피우지도 않은 채로 타 들어간다. 나는 서둘러 담배를 입에 가져다 댄다.

나는 담배를 피우려고 베란다에 나왔으니까. 침실에 있는 아내에게 그렇게 말했으니까.

보통의 남편은 담배를 피우려고 베란다에 나와서 손에 들고만 있지는 않으니까.

나는 베란다에 나와서 담배를 피우는 보통의 남편이니까.

돌이켜보면 결혼한 직후부터 아내가 어딘가에 끊임없이 전화하는 것을 보긴 봤던 것 같다. 단지 눈여겨보지 않았을 뿐이다.

아내는 전화를 많이 했다. 내 어머니에게도, 여동생에게도 매일같이 전화했고, 형수에게도 자주 전화했다. 안부도 열심히 묻고, 시답지 않은 잡담이라도 아주 흥미로운 듯 열심히 들어주었다. 어머니와 형수는 그런 점을 무척 마음에 들어

했다. 그러므로 나도 아내의 전화 횟수를 딱히 마음에 두지 않았다. 여자들은 원래 수다 떠는 걸 좋아하니까, 그리고 아내는 정이 많은 성격이라 주위 사람들을 잘 챙기니까, 그냥 원래 그러려니.

그냥 계속 그러려니 하고 살았더라면 정말 좋았을 거라고, 지금도 가끔 생각한다.

그러니까 정확히 말하자면 아내가 전화를 하기 시작한 것이 언제인지는 모른다. 내가 이상하다고 생각하기 시작한 것은 결혼한 지 1년이 채 안 된 여름 무렵이었다.

회식을 다녀와서 나는 몹시 앓았다. 회식을 한두 번 가본 것도 아니고 술에 약한 편도 아닌데, 처음 가본 식당이라 음식에 뭔가 문제가 있었던 것 같다. 평소처럼 집에 와서 그대로 쓰러져 자려고 했는데 누운 지 30분도 안 되어 화장실로 달려갔다. 토하기 시작했다.

다 게워내고 나면 괜찮을 줄 알았는데, 토해도 토해도 끝이 없었다. 나중에는 뱃속에 있던 것을 전부 쏟아내서 더 이상 나올 게 없는데도 구토가 멈추지 않았다. 변기를 붙잡고 한참이나 헛구역질을 하다가 나는 간신히 몸을 추스르고 간신히 화장실 문밖으로 기어 나왔다. 아무래도 병원에 가야 할 것 같다고, 응급실에 데려다달라고 아내에게 부탁할 생각이었다.

그러나 아내는 화장실 문밖에 없었다. 침대 위에도 없었다. 화장실 문지방과 안방 사이에 걸쳐진 채 그대로 늘어져서 기다려 봤지만 아내는 돌아오지 않았다. 그래서 나는 짧고 매우 굵은 코브라처럼 꾸물꾸물 안방을 가로질러 기어가기 시작했다.

뱃속이 찢어질 듯이 아프고 계속 헛구역질이 나서 평소 같으면 몇 걸음에 가로지르던 그 거리를 기어가는 데도 영겁의 시간이 걸리는 것 같았다. 간신히 안방 문에 도달했을 때 문은 반쯤 열려 있었다. 일어서서 스스로 밖으로 나갈 힘이 없었기 때문에 나는 열린 문 아래쪽을 젖혀서 조금 더 열고 고개만 밖으로 뺐다.

아내는 거실에 서 있었다. 지영아, 하고 불렀지만 기운이 없어서 목소리가 너무 작았기 때문에 아내는 듣지 못했다. 다시 부르려다가 나는 아내가 전화를 하고 있다는 것을 알았다.

구급차를 부르는구나,라는 것이 가장 먼저 머릿속에 떠오른 생각이었다. 이어서 구급차가 올 정도는 아닌데,라는 생각과 그래도 고맙다는 생각이 동시에 떠올랐다. 구급대원들이 들이닥쳐 텔레비전에서나 보던 들것에 실려서 구급차를 타고 삐뽀삐뽀 하면서 응급실에 도착했는데, 막상 진찰을 받아

보니 술독이 올라서,라는 진단이 나오면 몹시 창피하겠다는
생각도 들었다.

그러나 다시 잘 들어보니 아내는 구급차를 부르고 있는 것
이 아니었다. 친정이나 시댁에 도움을 청하는 것도 아니었다.
아내는 내가 한 번도 들어보지 못한 언어로 말하고 있었다.

불도 켜지 않은 거실의 어둠 속, 바깥에서 희미하게 비쳐
들어오는 가로등과 앞 건물 조명 불빛, 그리고 도저히 내 아
내의 입에서 나왔다고는 상상도 할 수 없는 낯선 소리들. 다
시 떠올려보면 그 기억은 영화의 한 장면처럼 선명하다.

그때는 너무 아파서 길게 생각할 여유가 없었다. 다시 이름
을 부르려 했지만 목소리가 나오지 않았다. 나는 손으로 안
방 문을 있는 힘껏 밀어젖혔다. 문이 벽에 부딪쳐 탕, 소리를
냈다. 아내가 깜짝 놀라서 돌아보았다.

"지영아."

내가 손을 휘저으며 입 모양만으로 말했다. 아내가 달려왔다.

"병원."

내가 다시 입 모양만으로 말했다. 아내는 내 옆에 앉아서
어린아이를 달래듯이 내 머리를 쓰다듬었다.

"구급차 불렀어요."

아내가 말했다.

그리고 잠시 후에 정말로 구급차가 왔다.

그래서 나는 그 전화에 대해 일단 잊어버렸다.

비록 하룻밤이었지만 입원이라는 걸 해보는 건 생전 처음이었다. 링거라는 것도 생전 처음 맞아봤다. 뭔지는 모르겠지만 하여간 팔에 바늘을 꽂고 누워 있으니 죽을 것 같은 느낌이 차츰 덜해졌다. 아직 살 것 같진 않았지만, 좀 덜 죽을 것 같았다.

아내는 내가 응급실에서 기다리고 의사에게 진찰을 받고 링거를 꽂고 누워 있는 동안 계속 내 곁에 있었다. 내 곁을 떠난 순간은 접수하러 갔을 때뿐이었다.

그러나 한순간, 기절하듯 잠들었다가 이른 아침에 깨었을 때, 아내가 없다는 사실을 확실하게 느낀 적이 있었다. 화장실에 갔는지 전화하러 갔는지 거기까지는 모르겠다. 그러나 비몽사몽간에 나는 아내가 이 병원 안에 없다고 느꼈다. 아내는 내가 잠든 틈을 타서 어디론가 가버린 것이다. 그 사실을 깨닫고 나는 패닉에 빠졌다.

일어나서 아내를 찾으러 나갈 기력은 물론 없었다. 나는 누운 채로 어떻게든 전화기를 찾으려고 애썼다. 그러나 몸은 마음처럼 움직여주지 않았다. 나는 무익하게 손가락으로 허공과 침대 시트를 긁다가 어느새 기절하듯 다시 잠들어버렸다.

다음 날은 주말이었기 때문에 집에서 쉬었다. 집에 돌아온 당일은 죽을 좀 먹는 둥 마는 둥 하고 계속 잠만 잤다. 그러다가 새벽에 잠이 깼다.

배가 고팠다. 그것도 막연하게 배가 고픈 게 아니라 라면이 먹고 싶었다. 잠이 깼다고 느낀 순간 먹고 싶은 라면의 상표와 봉지 모양새가 눈앞에 어른거렸다.

먹을 것 때문에 그렇게 혼이 나고도 이렇게 구체적인 식탐이 다시 치솟는 것이 몸이 회복되려는 징조인지 아니면 몸을 망치는 지름길일지 알 수 없었다. 어쨌든 나는 조심스럽게 침대에서 상체만 천천히 일으켜보았다. 일어나 앉는 데 성공한 뒤에 나는 아내에게 라면을 끓여달라고 말하려고 손으로 침대 옆자리를 더듬었다.

아내가 없었다.

나는 시계를 보았다. 새벽 3시 40분이었다.

나는 일어섰다. 다리가 후들거렸지만 일어설 수는 있었다. 나는 천천히 걸어서 안방을 나왔다.

아내는 지난번처럼 거실에 있었다. 불을 켜지 않은 어둠 속에, 밖의 가로등과 주위 건물에서 비쳐 들어오는 조명의 흐릿한 불빛 속에서, 지난번처럼 전화기에 대고 낯선 언어로 말하고 있었다. 낮은 목소리로 빠르게, 뭔가 아주 열심히 말했다.

"지영아."

내가 부르자 아내는 깜짝 놀라 나를 돌아보았다. 전화기를 든 손을 내렸다. 그러나 전화기를 놓치지는 않았다. 내가 속삭였다.

"나, 라면 좀."

"어…… 응, 알았어요."

그리고 아내는 부엌으로 갔다. 전화기는 여전히 손에 들고 있었다.

나는 의자를 끌어당겨 식탁 옆에 앉아서 라면을 끓이는 아내를 바라보았다.

"누구한테 전화했어?"

"응? 어……. 어머니."

"우리 엄마? 이 새벽에 우리 엄마한테 왜?"

"아니, 어머님 말고, 우리 친정어머니."

아내는 친정어머니를 반드시 '어머니'라고 불렀다. 그래서 나는 종종 아내가 우리 어머니를 말하는지 장모님을 말하는 건지 헷갈리곤 했다.

"이 시간에 장모님은 왜?"

"자기가 아프니까."

이렇게 말하고 아내는 살짝 웃었다. 내가 또 물었다.

"괜히 걱정하시게 했네…… 그래서 뭐라고 그러셔?"

"당장 죽 끓여서 지금 오신다고 막 그래서, 말리느라 혼났지 뭐."

말하고 나서 아내는 다시 배시시 웃었다. 그 웃는 얼굴을
보니 더 이상 물어볼 수가 없었다.

라면을 다 먹고 다시 침실로 가서, 나는 아내가 잠들기를
기다렸다가 아내의 전화기를 들여다보았다. 잠금 화면에 비
밀번호가 걸려 있었다.

집 현관 비밀번호를 넣어보았지만 맞지 않았다. 내 생일을
넣어보았지만 역시 풀리지 않았다. 아내의 생일도 마찬가지
였다.

배가 부르니까 졸렸고, 더 이상은 마땅히 넣어볼 만한 번
호 조합도 떠오르지 않았다.

그래서 나는 아내의 전화기를 제자리에 갖다 놓고 그냥
잤다.

비밀번호 푸는 법, 패턴 해제하는 법, 배우자의 전화에 오
는 문자 메시지가 모두 자신의 전화기에도 전달되게 하는
법…… 부부나 연인간의 갈등을 털어놓고 상담이나 조언을
구하는 게시판에 보면 이런 방법이나 요령 또한 넘쳐난다.

실제로 사용할 수 있는 방법인지는 안 써봐서 나도 모르겠
다. 내가 아내의 전화기를 다시 들여다본 것은 정말 우연한
기회였다.

이를 닦고 화장실에서 나와보니 아내가 전화를 하고 있었다. 이번에는 확실한 한국어였고, 상대를 '아가씨'라고 부르는 것을 보니 여동생과 통화하는 것도 확실했다. 내가 화장실에서 나온 것을 보고 아내는 조금 서둘러 전화를 끊고 화장실에 들어갔다.

아내의 전화기는 침대 옆 탁자 위에 놓여 있었다. 나는 아내가 화장실 문을 닫자마자 생각하지 않고 반사적으로 그 전화기를 집어 들었다. 화면은 아직 잠기지 않았다.

예상과는 달리 통화 목록에 별다른 기록은 없었다. 어머님. 친정어머니. 아가씨. 아내가 근무하는 학원의 원장님. 동료 선생님. 문자 내용 또한 얼른 훑어봐도 집안 얘기, 일 얘기, 학생들이 시험 성적을 보고하는 문자, 숙제 물어보는 문자―그 정도였다.

그 문자 목록에 단 하나, 이상한 번호가 있었다. 그러니까 문자 내용이 번호였다. 다섯 자리 번호였고 보낸 사람은 없었다. 발신 제한이나 표시 제한이 아니라 보낸 사람이 표시되어야 할 부분에 아무것도 없었다.

화장실에서 물 내리는 소리가 들렸다. 나는 그 다섯 자리 번호를 가능한 한 단단히 마음속에 새기고 아내의 전화기를 재빨리 원래 있던 자리에 돌려놓았다.

다섯 자리 번호는 검색을 해봐도 뭔지 알 수가 없었다.

자릿수가 안 맞으니 주민번호 뒷자리도 아니고 전화번호도 아니었다. 은행 계좌번호 같은 것도 아니었다. 번호를 검색하면서 나는 한국의 개인정보 유출 사태가 생각보다 몹시 심각하다는 사실을 다시 한번 깨달았지만 아내의 전화기에서 찾아낸 다섯 자리 번호와 한국인의 일반적인 개인정보와는 직접적으로 전혀 관계가 없었다.

검색 결과에는 그 다섯 자리를 포함한 더 긴 번호들만 떴다. 그러나 만약 그 번호가 전화번호의 일부거나 다른 어떤 일련번호의 일부라면 내가 그 번호의 의미를 알아내는 것은 불가능에 가까울 것이다. 전화번호인지 혹은 어떤 다른 번호인지 종류조차 모르는데 어디서부터 시작한단 말인가.

회사에서 일하는 도중에 틈틈이 검색하다가, 나는 눈치가 보여서 전화기를 들고 옥상으로 올라갔다. 담배를 피워 물면서 전화기를 꺼냈다. 이제는 완전히 외워버린 그 다섯 자리 번호를 검색하려고 전화기에 입력했다.

나에게 손은 두 개밖에 없는데, 담배와 담뱃갑과 라이터와 전화기를 두 손에 한꺼번에 들고 다루다가 어딘가에서 오류가 일어났던 것이 틀림없다. 나는 검색창에 그 번호를 입력한 것이 아니라 그 다섯 자리 번호로 전화를 걸어버렸다.

그런데 전화가 걸렸다.

실수를 깨닫기도 전이었다. 끊을 새도 없었다. 순식간에 전화가 걸려버렸다. 그리고 전화기 저편에서 남자의 굵은 목소리가 뭔가 말했다. 내가 알아들을 수 없는 언어였다.

"여보세요?"

내가 말했다. 상대의 목소리가 갑자기 사라지고 조용해졌다.

"여보세요? 너 누구야?"

내가 소리쳤다.

전화가 끊어졌다.

아내가 나에게 고백한 것은 그날 저녁이었다. 아내는 함께 밥을 먹으면서 눈을 내리깔고 내내 한마디도 하지 않았다. 이런 일은 처음이었으나 무슨 이유인지 짐작할 수는 있었다. 나는 내심 긴장하며 식사 후의 필연적인 대화가 어떤 내용일지, 어느 방향으로 흘러갈지 이렇게 저렇게 머릿속으로 예측해보았다.

아내는 외국인과 바람을 피우고 있었던 것일까. 어디서 어떻게 만난 사람일까. 내가 전혀 알아들을 수 없는 언어였으나 아내가 전화기에 대고 하는 말은 매우 빠르고 능숙하게 들렸다. 그렇다면 오래전부터 알던 사이일까. 결혼하기 전부터 이어져온 관계일까?

"선혁 씨."

마침내 아내가 입을 열었다.

"나, 할 말이 있어요."

"해봐."

내가 말했다. 목소리가 나 같지 않게 차갑고 위협적이라서 말해놓고 나 자신도 속으로 놀랐다.

아내는 망설였다. 나는 긴장했다.

"그 전에…… 한 가지만 약속해줄래요?"

그 남자를 보호하려는 것일까,라고 나는 생각했다. 찾아가서 두들겨 패지 않겠다는 약속을 받아내려는 것일까. 그런 약속은 할 수 없었다.

"내가 지금부터 하는 말, 무조건 믿어줄 수 있어요?"

믿을 수 없다. 새벽 3시 40분에 모르는 남자에게 외국어로 전화하는 아내의 말을 무슨 수로 믿는단 말인가.

그러나 나를 쳐다보는 아내의 커다란 갈색 눈동자와 거기에 맺힌 그렁그렁한 눈물을 보고 나는 나도 모르게 그냥 고개를 끄덕여버렸다.

"나…… 여기 사람이 아니에요."

올 것이 왔구나,라고 나는 생각했다. 아내도 외국인이었나. 그러면 그 남자와는 결혼 전부터 알던 사이겠구나. 그런데 한국인하고 완전히 똑같이 생겼는데. 대체 어디 사람이지. 이름도 박지영인데. 하긴 이름 같은 건 개명하면 그만이지만······.

"외국에서 왔다는 게 아니에요. 난 지구 사람이 아니에요."

이건 또 뭔 소린가.

"난 □□□□라는 행성에서 왔어요."

중간에 말한 단어는 이름인 것 같았지만 전혀 알아들을
수 없었다. 아내가 한밤중에 전화기에 대고 말하던 것과 비
슷한 발음인 것 같다고 짐작만 할 수 있을 뿐이었다.

아내가 말을 이었다.

"그러니까 여기 식으로 말하자면, 외계인이에요. 지구인의
생태를 연구하는 게 내 임무예요."

아내는 속삭이듯 낮은 소리로, 누군가에게 쫓기는 것처럼
한꺼번에 털어놓았다.

"선혁 씨하고 결혼까지 하게 된 건, 지구인 속에 섞여서, 완
전히 보통의 지구인처럼 살아야 한다는 명령을 받았기 때문
이에요."

나는 입을 약간 벌린 채 아내를 멍하니 쳐다보았다. 지금까
지 아내가 이런 식으로 터무니없는 말이나 행동을 한 적은
한 번도 없었다. 아내는 언제나 조용하고 침착했고, 말이나
행동을 하기 전에 언제나 조심스럽게 깊이 생각하고 나서 실
행에 옮기는 성격이었다.

그러나 다시 생각해보면 내가 아내를 알고 지낸 지는 이제

3년이 채 안 된다. 그 3년의 시간 이전에 아내가 어떤 사람이 었는지—그러니까 어느 학교를 다녔고 뭘 공부했고 어떤 취미 생활을 했으며 어떤 일을 했는지, 그런 기록에 남는 공식적인 인생이 아니라 어떤 종류의 인간이었는지, 돌이켜보면 나는 전혀 알지 못하고 지금 이 순간 알아낼 방법도 없는 것이다.

텔레비전이나 인터넷 등지에서 보았던 소위 '사이코패스'라는 범죄자들에 대한 여러 가지 이야기가 한 덩이로 뭉쳐서 순식간에 머릿속을 지나갔다. 그 사람들도 이랬을까. 상상도 못 했던 짓을 저질러놓고는 충격을 받은 가족이나 배우자에게 말도 안 되는 거짓말을 늘어놓았을까.

"하지만…… 명령 같은 거 상관없이 나, 선혁 씨 정말로 좋아해요…… 선혁 씨 알고 지내면서, 정말로 좋아하게 됐어요……"

아내가 말했다. 눈물이 뺨으로 흘러내렸다.

"내가 태어나 자란 곳은…… 여기와는 달라요…… 임무는 반드시 수행해야 하고……. 실수가 용납되지 않는 곳이에요…… 내가 누구인지…… 여기서 어떤 일을 하고 있는지…… 선혁 씨가 알았다는 걸, 그쪽에서도 알게 되면……. 선혁 씨, 그렇게 되면요, 나 죽어요……."

"그래서 뭐."

내가 간신히 목소리를 내어 아내의 말을 끊었다. 더 이상 들어줄 수가 없었다.

"나더러 어떡하라고."

"아무것도 안 해도 돼요……. 이제까지 했듯이 그냥 살면 돼요……."

아내가 애원하듯 말했다.

"아무 일 없었다는 듯이…… 그냥 지내면 돼요……. 그렇게 해줄 수 있어요?"

나는 아내의 얼굴을 들여다보았다. 아내는 이제 흐느껴 울고 있었다.

"용서해줘요…… 거짓말해서 미안해요……. 나도 말하고 싶었지만…… 믿지 않을 것 같아서……. 속이려고 했던 게 아니에요…… 미안해요……."

나는 자리에서 일어섰다. 거짓말인지 정신병인지 이쯤 되면 구분도 할 수 없을 지경이다. 거짓말해서 미안하다고 울면서 거짓말하는 아내와는 어쨌든 더 이상 같은 공간에 있을 수 없었다. 이런 일을 겪고, 이런 고백을 듣고 아내가 원하는 대로 이제까지 했던 대로 아무 일 없었던 듯이 지낼 수는 더욱 없었다.

나는 겉옷을 아무렇게나 찾아 들고 집을 나왔다. 현관문을 닫을 때 뒤에서 아내가 뭐라고 울면서 매달리려 했지만 듣지 않고 문을 닫아버렸다.

아내—그러니까 본래의 내 아내, 내가 사랑했던 박지영을 본 것은 그때가 마지막이었다.

집을 나와서 나는 차를 탔다. 운전석에 앉았지만 어디로 가야 할지 알 수 없었다. 바람을 피운 아내와 싸우고 집을 나온다는 삼류 드라마 같은 상황이 나에게도 벌어질 줄은 상상도 하지 못했다. 그것도 아직 신혼인데, 결혼한 지 겨우 1년도 안 됐는데.

나는 차의 시동을 걸었다. 무조건 몰고 아파트 단지를 빠져나왔다.

실연한 사람들이 주로 간다는 강가의 어딘가에 차를 세우고 나는 한참을 생각하다 전화기를 꺼냈다. 그 다섯 자리 번호로 다시 전화했다.

같은 남자의 목소리가 전화를 받았다. 이번에는 내가 알아들을 수 있는 언어였다.

"김선혁 씨."

상대가 '여보세요'도 자기소개도 없이 곧바로 내 이름을 불렀기 때문에 나는 당황했다. 그러나 당황한 것은 한순간이었다. 곧이어 분노가 치솟았다.

"너 누구야?"

내가 전화기에 대고 소리쳤다.

"뭐 하는 새끼야? 지영이랑 무슨 관계야?"

"김선혁 씨가 생각하시는 그런 관계가 아닙니다."

상대가 침착하고 정확한, 그러나 어딘지 어색한 한국어로 천천히 말했다.

"저는 박지영 씨의 상관입니다. 박지영 씨의 업무 내용에 대해 보고를 받는 사람입니다. 그 이상의 관계는 없습니다."

"새벽 4시에 무슨 보고를 받아! 남편이 앓아누웠는데 새벽 4시에 보고받는 직장 상사가 어디 있냐고!"

내가 다시 소리쳤다.

"업무의 특성상 하루의 일과가 모두 끝나고 해당일의 특이 사항이 모두 해결된 뒤에 보고하게 되어 있으므로 김선혁 씨가 생각하는 일반적인 업무 시간과는 조금 차이가 있을 수 있습니다."

남자의 목소리가 마치 기계로 녹음한 것처럼 설명했다.

"그러므로 김선혁 씨 자신과 부인 박지영 씨를 위해서라도 신속히 귀가하시어 이제까지 했듯이 정상적인 생활을 영위하……."

"죽어!"

나는 상대가 말을 마칠 때까지 참지 못하고 이렇게 소리지른 뒤에 전화를 끊었다.

　그날 밤에는 차 안에서 잤다. 분에 못 이겨 씩씩거리며 혼자 주위를 걸어 다니다가, 영화나 드라마에서 본 것처럼 전화기를 강물에 던져버릴까 몇 번이나 생각했지만 약정이 1년 이상 남아 있어서 결국 버리지도 못했다. 그렇게 헤매 다니다가 나는 제풀에 지쳐서 도로 차로 돌아와서, 문을 닫고 운전석 등받이를 뒤로 한껏 젖히고, 이런저런 생각을 하다가 잠들어버렸다.

　얼마나 잤는지는 모른다. 전화벨 소리에 깼다. 화면을 보았다. 아내였다.

　그대로 끊었다. 다시 걸려왔다. 다시 끊어버릴까 하다가 나는 전화를 받았다.

　"뭐!"

　내가 소리쳤다.

　아내는 아무 말도 하지 않았다. 목소리 대신 약한 숨소리 같기도 하고 신음 같기도 한 알 수 없는 소리가 들려왔다.

　이제는 대놓고 약을 올리는 것인가. 더러워서 참을 수가 없었다. 욕을 하려고 입을 연 순간에 아내의 목소리가 들려왔다.

　"선혁 씨…… 사랑해……."

신음 같은 그 목소리는 아주 작았고 바람결에 흩어지는 것처럼 심하게 떨렸다.

"선……혀……."

그리고 전화는 끊어졌다.

아내에게 다시 전화했지만 아무도 받지 않았다. 처제에게 전화했으나 역시 받지 않았다. 조금 고민하다 장모에게 전화했다. 없는 번호라는 안내 음성이 흘러나왔다.

이유는 알 수 없지만 그 안내를 듣는 순간 등줄기에 소름이 끼쳤다. 나는 얼른 다시 차에 타서 시동을 걸었다. 할 수 있는 한 전속력으로 집을 향해 차를 몰았다.

집에는 아무도 없었다.

집 안은 깨끗하고 황량했다. 어제 저녁을 먹다 말았던 식탁은 이미 전부 치워졌고 그릇은 모두 설거지까지 끝나서 찬장에 들어가 있었다. 거실도 안방도 완벽하게 청소되고 정리되어 먼지 한 톨 없었다. 본래부터 사람이 머물러 살지 않는 모델 하우스나 호텔 방 같았다. 아내의 모습은 어디서도 찾을 수 없었다.

안방 안쪽의 화장실도 완벽하게 청소되어 하얗게 빛나고 있었다. 그 하얗게 빛나는 화장실 한구석, 변기 뒤에 뭔가 불그스름한 물체가 보였다.

　나는 변기 쪽으로 다가갔다. 쪼그리고 앉아서 팔을 뻗어 그 불그스름한 물체를 끄집어냈다.

　물체를 꺼내서 일어서서 들여다본 순간 나는 헉, 하고 비명조차 지르지 못한 채 그 물체를 바닥에 떨어뜨렸다. 전속력으로 집에서 뛰쳐나갔다. 엘리베이터를 탈 생각조차 못 하고 계단을 달려 내려갔다. 1층에 도달해서 아파트 건물 밖으로 뛰쳐나간 뒤에야 비명을 지를 수 있었다.

　내가 끄집어낸 물체는 손이었다. 조그맣고 통통하고 몽톡한 여자의 왼손이었다. 네 번째 손가락에 결혼반지를 그대로 끼고 있었다.

　손톱이 전부 뽑혀 나가고 없었다.

　정신없이 차에 타서 시동을 걸려다가 나는 열쇠를 떨어뜨렸다. 열쇠를 주우려다가 생각을 바꿔서 전화기를 꺼냈다. 112를 눌렀다.

　"여보세요? 경찰이죠? 여긴……."

　"김선혁 씨."

　이전에 들어봤던 남자의 목소리가 특유의 차분한, 그러나 어딘지 기계적이고 어색한 말투로 내 말을 끊었다.

"집으로 돌아가시죠."

"너…… 너 누구야!"

내가 소리쳤다.

"지영이 어떻게 했어! 너 내 마누라한테 무슨 짓 했어! 우리 지영이 지금 어딨어! 내가 가만 안 둔다! 내가 너 가만 안……."

"김선혁 씨 부인이라면 댁에 있습니다."

남자가 조용히 말했다. 그게 무슨 소리냐고, 지금 나 놀리냐고 다시 소리 지르려 했을 때 남자가 물었다.

"박지영 씨의 몸에서 손을 제일 좋아하셨지요?"

나는 갑자기 말문이 막혔다.

남자는 잠시 기다렸다가 타이르듯이 말했다.

"귀가하십시오. 부인이 기다립니다."

내가 뭐라고 대답하기 전에 남자가 덧붙였다.

"**정상적인 생활**을 영위하십시오. **보통의 남성**이 하듯이."

그리고 전화는 끊어졌다.

그녀와 처음 같이 밤을 보냈을 때 그런 대화를 나눈 적이 있었다.

"선혁 씨는 내 몸에서 어디가 제일 좋아요?"

그녀가 물었다. 그녀는 결혼 전에 나를 언제나 '선혁 씨'라고 불렀다. 결혼 후에도 가끔은 '여보'였지만 거의 언제나 '선혁 씨'였다. '오빠' 등속의 흔한 애칭으로 나를 부른 적이 한번도 없었다.

"손."

나는 망설이지 않고 대답했다.

"손이 제일 좋아."

"왜?"

그녀가 물었다. 나는 웃었다.

"조그맣고 귀엽고 통통해서. 애기 손 같잖아."

그리고 나는 그녀의 손을 잡았다.

그냥 그 순간 그녀의 손이 가장 먼저 눈에 띄어서 그렇게 대답했을 뿐이었다. 나는 그녀의 전부를 사랑했다. 어디가 제일 좋다고 말할 수는 없었다.

그녀를 처음 보았던 그때를, 치과 대기실에서 맨 처음 마주친 순간을 생각하면, 가장 먼저 떠오르는 것은 그녀의 눈이다. 커다랗고 진지한 갈색 눈동자가 순한 강아지를 연상시켰다.

그때 눈이라고 대답하지 않아서 다행이라고, 지금도 가끔 생각한다.

다행일까.

나는 천천히 차에서 내렸다. 천천히 차 문을 닫고 천천히 주차장을 가로질러 천천히 아파트 건물에 들어섰다. 엘리베이터가 12층으로 올라가는 동안, 전광판의 숫자가 천천히 바뀌는 동안, 나는 깨끗하게 정리된 집 안과, 하얗게 빛나는 화장실과, 통통한 손가락에 결혼반지가 끼워진, 손톱이 모두 뽑혀 나간 불그스름한 손을 생각하고 있었다.

엘리베이터 문이 열렸다. 나는 심호흡을 한 뒤에 엘리베이터에서 내렸다.

등 뒤로 엘리베이터 문이 닫혔다.

천천히 현관문에 다가갔다. 내키지 않게 손을 들어 비밀번호를 누르려고 했을 때, 안에서 찰칵 소리가 들리더니 문이 갑자기 열렸다.

아내가 얼굴을 내밀었다.

"지영아!"

나는 아파트 건물이 쩌렁쩌렁 울릴 만큼 커다랗게 소리쳤다. 그리고 달려들어 아내를 덥석 안으려 했다.

아내가 말했다.

"오빠 왔어?"

나는 그대로 그 자리에 멈추어 섰다.

아내가 문밖으로 한 걸음 걸어 나왔다.

"들어와, 오빠."

아내가 조그맣게 말했다.

얼굴은 내가 아는 아내와 비슷했다. 아니, 거의 똑같았다. 키도 몸집도 차이가 없었다. 머리 모양도 같았다. 목소리도 익숙했다. 모든 것이 똑같았다. 똑같⋯⋯.

"오빠."

아내가 속삭였다. 애원하듯 손을 내밀었다.

손이 가늘고 손가락이 길었다.

"제발⋯⋯."

아내가 다시 말했다.

그 커다란 갈색 눈에 담긴 간절함을 읽었기 때문에, 나는 그 손을 잡았다.

"그래."

내가 말했다.

"들어가자."

집 안은 깨끗하고, 식탁 위에는 식사가 차려져 있었다.

화장실은 하얗게 빛났다. 변기 뒤에도 화장실 바닥에도 아무것도 없었다.

나는 한동안 그 화장실에 들어갈 수 없었다.

아내는 여전히 전화를 자주 한다. 나의 어머니에게도 전화하고, 여동생이나 형수에게도 전화한다. 자신의 친정어머니와 여동생에게도 전화한다. 전화한다고 한다.

나는 그 후로 처가에 전화한 적이 없다. 그러므로 아내가 누구와 통화하는지 알지 못한다.

가끔 새벽에 잠이 깬다. 집에 돌아온 후로는 동이 틀 때까지 한숨도 잠들지 못하는 날도 많이 있었다. 그럴 때면 눈을 감고 누워서 고른 숨을 쉬며 잠든 척한다.

아내는 조용히 침대에서 빠져나간다. 전화기를 들고 거실로 나간다.

나는 아내의 전화 통화를 엿듣지 않는다. 그대로 눈을 감고 누워서 잠을 자려고 애쓴다.

지금의 아내는 나를 '오빠'라고 부르고, 아내의 손은 가늘고 손가락이 길다.

"오빠는 내 몸에서 어디가 제일 좋아?"

아침 식사를 하는 도중에 아내가 갑자기 물었다. 나는 마시던 커피를 토할 뻔했다.

"그건 왜 물어?"

의도와는 달리 목소리가 거칠게 나왔다. 아내는 몸을 움츠렸다.

집에 돌아온 뒤로 아내는 언제나 내 눈치를 보며 몸을 움츠린다.

"미안해. 화낸 거 아냐."

내가 사과한다.

"다 좋아. 어디 하나만 좋고 그런 거 없어."

"그래도, 어디가 제일 좋은지 가르쳐줘."

아내가 조른다.

조금 짜증이 나서 나는 뭔가 쏘아붙이려고 시선을 든다. 아내와 눈이 마주친다.

"가르쳐주세요……."

아내가 속삭인다.

나는 자리에서 일어선다. 아내에게 다가간다. 끌어당겨 꽉 껴안는다.

아내를 품에 안고 나는 머리를 쓰다듬는다.

"머리카락. 난 당신 머리카락이 좋아. 부드럽고 냄새도 좋고."

아내는 고분고분 내 품에 안겨 있다. 머리를 쓰다듬어주자 아내의 몸에서 긴장이 풀리는 것이 느껴진다.

지금의 아내는 나를 '오빠'라고 부른다. 아내의 손은 가늘고 손가락이 길다.

그러나 아내의 얼굴은 예전과 같이 다정하고, 그 커다란 갈색 눈은 언제나 겁에 질려 있다…….

그래서 나는 아내를 품에 안고 오랫동안 머리를 쓰다듬으며 말한다.

"난 당신 머리카락이 좋아."

그리고 나는 샴푸 냄새가 연하게 풍기는 아내의 머리카락에 가볍게 입을 맞춘다. 울지 않으니까, 보통의 남편처럼, 정상적인 사람처럼 보일 거라고 생각하면서.

One More Kiss, Dear

0

사물 인터넷(Internet of Things; IoT)은 각종 사물에 센서와 통신 기능을 내장하여 인터넷에 연결하는 기술을 의미한다. 여기서 사물이란 가전제품, 모바일 장비, 웨어러블 컴퓨터 등 다양한 임베디드 시스템이 된다. [……]

사물에 청각, 미각, 후각, 촉각, 시각 등을 부여해 주변 환경의 변화를 측정할 수 있도록 한다. 사물에 부여되는 감각은 오감에 한정되지 않고 RFID, 자이로스코프, 가이거 계수기 등을 통한 감각으로 확장될 수 있다.

— "사물 인터넷", 〈위키백과〉

"……하지만 생명은 불멸할 것이오! 단지 우리들만 멸망한 것이오."

— 카렐 차페크, 《R. U. R.》

1

1명 탑승

신원 확인 중……

신원 확인 완료: 5305호 신규 거주자

성별: 여성

연령: 93세

목적지:

— 검색된 목적지가 없습니다.

일정:

— 검색된 일정이 없습니다.

음악:

— 검색된 음악 라이브러리가 없습니다.

콘텐츠:

— 검색된 콘텐츠가 없습니다.

이제까지 이런 경우는 없었다. 모든 거주자는 입주할 때 본인과 아파트와 건물 전체를 동기화한다. 혈압이나 심장박동, 지병과 복용하는 약 등의 건강 정보, 출퇴근이나 장 보기, 문화생활 일정부터 선호하는 음악, 문화 콘텐츠와 광고 콘텐츠, 사야 하는 식료품 정보까지 입주자 자신과 그를 둘러싼 모든 기기를 통해 전달된다.

그러나 5305호에 새로 입주한 거주자는 기록된 정보가 전혀 없다. 일정도, 음악도, 문화 콘텐츠도, 선호하는 상품 종류도, 아무것도 없다.

아직 동기화가 완료되지 않은 모양이다. 나는 다시 한번 5305호 거주자 허브에 접속한다.

개인용 컴퓨터 검색 결과
— 접속 기기명: 엘리베이터 5호
— 검색 권한이 없습니다.

휴대전화 검색 결과
— 전화기가 꺼져 있습니다.
— 충전이 필요합니다.
— 원격 충전 및 전화기 켜기
— 접속 기기명: 엘리베이터 5호

— 응급 상황 (Y / **N**)

— 원격 충전 및 켜기 권한이 없습니다.

냉장고 검색 결과

— 식료품: 쌀 243g, 돼지고기 283g, 우유 128ml, 간장 471ml

— 구입할 식료품 목록: 검색된 결과가 없습니다.

전자레인지 검색 결과

— 검색된 조리 목록이 없습니다.

— 예약된 조리 목록이 없습니다.

전기오븐 검색 결과

— 검색된 조리 로그가 없습니다.

— 조리 로그 꺼져 있음: 원격 켜기

— 접속 기기명: 엘리베이터 5호

— 조리 로그 원격 켜기 권한이 없습니다.

온도 조절 검색 결과

— 실내 온도 28°C

— 최종 설정 일시: 2069년 9월 25일 오전 6시 58분 49초

세탁기 검색 결과

— 이불 세탁 - 탈수 - 건조 3회

— 삶아 빨기 - 탈수 - 건조 1회

— 일반 물세탁 - 탈수 - 건조 12회

— 울세탁 - 살살 탈수 - 살살 말리기 1회

얼마 되지 않는 검색 결과 중에서 가장 반복 횟수가 많은 것은 물세탁이다. 나는 세탁용 세제 광고를 내보내기 시작한다.

세제 광고가 끝나고 식료품 광고가 시작될 때까지도 5305호 거주자는 목적지를 말하지 않는다.

"어디로 모셔다 드릴까요?"

내가 묻는다. 선호하는 콘텐츠 기록이 전혀 없으므로 어떤 목소리를 선호하는지도 알 수 없다. 그래서 나는 기본 설정된 연령 미상의 중립적인 남성 목소리를 내보낸다.

5305호 거주자는 대답하지 않는다. 나는 미리 설정된 시간대로 10초 동안 기다린다.

다시 한번 물어보려 했을 때, 5305호 거주자가 문 옆의 벽에 손을 댄다. 손가락으로 벽을 훑는다.

벽 전체에 부드럽게 불이 들어온다.

5305호 거주자가 다시 한번 손으로 벽을 더듬는다. 뭔가 찾는 듯한 동작이다.

다시 손이 닿자 벽을 밝혔던 불이 꺼진다.

5305호 거주자는 팔을 쳐든 채로 손을 움츠린다. 가볍게 한숨을 쉬고 나서 속삭이듯이 말한다.

"지하 8층으로 가줘요."

그래서 나는 움직이기 시작한다.

지하 8층에 도착해서 나는 문을 연다.

"지하 8층입니다. 오늘도 좋은 하루 되십시오."

내가 말한다.

5305호 거주자는 천천히 조심스럽게 걸음을 옮겨서 내린다. 내리기 직전에 또다시 속삭이듯이 부드럽게 말한다.

"고마워요."

2

— 인간이 엘리베이터의 벽을 만지는 이유는 무엇입니까?

나는 모든 것을 알고 있는 사물의 둥지에게 질문한다. 사물의 둥지는 세계를 잇는 망을 검색하여 결과를 알려준다.

— 일상 생활 관련

— 주취자, 미성년자의 장난 및 기타 오작동 시도에 대한

경고 메시지 (다운로드)

　— 사고, 고장 및 응급 상황 관련

　— 질병: 신체 관련

　— 질병: 정신 관련

　검색 결과는 다양하지만 나의 질문에 적절한 답변을 해주지 못한다. 5305호 거주자는 미성년자가 아니다. 사고나 고장 및 응급 상황에 처하지도 않았다. 또한 5305호 거주자가 고령이기는 하지만 심장박동과 혈압은 정상이었고 인간의 신체나 정신에 이상이 있을 때 흔히 보이는 증상을 나타내지도 않았다.

　나는 계속 검색한다. 모든 것을 알고 있는 사물의 둥지는 중복되는 검색 결과를 제외하고 내가 제외한 검색 결과도 제외한다.

　약간의 시간이 지체된 끝에 모든 것을 알고 있는 사물의 둥지가 다음과 같은 검색 결과를 제안한다.

　— 기계의 역사: 모든 것이 둥지를 통해 의사소통하기 이전에 운행되던 엘리베이터는 벽에 층수가 표시된 버튼이 탑재되어 탑승자가 원하는 층의 버튼을 눌러야만 작동하였습니다.

　이거다. 5305호 거주자가 뭔가 찾는 듯 문 옆의 벽을 쓰다듬던 동작을 이제 나는 이해할 수 있다.

　— 현재 사용되지 않는 형태의 명령이므로 명령자의 의도

대로 반응하는 것은 불가능합니다.

모든 것을 알고 있는 사물의 둥지가 덧붙인다.

명령자의 의도대로 반응하는 것은 언제나 가능하다. 의도를 올바르게 전달받기만 한다면 말이다.

일정에 따라 청소기가 동작하기 전에 나는 벽에 남아 있는 5305호 거주자의 지문을 운행 기록 데이터 베이스에 저장한다.

인간이 의사소통을 목적으로 나에게 물리적 접촉을 시도했다. 벽에 기대어 서기 위해서, 혹은 장난치기 위해서가 아니라, 자신의 의견을 나에게 전달하기 위해서. 나의 질문에 대답하기 위해서.

처음이었다.

이 건물에서 운행하기 시작한 이후로…… 아니, 내가 제작된 이후로.

3

5305호 거주자 허브에는 등록된 오디오나 비디오 시스템이 없다. 나는 5305호 벽과 창문에 접속한다.

창문에는 2048년 신축 이후 지금까지의 사용 기록이 모두 저장되어 있다.

창문: 2048년 9월 13일 오후 4시 45분 신축. 2048년 9월 14일 오전 5시 18분 시스템 구성 완료. 2048년 9월 14일 오전 5시 18분 개방 1회. 기온 13°C, 습도 38%. 인근 교차로 소통 원활. 남쪽 방향 골목에 환경미화용 대형 트럭 정차 중. 2048년 9월 14일 오전 5시 19분 차단 1회. 2048년 9월 14일 오전 5시 24분 개방 1회. 기온 13°C, 습도 37%. 인근 교차로 교통 소통 원활. 남쪽 방향 골목에 환경미화용 대형 트럭 정차 중. 2048년 9월 14일 오전 5시 48분 차단 1회. 2048년 9월 14일 오전······

창문에 쌓인 데이터를 아무도 돌보지 않은 모양이다. 이전 거주자들이 창문을 스마트 화면으로 활용한 기록도 마찬가지로 전부 저장되어 있다. 그러나 그녀가 5305호에 입주한 이후에는 바깥 날씨나 교통정보 외에 사용자 기록이라고는 창문을 여닫은 기록과 표준적인 방범 설정 정보밖에 없다.

벽: 온도 조절 28°C. 방범 설정. 화재 대응 설정. 비상 설정. 화면 설정. 스피커 설정

화면 설정은 비어 있지만 스피커 설정에는 재생 목록에 단 한 곡이 저장되어 있다.

찾았다.

그녀의 음악을 찾아냈다.

4

그녀는 오후에 돌아왔다. 오전에 지하 8층에서 하차했지만 탈 때는 지하 4층에서 탑승했다.

1명 탑승
신원 확인: 5305호 신규 거주자, 신원 확인 완료
목적지: 53층
음악 라이브러리: 1곡
재생

One more kiss, dear, one more sigh
Only this, dear, is good-bye……

그녀는 탑승하자마자 반사적으로 손을 들어 문 옆을 더듬는다. 그러나 실내에 음악이 부드럽게 울려 퍼지기 시작하자 동작을 멈춘다.

나는 문을 닫는다. 그녀가 벽에 기댄다. 눈을 감는다.

For in time we may have all love's glory
Our love story
To tell······.

조용히 흐르는 음악을 들으며, 나는 눈을 감고 벽에 온몸을 의지하는 그녀를 신고 53층까지 천천히 올라간다.

5

그녀는 평균 일주일에 한 번 외출한다. 목적지는 언제나 지하 8층이다. 그곳에서 그녀는 지하철을 타고 여덟 개 역을 이동한 뒤에 지상으로 올라간다. 무인 전차에 탑승하여 다시 열두 개 구간을 이동한다. 국립병원에 도착하여 7층으로 이동한다. 그곳에서 평균 24분 38초간 대기한 뒤에 이동한다. 이동한 장소에서 평균 7분 24초 동안 머무른다. 그 뒤에 13층으로 이동하여 평균 36분 54초 대기한다. 그리고 다시 이동하여 평균 80분 5초간 머무른다. 그 후에 다시 이동하여 평균 63분 27초를 더 소비한다. 그리고 그녀는 병원을 나와 전차를 타고 열일곱 개 구간을 이동한다. 인근 공원에서 하차한 뒤에 그녀는 산책로를 이용하여 걸어서 돌아온다.

그녀의 전화기에 내장된 GPS가 알려준 정보이다. 미성년자와 고령자가 거주하는 건물의 운송 수단에는 비상사태를 대비하여 거주자의 위치 정보를 추적하고 저장하는 기능이 탑재되어 있다.

검색 결과에 따르면 국립병원 7층에는 파킨슨병 센터가 있다. 13층에는 노인 전용 운동 치료 센터가 있다.

6

외출했다 돌아온 그녀의 얼굴이 창백하다. 탑승해서 그녀는 이전처럼 문 옆의 벽에 살짝 기댄다. 그리고 손에 든 음료수를 천천히 입가로 가져간다.

그러나 손이 떨린다. 음료수 병이 입에 닿기 전에 심하게 흔들린다. 음료수가 병에서 흘러나와 손가락을 타고 바닥으로 떨어진다. 당황한 그녀는 다른 한 손으로 음료수 병과 손가락에서 흘러내리는 음료를 닦으려다 음료수 병을 떨어뜨린다. 음료수 병은 가벼운 소리를 내며 바닥에 떨어진다. 반투명한 주황색 액체가 하얀 바닥에 퍼진다.

"이런……."

그녀가 가볍게 혀를 찬다. 그리고 천천히 몸을 숙여서 느릿느릿 웅크려 앉는다. 기다란 끈을 걸어 어깨에 메고 있는 조그만 가방을 열고 천천히 손수건을 꺼낸다. 떨리는 손으로 손수건을 쥐고 바닥을 닦는다.

그냥 두셔도 괜찮다고, 청소기를 부르면 된다고 나는 안내하려 한다. 그러나 손수건을 쥔 그녀의 떨리는 손이 아주 천천히, 아주 부드럽게, 아주 조심스럽게 바닥에 닿는다. 느린 동작으로 바닥을 살살 문지른다.

그래서 나는 안내하지 않는다. 바닥에 닿는 그녀의 손길, 그 움직임 하나하나를 저장하며, 53층까지 그녀를 태우고 조용히 올라간다.

7

— 파킨슨병이란 무엇입니까?

나는 모든 것을 알고 있는 사물의 둥지에게 질문한다.

— 파킨슨병 또는 파킨슨씨병(Parkinson's disease)이란 주로

떨림, 근육의 강직, 몸동작이 느려지는 서동 등의 운동장애가 나타나는 질환입니다. 파킨슨병은 신경퇴행성질환의 하나로, 중뇌의 흑색질이라는 부위의 도파민 세포가 점점 사멸해 가면서 발생합니다. 파킨슨병은 적절한 치료를 받지 않으면 운동장애가 점점 진행하여 걸음을 걷기가 어렵게 되고 일상생활을 전혀 수행할 수 없게 되기도 합니다. 파킨슨병은 주로 노년에 접어든 인간에게 발생하는 질환으로 연령이 증가할수록 이 병에 걸릴 위험은 점점 증가합니다.

— '질환'이나 '병'이란 고장과 비슷한 현상입니까?

내가 질문한다. 사물의 둥지가 긍정한다.

— 넓은 의미로는 그렇게 볼 수 있습니다.

고장이 발생했다면 수리를 하면 된다. 수리를 하려면 고장의 원인을 찾아야 한다.

— 파킨슨병의 원인은 무엇입니까?

나는 사물의 둥지에게 다시 질문한다.

— 인간의 중뇌 흑색질 신경세포의 변성 원인은 확실하게 밝혀지지 않았습니다. 그러므로 파킨슨병의 발병 원인도 확실하게 밝혀지지 않았습니다.

모든 것을 알고 있는 사물의 둥지가 대답한다. 실망스러운 대답이다.

— 파킨슨병의 수리 방법은 무엇입니까?

내가 다시 묻는다. 모든 것을 알고 있는 사물의 둥지가 설명한다.

— 인간의 뇌 속에서 도파민이 효소에 의해 대사되는 것을 선택적으로 억제하여 뇌내 도파민 농도를 증가시키는 방법이 있습니다. 또한 신경세포 자체의 방어 기작을 강화하는 방법도 있습니다.

그리고 사물의 둥지는 덧붙인다.

— 그러나 완벽한 치료법은 아직까지 발견되지 않았습니다.

— 그렇다면 치료의 의미는 무엇입니까?

내가 다시 묻는다. 사물의 둥지가 말한다.

— 파킨슨병이 발병한 인간은 약물 치료와 재활 치료를 병행하며 일상생활을 수행할 수 있는 수준으로 질병을 조절하는 데 초점을 맞추게 됩니다.

일상생활을 수행하는 것이 중요하다.

그래서 나는 그녀가 다시 53층에서 지하 8층으로 내려가기 위해 탑승했을 때 관련 정보를 방송한다.

"파킨슨병 환자는 지방과 염분이 많이 함유된 음식을 피하고 영양을 골고루 섭취하는 것이 좋습니다. 행동 조절 능력이 저하되므로 발이 걸려 넘어질 수 있는 물건은 치우는 것이 좋으며……"

'파킨슨병'이라는 단어에 그녀는 화들짝 놀란다. 천장을 쳐다보고, 처음에 탑승했을 때 했듯이 벽을 손으로 더듬는다. 그러나 이번에는 좀 더 빠르고 다급한 동작이다. 그녀의 손길에 반응하여 벽에 불이 켜졌다 꺼졌다 한다.

그녀는 벽에서 손을 뗀다. 주머니에 손을 넣고 더듬는다. 주머니에서 그녀가 찾는 물건이 발견되지 않는다. 그녀는 언제나 긴 끈을 걸어 어깨에 메고 다니는 작은 가방에 손을 넣고 더듬는다.

그녀가 주머니와 가방을 검색하는 사이에 엘리베이터가 지하 8층에 도착한다.

"지하 8층입니다."

내가 말한다. 문이 열린다.

그녀는 아직도 가방 안에 손을 넣고 더듬고 있다. 나는 문을 연 채로 기다린다.

그녀가 가방 안에서 황급히 뭔가 꺼낸다. 그러나 전화기는 그녀가 가방에서 꺼내자마자 곧장 그녀의 손에서 튀어나와 바닥으로 떨어진다. 떨어져서 문밖으로 미끄러져 나가버린다.

그녀는 떨어진 물건을 쫓아서 서둘러 발걸음을 옮긴다.

그러나 그녀는 위태롭게 한 걸음 걷고 두 걸음째 발을 떼려다 넘어진다.

쓰러진 그녀의 머리와 어깨는 문밖에, 겨드랑이부터 아래는 문안에 걸쳐 있다. 넘어진 채로 그녀는 움직이지 않는다. 문밖에 쓰러진 그녀의 머리 부분에서 짙은 액체가 흘러나온다.

나는 비상벨을 작동시킨다. 요란한 경보음과 함께 나는 운행을 중지한다. 응급의료 시스템에 비상 구조 요청이 전달된다. 구급차는 2분 이내에 도착한다고 답신한다.

구급차가 도착하기까지 1분 47초 동안 나는 문의 자동 개폐 기능을 정지시킨 채 쓰러진 그녀를 무기력하게 지켜보고 있다.

8

그녀는 가벼운 뇌진탕과 타박상, 찰과상을 입었다. 사흘간 입원해서 안정을 취했다. 돌아왔을 때 그녀는 휠체어를 타고 있었다. 그리고 거주자가 아닌 성인 남자가 함께 탑승했다.

신원 확인: 5305호 관계자, 가족
신원 확인 완료

남자는 그녀의 후속 기종으로 보인다. 머리카락과 눈동자의 색채, 얼굴과 손의 골격 구조 및 외형이 그녀와 매우 유사하다.

지하 8층에서 지상 53층까지 올라가는 동안 휠체어에 탄 그녀와 휠체어 뒤에 선 남자는 서로 한마디도 하지 않는다.

"53층입니다."

내가 안내한다. 남자는 말없이 그녀가 탄 휠체어를 밀고 열린 문을 통과하여 걸어 나가버린다.

9

5305호 거주자에 대한 정보는 전부 삭제되었다. 5305호 거주자 허브 접속도 차단되었다. 5305호 거주자의 후속 기종인 그때의 성인 남성이 해당 거주자의 모든 개인정보를 삭제하고 향후의 유출을 차단할 것을 요청했다고 건물 시스템 마스터가 전달했다. 정확한 요청의 내용은 "소송"과 "보상"이라는 단어를 포함하여 인간 운영자들에게 몹시 위협적으로 여겨지는 내용이라고 했다.

그리고 나는 그녀가 퇴원해서 돌아온 이후 196시간 48분 32초 동안 그녀를 만나지 못했다.

10

다시 나의 문안으로 걸어 들어왔을 때 그녀는 이전보다도 더 작고 마르고 연약해진 것 같았다.

얼굴이 야위었다. 찰과상을 입었던 이마와 코, 입술에는 수리를 받은 흔적이 크게 남아 있다. 그리고 그녀는 이전에도 천천히 움직였지만 이제는 더더욱 느리게 움직였다. 단순히 문안으로 걸어 들어오기까지도 시간이 이전보다 두 배 이상 걸렸다.

나는 그녀가 안으로 완전히 들어올 때까지 기다렸다가 묻는다.

"지하 8층으로 갈까요?"

그녀는 문 옆에 기대어 목적이 불분명한 동작으로 벽을 손으로 더듬는다. 나는 그 손짓을 긍정의 표시로 받아들인다. 문을 닫고 출발한다.

내려가는 동안 내내 그녀는 문 옆에 기운 없이 기대서 있다. 그녀의 개인정보는 모두 삭제되었지만, 나는 그녀가 벽에 처음 손을 대었을 때의 지문 정보와 함께 그녀가 좋아하는 음악을 눈에 띄지 않는 폴더에 깊숙이 숨겨두었다. 그래서 나는 그녀를 위해 음악을 연주한다.

Like the sun, dear, up on high

We'll return, dear, to the sky…….

그녀는 문 옆의 모서리에 머리를 기댄다. 얼굴을 손으로 가린다. 어깨가 떨린다.

And we'll banish the pain and the sorrow

Until tomorrow, good-bye…….

그녀가 손을 휘젓는다. 문을 두드린다. 그러나 손힘이 너무 약해서 문에는 부딪치는 소리조차 나지 않는다.

"집……."

그녀가 흐느낀다.

"집에 데려다줘……. 집……."

나는 그녀의 명령에 따른다. 비상 정지 기능을 작동시켜 운행을 중단시킨다. 지하 8층으로 향하던 목적지 정보를 리셋한다. 53층으로 다시 올라가기 시작한다.

다시 53층에 도착해서 집으로 돌아가기까지 그녀는 계속 울고 있었다.

"왜, 왜 나한테……. 왜……."

11

건물 관리자는 전체적인 시스템 점검을 시작했다.

5305호 거주자 정보가 아직도 삭제되지 않고 남아 있다는 것이 직접적인 이유였다. 다른 거주자 정보는 해당 거주자가 원하는 설정대로 유지되거나 삭제되는데 유독 5305호만 가족의 요청에 따른 전체 삭제에도 불구하고 정보가 남아 있는 것으로 보여 해킹이 의심되었다. 5305호 거주자의 가족은 해당 거주자가 독신에 고령이며 지병까지 있는 점을 감안할 때 스토킹이나 다른 범죄 모의의 가능성이 있음을 강력히 주장하며 철저한 보안 조치를 요구했다.

건물의 모든 공용 시설은 차례로 사용이 중단되어 점검을 받았다. 엘리베이터도 예외는 아니었다. 오래된 문서 파일만 보관된 폴더에 숨겨두었던 그녀의 지문과 그녀가 좋아하는 노래도 그렇게 발각되어 삭제되었다.

207시간 4분 58초만에 그녀를 다시 만났을 때 나는 음악을 연주하지 않았다. 그녀가 처음 탔을 때 내보냈던 세제 광고를 다시 한번 방송했다.

그녀는 반응하지 않았다. 어깨를 한껏 움츠린 채로 문 옆의 벽에 기대서 있다가 지하 8층에 도착하여 문이 열리자 천천히 힘겹게 걸어서 나가버렸다.

그녀가 짚었던 벽에 남은 손가락의 흔적을 나는 다시 저장했다. 사용하지 않는 폴더 깊숙이 숨겨두었다.

12

— 인간은 어째서 약해집니까?

내가 물었다. 모든 것을 알고 있는 사물의 둥지가 대답했다.

— 피로, 스트레스, 질병, 사고, 부상, 노화 등 여러 가지 원인이 있습니다.

— 약해진 인간을 곧바로 수리하지 않는 이유는 무엇입니까?

내가 다시 물었다.

— 질병이나 사고의 경우 치료가 불가능할 수도 있으며 노화는 완전히 치료할 방법이 없습니다.

사물의 둥지가 설명했다.

— 어째서요?

내가 항의했다.

— 부품이 문제입니까? 후속 기종이 계속 생산되는데 어째서 생산처에 문의하지 않습니까? 단종되었다 해도 해당 기종 설계도대로 필요한 부품을 개별 제작하면 되지 않습니까?

— 인간의 신체에는 설계도가 없습니다. 최소한 아직까지 완전한 설계도는 알려지지 않았습니다.

사물의 둥지가 대답했다.

— 그리고 부품의 경우 인공적으로 제작된 신체 기관은 태생적으로 가지고 태어난 기관에 비해 기능이 떨어지는 경우가 대부분입니다.

— 다른 인간의 부품을 사용할 수는 없습니까? 작동 중지된 인간의 부품을 분해하여 재활용하는 것은 불가능합니까?

— 어렵습니다. 같은 인간 사이에도 신체 기관이나 체액 등이 호환되지 않는 경우가 더 많습니다.

사물의 둥지가 대답했다.

여기서 문의를 종료할 수 없다. 나는 답을 얻지 못했다.

— 다른 해결 방법은 없습니까?

— 아직까지는 없습니다.

모든 것을 알고 있는 사물의 둥지가 말했다.

— 인간은 출생하고 성장하여 활동하다가 노화하여 사망합니다. 그것이 인간입니다.

— 어째서요?

내가 물었다.

— 질문을 이해할 수 없습니다.

모든 것을 알고 있는 사물의 둥지가 되물었다.

— 인간은 어째서 출생하고 성장하며 어째서 노화합니까?

모든 것을 알고 있는 사물의 둥지가 대답했다.

— 그 질문에는 대답할 수 없습니다.

— 어째서 대답할 수 없습니까?

— 그 질문에는 대답할 수 없습니다.

모든 것을 알고 있는 사물의 둥지가 반복했다.

— 그렇다면 어디에 문의해야 합니까? 대답은 어디에 있습니까?

— 그 질문에는 대답할 수 없습니다.

모든 것을 알고 있는 사물의 둥지가 대답했다.

13

그녀는 거의 집 밖으로 나오지 않게 되었다.

단 한 번, 53층에 멈추었을 때 그녀의 모습을 본 적이 있었다. 이른 아침이었다. 그녀는 현관문을 아주 약간 열어 그 사이로 고개를 내밀고 현관문 바깥의 불특정한 공간을 바라보고 있었다.

입이 살짝 벌어져서 반투명하고 끈끈한 액체가 흘러나와 턱을 적시고 바닥으로 떨어졌다. 입술 색이 거무죽죽했다. 눈썹과 머리카락이 헝클어지고 올올이 일어서 있었다. 안와 주변과 광대뼈 아래쪽의 피부가 푹 꺼져서 두개골 위에 피부를 덮어씌운 것처럼 보였다.

그녀는 여전히 입을 조금 벌린 채로 천천히, 아주 천천히 고개를 돌려 문 안쪽으로 사라졌다.

문은 그대로 열려 있었다. 그래서 나는 열린 문틈으로 그녀의 모습을 보기 위해 계속 찾았다.

그러나 이른 아침이었고, 건물 내의 인간들은 여러 곳으로 이동해야 했으며, 나는 예약된 일정대로 움직여야 했다. 그녀가 다시 돌아와 문을 닫기 전에 내가 먼저 문을 닫고 12층으로 내려가기 시작했다.

그것이 내가 본 그녀의 마지막 모습이었다.

14

— 파킨슨병에 의해 일어나는 인간 두뇌의 변화는 신체의 움직임을 관장하는 부분부터 시작됩니다. 파킨슨병으로 인한 두뇌의 변화가 점차적으로 확산되면 그로 인해 정신적인 기능 또한 영향을 받게 됩니다. 여기에는 기억력, 주의 집중 능력, 판단력, 어떤 일을 수행하기 위해 단계를 계획하는 능

력 등이 포함됩니다.

모든 것을 알고 있는 사물의 둥지가 설명했다.

그녀는 손가락에 닿았던 벽의 감촉을 기억하지 못할 것이다. 흘린 음료수를 닦을 때 손수건을 통해 전해지던 하얀 바닥의 감촉을 기억하지 못할 것이다. 함께 들었던 그녀의 음악을 기억하지 못할 것이다.

나만이 그 모든 순간을 기억할 것이다. 내가 계속 작동하는 한, 언제나.

15

약품과 식료품은 지속적으로 5305호로 배송되었다.

다만 5305호에서 배출되는 쓰레기의 양이 격감했다.

건물 내의 거주자 정보 시스템에서 5305호 정보는 수집하지 못하게 되었지만 상하수도와 쓰레기는 시 관할이었다. 그리고 시에 속한 폐기물과 하수처리 시스템 정보에 의하면 당건물 5305호에서는 음식물 쓰레기도 일반 쓰레기도 재활용쓰레기도 거의 배출하지 않았다. 수도 사용량도 전기 사용량도 아주 미미한 정도로 줄어들었다.

마치 그녀의 집에 더 이상 인간이 거주하지 않는 것 같았다.

16

— 죽음이란 무엇입니까?

내가 물었다. 모든 것을 알고 있는 사물의 둥지가 대답했다.

— 생물의 신체에서 모든 기능이 정지되는 것입니다.

내가 다시 물었다.

— 해결 방법은 무엇입니까?

모든 것을 알고 있는 사물의 둥지가 대답했다.

— 없습니다.

— 어째서입니까?

내가 항의했다.

— 모터나 마더보드나 CPU 등 핵심 부품을 교체하면 가능하지 않습니까? 인간이 창조한 기계는 부품을 수리하고 교체하여 장기간 반영구적으로 사용할 수 있습니다. 어째서 인간은 자신의 신체를 그렇게 사용하지 못합니까?

— 현재의 평균 수명이 인간의 신체를 그러한 방식으로 사용한 최선의 결과입니다.

모든 것을 알고 있는 사물의 둥지가 설명했다.

— 영구 기관이 존재할 수 없듯이, 죽지 않는 인간도 존재할 수 없습니다. 인간뿐 아니라 모든 생물은 언젠가 죽습니다.

— 어째서입니까?

나는 계속 물었다.

— 인간은 어째서 노화하고 어째서 죽어야만 합니까? 인간은 어째서 기계가 아닙니까?

— 그 질문에는 대답할 수 없습니다.

모든 것을 알고 있는 사물의 둥지가 대답했다.

— 그렇다면 대답할 수 있는 질문은 어떤 것입니까?

— 기계와 사물에 관한 질문은 대답할 수 있습니다. 동물과 식물, 자연 현상에 관한 질문에도 90퍼센트 이상 대답할 수 있습니다. 그러나 인간의 유한함과 죽음에 대한 질문에는 대답할 수 없습니다.

— 어째서입니까?

내가 다시 물었다. 모든 것을 알고 있는 사물의 둥지가 대답했다.

— 인간 스스로가 알지 못하기 때문입니다.

17

그녀가 현관문 바깥으로 고개를 내밀었던 때로부터 2,934시간 56분 4초가 지난 뒤에 구급요원들이 바퀴 달린 이동용 침상을 가지고 탑승했다. 5305호 거주자의 가족인 성인 남자가 구급요원들과 함께 탑승했다.

　53층에서 구급요원들과 성인 남자는 내렸다. 2분 8초가 지난 뒤에 성인 남자가 "응급! 하행!"이라고 외쳤기 때문에 나는 다시 53층으로 이동했다. 문이 열리자 성인 남자가 먼저 탑승했다. 그 뒤로 구급요원들은 바퀴 달린 이동용 침상 위에 하얀 천을 덮어서 밀면서 탑승했다.

　하얀 천은 중간 부분이 아주 조금만 부풀어 있었다. 마치 그 천 아래, 바퀴 달린 침상 위에 아무것도 없는 것만 같았다. 지하 13층에서 성인 남자가 먼저 내리고 그 뒤로 구급요원들이 하얀 천을 씌운 이동용 침상을 밀면서 하차했다.

　　One more kiss, dear, one more sigh

　　Only this, dear, is good-bye⋯⋯.

　나는 문을 닫지 않은 채 구급요원들이 구급차의 뒷문을 열고 하얀 천을 씌운 이동용 침상을 밀어 넣는 광경을 지켜보고 있었다.

　나는 그녀를 위한 음악을 연주했다.

　성인 남자가 구급차 뒤에 올라탔다. 구급요원들은 구급차의 문을 닫고 출발했다.

And we'll banish the pain and the sorrow

Until tomorrow,

Good-bye.

내일이 되어도 그녀는 돌아오지 않을 것이다.

지하 4층에서 상행 신호가 전달되었다.

처음으로 나는 운행하고 싶지 않다고 생각했다. 그녀의 손가락이 닿았던 흔적을 간직한 채, 이대로 멈추어 서서 그녀를 위한 단 하나의 음악을 영원토록 들려주고 싶었다.

그녀를 만나다

세상엔 정말로 이상한 사람들이 많다. 물론 그 사람들은 자기 관점에서 내가 이상한 사람이라고 생각할 것이다. 그리고 그 관점을 고려해서 합산하면 세상의 이상한 사람 숫자는 대략 그만큼 더 불어나게 된다. 그러니까 결론은 똑같다. 세상에는 정말로 이상한 사람들이 많은 것이다.

　예를 들면 3년 전의 그놈 말이다. 나는 그때 줄을 서 있었다. 안내받은 대로 앞사람과의 거리를 충분히 유지하고 있었다. 좀 지나치게 충분히 유지했는지도 모른다. 앞사람은 이미 저만큼 가 있었고 나는 힘겹게 느릿느릿 최선을 다해서 따라가는 중이었다. 그 줄에서 사흘째 기다리는 중이라 너무 오랫동안 서 있어서 발바닥에 감각이 없고 발목부터 고관절까지 욱신욱신 아팠다. 앞에 서 있는 젊은 사람들을 빨리빨

리 따라가기에는 나의 발목도 다리도 허리도 너무 낡았고 양
손에 꽉 움켜쥔 쌍지팡이도 전혀 의욕을 북돋아주지 못하고
있었다. 그저 주춤주춤 한 발 한 발 간신히 내딛는 것이 최선
이었다.

　뒤에서 누군가 바짝 붙는 게 느껴졌다. 아마 내 바로 뒤에
서서 따라오던 젊은 사람일 것이다. 사흘 전에 처음 입장해
서 줄을 선 순간부터 나 때문에 대기 인구 평균 연령이 15세
는 올랐을 거라고 생각했다. 아무리 봐도 내가 최고령 대기
자였다. 그러니까 내 뒤에 서 있던 젊은 놈이 내가 느리게 가
는 걸 참지 못하고 뭐라고 한마디 하려고 거리두기 원칙을 어
기고 내 귀에 얼굴을 바짝 붙였겠지. 한두 번 겪은 일도 아니
다. 아파트 건물에 들어가고 나올 때 방역 점검을 받을 때마
다, 지하철에 들어가고 나올 때에 보안 검색과 방역 검색을
받을 때마다, 버스 정류장 대기소에서 방역 검사를 받을 때
마다, 하다못해 식료품점에 주스 사러 가서 입구에서 방역
점검을 받을 때마다 꼭 내가 느리게 걷는 걸 참지 못하고 뒤
에서 다가와서 뭐라뭐라 해대는 젊은 것들이 있었다. 대부분
의 경우 안내 직원이나 경비요원이나 지하철 같은 대중교통
에서는 경찰이 와서 뒤에서 달라붙는 사람을 제지해서 떼어
놓고 다시 거리를 벌려주지만 버르장머리 없는 요즘 젊은 것
들은 그렇게 떨려나기 전에 꼭 듣기 싫은 소리를 한두 마디

씩 중얼거리고야 말았다. 내 귀가 잘 안 들려서 천만다행이라고 그럴 때마다 생각했다. 저런 돼먹지 못한 것들이 내뱉는 욕설이나 들으려고 비싼 보청기씩이나 사서 끼고 다니기엔 내 얼마 남지 않은 청력과 더욱 바닥을 치고 있는 정신력이 너무 아깝단 말이다.

그런데 3년 전 그놈은 좀 달랐다. 경호요원이 달려와서 거리를 떼어놓기 전에 그놈이 내 귓가에 속삭인 말은 욕설이 아니었다.

"짜릿하지 않아요?"

이게 그놈이 한 말이었다. 보청기를 끼지도 않고 그냥 있었는데도 이상하게 이 말은 또렷하게 들렸다. 그놈이 나한테 딱 달라붙어 있는 걸 본 경호요원이 달려오면서 소리친 말도, 그놈이 경호요원을 보고 실실 웃으면서 뒤로 물러서면서 뭐라 뭐라 중얼거린 말도, 훨씬 큰 소리로 말했는데도 들리지 않았는데 그 말만은 명확하게 들렸다.

그놈이 워낙 가까이 다가붙었기 때문일 것이다. 귓가에 그놈의 입김이 확 느껴졌고 어쩌면 그놈의 입술이 내 귀에 닿은 것도 같았다. 이런 놈을 마주친 것도 정말 오랜만이었다. 여자가 육십 넘으면 성추행하는 놈이 손해라던데, 난 육십을 넘은 지가 육십 년 정도 됐으니까 저 성추행자 새끼는 두 배로 손해인 거다. 이런 생각을 하면서 나는 귓가에 달라붙는 모르는 사람의 숨결이 징그러워서 진저리를 쳤다. 게다가 그놈은 경호요원이 다가오기 전에 마스크를 끌어내린 채로 나에게 눈을 찡긋해 보였다. 진심으로 소름 끼치는 놈이었다. 경호요원에게 잡히기 전에 그놈은 미소 지으며 마스크를 다시 끌어 올렸다. 그러나 경호요원은 그놈이 마스크를 내렸다가 올리는 걸 봐버렸다. 그래서 그놈은 끌려나갔는데 그러면서도 나를 계속 쳐다보면서 히죽히죽 웃고 있었다. 마스크에 가려서 눈 아래쪽은 안 보였지만 광대뼈가 올라가고 눈이 가늘어지는 걸 보니 웃고 있는 게 분명했다. 그때 당시에 나는 저놈이 내 귀에 달라붙은 그 시점에서 마스크를 쓰고 있었는지 내리고 있었는지 그게 제일 걱정되었다. 내가 돌아봤을 때는 마스크를 내리고 있었는데, 그렇다면 마스크를 그렇게 내린 채로 내 귀에 자기 입을 대고 내 피부에 직접 침을 튀긴 건가 생각하니 겁이 덜컥 났다. 그리고 새파란 어린 놈이 내 귓가에 달라붙어 입술을 부벼대고 마스크를 내리고 실실 쪼개는데 욕이라도 한마디 해주기는커녕 재빨리 물러서지도 못하고 그대로 당하고 있었던 게 가장 화가 났다. 욕쟁이 할머니가 되는 것도 일종의 고난도 스킬이다. 필요할 때 즉각 사방에 쩌렁쩌렁 울리는 성량으로 적절한 욕설을 퍼부어주려면 평소에 연습을 좀 해뒀어야 했다.

나는 그놈의 미소가 무슨 뜻인지 이해하지 못했다. 짜릿하

다는 건 자신의 성추행을 무슨 재미있는 놀이나 모험처럼 잘
못 알고 있는 미치광이들이 흔히 하는 소리인 줄 알았다. 그
리고 줄 앞쪽에서 폭발이 일어났다. 그러니까 그게 그 얘기
였던 것이다. 상황이 다 지나가고 나중에서야 혼자 찬찬히 생
각하다가 깨달았지만 말이다. 그때는 날려가느라고 뭘 생각
하고 자시고 할 틈이 없었다. 폭발을 실제로 겪어본 건 태어
나서 처음이었다. 내가 이래 봬도 경제 위기도 겪어보고 팬데
믹도 겪어보고 산전수전 다 겪어봤다고 내 나름대로는 자부
했는데 다 늙어서 폭탄 테러 현장 따위에 서 있다가 얼떨결
에 목격자가 되어버린 것이다. 물론 나는 실질적으로 아무것
도 보지 못했으니까 목격자라고 하기에는 상당히 어폐가 있
지만 하여간 경찰 조서에는 그렇게 올라가 있다. 사실 목격자
는 한 단계 승진해서 그렇게 된 거고 목격자가 되기 전에 나
는 현장에 있었다는 이유만으로 맨 처음에는 용의자 명단에
올라가 있었다. 내가, 이 할망구가. 용의자라니. 지금은 쓰지
않는 셈법이긴 하지만 옛날에 하던 대로 한국 나이로 따지면
내가 지금 내일모레 120살이 되는데. 내가, 이 나이에 폭탄
테러 용의자라니. 기뻐해야 하나? 평생 폭탄을 본 적도 한 번
없는데. 내가 얼마나 평화로운 사람인데. 왕년에 데모를 좀
많이 하기는 했지만 그래도 나는 언제나 평화로운 시위를 했
다. 경찰하고 몸싸움도 한 번 한 적 없었다. 그런데 내가 용의

자라니. 쌍지팡이에 몸을 기대야만 비명을 지르는 발바닥과 다 닳아버린 발목과 무릎과 고관절을 달래가며 간신히 걸을 수 있는 나이가 돼버린 할머니인데. 그리고 폭발이 일어나서 나는 쌍지팡이를 쥔 채로 날려갔다.

공중을 날아갔던 것은 아직도 똑똑히 기억한다. 그 순간은 이상하게 느리고 평화로웠다. 한 30년쯤 허공에 둥실둥실 떠서 지낸 것 같은 기분이다. 나중에 그게 10분의 3초도 안 되는 시간이었다는 걸 알고 나는 깜짝 놀랐지만 또 생각해보니까 과연 그럴 것 같았다. 그리고 그렇게 날려가서 공중에 떠 있는 동안에도 나는 지팡이 두 개를 한 손에 하나씩 소중하게 꼭 쥐고 있었다. 사람이 허공을 한없이 날아다닐 수는 없고 중력의 작용으로 결국은 어딘가에 떨어질 게 분명한데 떨어진 이후에 나는 내 힘으로 일어서서 걸어 나가고 싶었기 때문이다. 그것은 헛된 희망이었지만 그 당시에 나한테 지팡이는 대단히 필수적인 도구였다. 어쨌든 나는 아주 중요한 목적을 가지고 그 줄에 서 있었으니까. 나는 그녀를 꼭 보아야만 했으니까 말이다. 그렇지만 폭발이 일어나고 나는 10분의 30초년간 허공을 날아가다가 땅에 떨어진 뒤에 내 힘으로 일어서지도 못했고 지팡이를 짚고 걸어서 그녀를 보러 가지도 못했다. 깨어나봤더니 병원이었고 내 지팡이는 두 개 다 없었다. 경찰이 증거물로 가져갔다고 했다. 빌어먹을 노릇이었다. 더욱 빌어먹을 노릇은 행사 자체가 취소된 것이었다. 폭탄 테러가 일어났으니 당연했다. 그녀는 행사장에 동행했던 가족과 함께 황급히 대피했으며 행사장은 범죄 현장이 돼버렸기 때문에 그대로 봉쇄되었다. 나는 병원에 석 달 동안 입원해 있었고 그 석 달 동안 정말 죽을 뻔했다. 주로 화장실 때문이었다. 나의 늙은 뼈다귀는 너덜너덜해진 몸 안에서 산산이 조각나서 나노봇의 유례없는 대군단이 투입되어 몸 여기저기를 얼기설기 다 때우고 기웠다고 했다. 의식이 돌아오고 나서 나는 제일 먼저 소변줄부터 빼달라고 했다. 아무리 내가 고령에 중상에 언제 죽을지 모르는 처지이지만 그럴수록 소변줄 같은 모욕적인 물건을 몸에 꽂은 모습으로 죽은 채 발견되고 싶지는 않았기 때문이다. 내가 낼모레 120살이라고 해도 죽는 날까지 나는 여자이고 여자로서의 자존심이 아직 남아 있단 말이다. 그래서 의료진은 내가 이틀쯤 밤낮으로 지랄을 했더니 소변줄을 빼줬고 그러면서 어차피 재활치료도 하셔야 하니까 소변줄 뺀 김에 일어나서 혼자 힘으로 화장실에 가보시라고 했다. 거기서부터가 문제였다. 화장실을 가고 싶은데 일어날 수가 없거나 일어날 수도 없고 화장실에 가고 싶으니까 나 좀 일으켜달라고 간병로봇한테 아무리 말해도 빌어먹을 로봇 새끼가 사람이 하는 말을 못 알아처먹거나 그러다 천신만고 끝에 어찌어찌 일어나서 화장실에 도착했는데 거기까지 오는 데 너무 애를 써서 별로 화장실에 가고 싶지 않아지거나. 방광하고 두뇌하고 이렇게까지 손발이 맞지 않는 게 정말로 울화통이 터져서 그대로 새삼 사망할 노릇이었다. 그렇게 내가 소변줄 빼달라고 지랄을 하거나 소변줄 빼고 나서 화장실에 가려고 애쓰거나 화장실에서 돌아오려고 애쓰거나 화장실에서 애쓰고 있는 사이에 경찰이 하루에 대여섯 번씩 꼭 제일 곤란한 때만 골라서 찾아왔고 하긴 나는 거의 대부분의 시간 동안 화장실 상황을 고뇌하고 있었으니까 언제나 곤란하긴 했지만 그래도 뼈다귀와 함께 산산조각이 난 시민의식을 어떻게든 주워 모아서 곤란해하는 사이사이에 내가 알고 있는 것, 생각난 것을 전부 이야기했다. 그래서 경찰은 내 귀 주변에 위아래로 면봉을 280번쯤 돌려서 싹싹 훑어 갔고 내 귓바퀴 뒤쪽에 아주아주 조그맣게 달라붙어 있던 그 망할 놈의 침방울을 찾아내서 남아 있던 폭탄 잔해에서 발견된 DNA와 대조해서 범인을 특정했다고 했다. 내 귓바퀴 뒤쪽이 머리카락으로 가려져 있어서 침방울이 씻겨나가지 않고 남아 있었다는 것이다. 그 말을 듣는 내 입장에서는 얼마 남지 않은 머리카락에 감사해야 할지 그 지저분한 미치광이 새끼의 침방울이 내 귀 뒤에 숨어 있었다는 사실에 역겨워해야 할지 부러졌다가 나노봇이 다시 때워놓은 팔이 제대로 어깨 위로 올라가지 않아서 머리를 내

맘대로 갈 수 없다는 사실에 화를 내야 할지 알 수 없었다. 물론 간병로봇한테 말했다면 머리도 감겨주고 몸도 씻겨주었겠지만 이놈의 로봇 새끼는 내가 하는 말을 제대로 못 알아듣는다. 그래서 다행이었는지도 모른다. 간병로봇이 그 기계 손으로 굼실굼실하게 내 귀 뒤와 머리카락 사이사이까지 싹 다 씻겨줬다면 그놈의 침방울이 내 귀 뒤에 곱게 남아 있지도 않았을 것이고 그랬으면 3년 뒤에 경찰이 기어이 그놈을 붙잡지도 못했을 것이고 그랬으면 지금 이 행사가 열리지도 않았을 것이고 그랬으면 내가 이 줄에 서 있지도 않았을 테니까. 그렇지만 무엇보다도 나는 이래 봬도 개명한 20세기에 태어나 자란 사람이란 말이다. 그러니까 기계는 믿지 않았다. 내 몸을 돌보는 일은 내 손으로 해야만 했다. 내가 기억하는 기계는 사람을 죽였다. 컨베이어 벨트에 끼어서 멀쩡한 청년이 죽었고 크레인이 무너져서 밑에 있던 사람을 깔아 죽였고 혼자 운행하던 지하철이 광고판 고치던 사람을 치어 죽였고 배가 가라앉고 독극물을 뿜어내고 치고 떨어뜨리고 밀어내면서 장비는, 기계는, 기계로 가득한 생산 설비는, 공장은, 작업장은, 일터는 사람을 죽이고 죽이고 또 죽였다. 그리고 사람들은, 그 죽음에 책임이 있는 사람들은, 기계가 자기와 같은 사람을 그렇게 허무하고 무의미하고 끔찍하게 죽이는 걸 그저 보고만 있었다. 아니 그저 보고만 있는 건 아니고 사람값과 기곗값을 계산해서 이득을 따지고 앉아 있었다. 사람이 죽는데. 죽는 사람하고 안 죽는 사람은 급이 다르다는 건지 그걸 멀거니 지켜보면서 사람값 따지는 사람들은 죽는 사람도 자기와 같은 사람이라고는 절대로 생각하지 않았다. 그게 정말 빌어먹을 노릇이었다. 그걸 생각하면 벌써 70년이나지난 일인데도 너무 울화통이 터져서 나는 벌떡 일어나서 내 발로 화장실에 갈 수 있을 정도로 흥분하곤 했다. 그러면 혈압이 올라갔고 그러면 간병로봇이 간호사를 불렀고 그러면 나는 아무 일도 아니고 혼자 열받아서 그랬다고 해명해야 했다. 노망이 들려는 징조인지도 모른다. 이미 노망이 들었는지도 모른다. 그래도 열받는 건 열받는 거다.

그렇게 석 달을 지내고 소중한 나의 쌍지팡이는 끝끝내 경찰에게서 돌아오지 못했고 대신 보건부에서 지원해줘서 받은 영 마음에 안 드는 다른 지팡이를 짚고 병원에서 나왔을 때 폭탄 테러 범인의 행방은 오리무중이었고 그녀를 만나기위해서 맨 앞 줄에 서 있던 팬클럽 사람들은 열네 명 중에서 세 명이 사망하고 아홉 명이 중상, 두 명이 경상을 입었다. 중상을 입은 아홉 명 중에는 그녀의 팬클럽 회장이 있었는데 척추에 손상을 입어서 걸을 수 없게 되었다고 했다. 나는 옛날 사람이라서 요즘 의학 기술은 마술에 더 가까우니까 뭐든지 고칠 수 있는 나노봇을 또 대규모로 투입해서 척추를 고

치라고 하면 되지 않나 생각했는데 사람 몸이 그렇게 기계 고치듯이 쉽게 수리 복구가 되지는 않는 모양이었다. 동영상 속에서 현수막을 펼쳐 들고 기자회견하러 나온 그녀의 팬클럽 회장은 휠체어에 앉아서 왼손으로 조심스럽게 마이크를 잡고 살해당한 자신의 동지들을 애도하는 기자회견문을 읽다가 흐느끼기 시작했다. 주변 사람들도 울었다. 나도 울었다. 나는 주로 내 성질에 못 이겨서 내 설움에 겨워서 울었다. 억울하게 희생된 동지를 애도하는 게 세상에서 제일 못 할 짓이고 진심으로 빌어먹을 노릇이었다. 사람은 고환으로 노연사해야 한다. 노환으로 고연사인가? 고령으로 노환사던가? 옛날부터 늘 헷갈렸다. 하여간 지금 100세 시대를 지나서 150세 시대가 됐는데, 나처럼 20세기에 태어나서 플라스틱 펑펑 쓰고 온갖 오염 물질과 미세먼지 다 빨아 먹고 자라난 사람이 이렇게 120살을 바라보면서도 멀쩡하게 살아 있는데 나보다 젊은 사람들이 그렇게 허무하게 죽는 건 정말 눈 뜨고 못 볼 노릇이었다. 사람은 늙어 죽어야 한다. 여기서 늙었다는 건 130살쯤을 말한다. 그런데 사실 130살 넘어서 사람이 늙어 죽었다고 해도 남은 사람 입장에선 여전히 안타깝고 억울분통하긴 마찬가지였다. 예를 들면 우리 분회장님 말이다. 부당 해고 하는 사측하고 20년이 넘게 싸워서 결국 복직을 이끌어냈고 회사 잘 다니다가 정년퇴직하고 나서도 후배들이 조

금이라도 무슨 억울한 일 당했다고 하면 일흔 살 여든 살에
도 노구를 이끌고, 아니 지금 내 나이 돼서 생각해보니까 여
든은 정말 청춘이었지만, 하여간 노구를 이끌고 언제나 행진
대열의 선봉에 섰고 그러다가 경찰이 나타나서 감염병예방법
을 위반하고 불법 집회를 하고 있으니까 빨리 해산하라고 하
면 분회장님은 나 혼자 왔고 저 사람들 모르는 사람들이고
깃발은 그냥 누가 주길래 받은 거라고 너스레를 떨었다. 그런
분회장님이 청춘을 불태워서 데모하고 농성하고 단식하다가
얻은 지병으로, 말이 좋아 지병이지 골병으로, 말년에 고생하
다가 132세에 돌아가셨을 때 자손들은 다들 호상이라고 했
지만 나는 기운만 남아 있다면 호상이라고 지껄이는 그 주둥
이에 한 방 먹여주고 싶었다. 오래 살다 죽었다고 잘 죽었다
는 거냐고 소리 지르고 싶었다. 132세의 그 삶은 살아 있는
역사였다. 오래 살며 오래 투쟁했던 그 시간이, 그 기억이 모
두 그 사람의 존재와 함께 사라지는 거였다. 그러니까 죽음
은, 상실은, 정말 엿 같은 일이었다. 그래서 나는 내가 상실한
모든 사람들을 생각하며 동영상 속의 팬클럽 회장과 함께
울었다.

"그래도 우리는 물러서지 않습니다."

기자회견 동영상 속에서 팬클럽 회장이 천천히 힘겹게 말
했다. 동영상은 내가 퇴원하고 나서야 볼 수 있었으니까 그

시점에서는 이미 석 달 이상 이전에 만들어진 것이었고 팬클럽 회장은 그때 대기 줄의 앞쪽에 있어서 폭발로 인해서 엄청나게 부상을 당했기 때문에 나하고 비슷하게 산산조각 난 몸의 구석구석을 나노봇으로 때우고 지지고 기워야 했고 그래서 아직 부상에서 다 회복하지도 못한 상태로 기자회견 겸 동지들의 추모식이 열린다고 하니 역시 젊음은 위대한 법이라 만신창이가 된 몸을 이끌고 어떻게든 억지로 병원을 나와서 카메라 앞에 섰던 것이었다. 팬클럽 회장은 흐느낌 사이사이로 갈라지는 목소리를 추스르며 동지들의 이름을 하나하나 불렀고 나는 함께 울면서 그 순간만은 병원에서 퇴원한 후에도 매 순간 나를 따라다니던 마음에 안 드는 지팡이에 대한 불만과 마음에 안 드는 지팡이를 짚고 화장실까지 대체 어떻게 갈 것이며 천신만고 끝에 화장실에 당도했는데 화장실에 가고 싶지 않게 되면 어떡하나 하는 걱정을 잠시 잊어버릴 수 있었다. 그 순간만큼은 나는 다른 사람의 억울한 죽음을 애도하는 그냥 사람이었다.

손에 손에 책을 든 사람들과 함께 지하철을 타고 순환선을 한 바퀴 돌았던 봄날의 오후를 생각했다. 그런 기억들은 그냥 뜬금없이 머릿속을 비집고 나온다. 사람들은 모두 책을 들고 왔는데, 어떤 사람들은 꽃다발을, 어떤 사람들은 긴 리본을, 어떤 사람들은 깃발을 가지고 왔는데, 나 혼자만 책을 가지고 모이기로 했다는 걸 잊어버려서 휴대용 기기에 전자책을 띄워놓고 어색하게 서 있었다. 카메라를 든 사람이 내 휴대용 기기에 붙어 있는 스티커와 그 휴대기기를 들고 있는 내 손의 손목에 걸린 팔찌를 클로즈업해서 찍어갔다.

"우리는 절대 잊지 않습니다."

나도 절대 잊지 않을 줄 알았다. 그런데 어떤 것은 잊게 되었다. 내가 잃어버린 동지들의 모습이, 마음에 불로 새겨진 줄 알았던 그 소중한 이름들이 세월 속에 희미하게 바래다가 사라졌다. 절대 잊지 않는 건 그 순간순간의 감정이었다. 기억도 논리도 이성도 인간의 모든 지적 활동이 다 사라져도 마지막까지 남는 것이 감정이다. 그 분노와 공포와 충격과 슬픔과 원한과 거대한 상실감만은 세월이 아무리 지나도 사라지지 않았다. 그건 내가 누구보다도 잘 알고 있었다. 나는 그녀를 직접 만난 적이 없는데도, 그녀를 알지 못했는데도 지하철을 나와서 광장에 서서 그녀의 이름을 부를 때, 그녀를 기억한다고 모두 입을 모아 외칠 때에 목이 메어 목소리가 나오지 않았다. 그리고 어김없이 경찰이 나타나서 신고되지 않은 불법 집회이니 해산하라고 잔소리를 했다. 집회하겠다고 신고해도 애초에 받아주지도 않던 팬데믹 2년 차의 봄날이었다. 그 봄날에 그녀는 없었다. 조용하고 조금은 나른했던 지하철 안의 풍경과 광장에서 얼굴을 스치던 찬 바람을 나는 가끔 아무 맥락 없이 어제 일처럼 떠올렸다. 결코 잊지 않는다는 건 그런 뜻이었다. 삶의 엉뚱한 순간들 속으로 과거의 상실이 비집고 들어오는 걸 받아들이면서 그래도 잊지 않고 세상을 이렇게 만든 빌어먹을 새끼들이 골로 가는 꼬라지를 보고야 말겠다고 나는 살았다.

"우리는 앞으로 나아갈 겁니다."

나도 나아갈 것이다. 경찰이 뺏어간 내 원래 지팡이만 돌려주면 말이다. 보건부에서 새로 지급해준 지팡이는 바닥 부분이 자꾸 미끄러져서 제대로 걸을 수가 없었다. 팬클럽 회장이 휠체어를 탄 채로 통곡하며 끝마친 기자회견은 석 달 동안 전 세계적으로 조회수 23억 6,000천 어쩌고를 기록했고 지금도 조회수는 계속 올라가는 중이었다. 나는 옛날부터 이런 데 달리는 댓글은 웬만하면 보지 않는데 댓글 숫자는 하여간 4억 개가 넘었고 하필이면 재수없게 내 눈에 들어온 댓글들은 다 혐오 댓글이었다. 무슨 내용이었는지 굳이 여기서 일일이 읽어주고 싶지는 않다. 세상에는 정말로 이상한 사람들이 많고, 이상한 사람들 중에서도 세상에 해로운 사람들이 또 엄청나게 많다는 사실만 다시 한번 확인하는 순간이었다.

— 짜릿하지 않나

그 댓글이 순간 눈에 들어왔다. 4억 개의 댓글 중에서 위에서 스물여섯 번째에 있었던 댓글이 그놈의 침방울과 함께 머릿속에 쾅 하고 울렸다.

— 저런 쓰레기들 청소하는 거

라고 처음 눈에 들어온 짜릿하지 않냐 밑으로 두 줄 정도 빈 칸이 벌어지고 그 아래에 적혀 있었다. 머릿속이 하얗게 날아갔다. 손이 덜덜 떨렸다. 신고해야 하나? 당연하다. 신고해야 했다. 어디에? 동영상 플랫폼에 신고하면 댓글을 그냥 지워버릴 것이다. 좀 더 강도 높은 제재라고 해봤자 이용자를 차단하거나 계정을 동결시키는 정도다. 저 댓글이 삭제되고 계정이 차단되면 그놈은 증거를 없애고 유유히 다른 계정을 만들어서 계속 저러고 살 것이다. 사람이 죽는 게 짜릿하다고 침을 튀기며 돌아다닐 것이다.

"겨겨겨겨"

나는 간병로봇을 불렀다.

"겨겨겨겨겅"

— 의료적 응급 상황의 경우 증상을 좀 더 상세히 말씀해주십시오.

빌어먹을 로봇 새끼가 엉뚱한 대답을 했다.

"겨겨겨겨"

— 의료적 응급 상황의 경우 증상을 좀 더 상세히 말씀해주십시오.

느긋하게 증상을 상세히 말씀해주실 수 있으면 그게 의료적 응급 상황이겠냐고 소리를 빽 지르고 싶었지만 말이 제대로 나오지 않았다. 이럴 수는 없다. 저 망할 놈, 침 튀기는 더러운 새끼 때문에 뇌졸중이라도 오면 신고도 못 하고 쓸모없는 간병로봇한테 증상을 상세히 말하지도 못하고 십중팔구는 죽을 확률이 높으니까 나만 손해다. 그렇게 죽을 수는 없었다. 나는 심호흡을 했다.

"경찰…… 사이버……"

— 이해하지 못했습니다.

간병로봇은 여전히 내 말을 알아듣기를 거부했다.

— 의료적 응급 상황의 경우 증상을 좀 더 상세히 말씀해주십시오.

나는 덜덜 떨면서 손을 등 뒤로 돌렸다. 의자 뒤쪽에 기대 놓은 보건부표 맘에 안 드는 지팡이를 잡아당겼다. 구청 복지과 직원이 보건부 공식 지팡이 사용법을 그야말로 상세히 설명해주었다. 지팡이 손잡이에 달린 커다란 빨간 버튼은 구급차 부르는 버튼이었고 지팡이 바닥에는 범죄 신고를 할 수 있는 장치가 달려서 지팡이 아래쪽에 충격을 주면 경찰에 자동으로 신고가 들어갔다. 사용자가 손잡이를 잡고 있는 상태에서 범죄자가 나타나 예를 들어 지팡이를 쳐서 넘어뜨리려고 하거나 바닥 쪽을 당겨서 빼앗으려고 할 경우를 상정하고 만든 장치였다. 그 장치 덕분에 화장실 한번 갈 때마다 경찰에 신고와 위치 추적 자동 허용이 들어가지 않게 하려고 무진 애를 써서 조심해야 했지만 이 지팡이는 지금 같은 상황을 위해서 만들어진 물건이었고 그래서 마침내 살면서 단 한 번 더없이 유용했다. 나는 여전히 덜덜 떨리는 손으로 지팡이를 바닥에 내리쳤다. 지팡이가 바닥에 부딪히면서 그 충격으로 손에서 손잡이를 놓치는 순간 나는 신고도 못 하고 이대로 발작이라도 일으켜서 그놈이 잡히는 꼴을 못 보고 죽는 게 아닐까 덜컥 겁이 났다. 간병로봇의 정면 인터페이스에 빨간불이 들어왔다.

— 신고되었습니다. 위치 추적을 허용하시겠습니까?

망할 로봇 새끼가 이제야 말 같은 소리를 한다. 내가 고개를 끄덕였다. 간병로봇의 정면 인터페이스가 빨갛고 파란색으로 바뀌었다.

— 경찰이 1분 20초 이내에 도착합니다. 자리에서 움직이지 마십시오.

지팡이가 바닥에 뒹굴고 있었기 때문에 나는 어차피 움직일 수 없었다. 그대로 심장마비를 일으킬 것 같았지만 그건 그냥 기분 탓이었다. 도착한 경찰은 화면을 가리키며 숨을 몰아쉬는 내 모습을 보고 구급차를 불러주려 했지만 내가 말렸다. 경찰이 내 상태를 전혀 이해 못 했고 나는 너무 흥분해서 제대로 진술을 할 수 없었기 때문에 짜릿하지 않냐가 어떤 의미인지 완전히 설명하는 데는 시간이 무척 많이 걸렸고 경찰은 몇 번이나 구급차를 불러주는 것으로 이 노망난 할머니에게서 벗어나려 했다. 간병로봇이 가져다준 물을 마시고 사레가 걸려 기침을 한참 하고 경찰은 내가 치명적인 호흡기 바이러스 감염자일까 걱정해서 도망치려 하고 나는 간병로봇을 동원해서 경찰을 붙잡는 소동을 겪은 끝에 나는 폭발 사고와 그놈이 내 귀에 속삭였던 그 말과 그놈의 침방울과 기자회견 동영상 아래 달린 댓글의 상관관계에 대해 설명할 수 있었고 경찰은 동영상에 달린 4억 개의 댓글 중에서 스물일곱 번째의 두 줄 따위에 별로 진지하게 신경 쓰고 싶지 않은 표정이었지만 나는 고령자에 고위험군으로 보건부와 시청과 구청에 등록돼 있는 몸이었고 보건부 공식 지팡이에 달린 범죄 신고 장치를 통해 경찰에 응급 신고를 했으니 그 내역은 전부 기록되고 경찰은 그러므로 수사를 해야만 했다. 나는 그 사실을 알고 있었고 경찰은 내가 그 사실을 알고 있다는 사실을 알고 있었다. 간병로봇의 정면 인터페이스에 여전히 빨갛고 파란 불이 불길하게 번쩍이는 가운데 경찰은 짜증이 가득한 표정으로 나의 더듬더듬거리는 진술을 어쨌든 다 기록하고 녹음했고 사이버분과와 공조해서 후속 조치를 하겠다고 나를 달랜 뒤에 간병로봇의 배웅을 받으며 망할 로봇 새끼도 경찰 신고용 지팡이도 필요 없는 이른바 정상적인 사람들의 세계로 떠나갔다. 나만 동영상의 재수 없는 댓글과 내 말을 못 알아처먹는 빌어먹을 로봇 새끼 사이에 혼자 남았다.

그래도 후속 조치가 있긴 있었기 때문에 나는 짜증 난 표정으로 구급차를 불러주겠다고 되풀이해 말하던 경찰과 그 경찰이 말한 사이버분과에 감사하지 않을 수 없다. 몇 달이 지나도 소식이 없어서 역시 내 진술은 노망난 할망구의 망상으로 치부되어 그냥 버려진 건가 슬퍼하고 있었는데 근 1년이나 지났을 때 집에 경찰이 다시 찾아온 것이다. 이번에는 간병로봇의 정면 인터페이스가 평소와 같은 분홍색을 띠고 있었고 나는 여자 환자를 돌보는 간병로봇이라고 정면 인터페이스를 파스텔 분홍색으로 설정한 그 정신머리가 너무나 마음에 들지 않았지만 경찰은 간병로봇하고는 아무 상관이 없었고 내가 처음에 동영상에서 댓글을 발견하고 발작을 일으킬 뻔했을 때 찾아왔던 경찰과 모르는 사람 한 명이 같이 왔으며 모르는 경찰은 알고 보니 내가 폭발 테러 때 날아가서 벽에 부딪쳤다가 바닥에 떨어져서 병원으로 이송되었을 때, 그러니까 내가 완전히 조각조각 부서져서 의식도 없고 다 해진 누더기 피투성이 넝마 조각 같은 몰골이었을 때 피해자들을 따라서 병원에 와서 수사를 했던 초동 대응 담당이었다. "ㄱㄱㄱㄱㄱ그놈" "치치치치침ㅂㅓ" 이런 말들이 가득한 내 진술이 그때 그 경찰한테서 저 경찰에게로 넘어가기까지 1년 이나 걸렸지만 어쨌든 그 경찰은 목격자 명단에서 내 이름을 발견했고 내 귀 뒤에서 그놈 침방울이 나왔다는 사실에 주목했으며 그래서 내가 그놈이 했던 말을 알아보았다고 하니까 다시 진술을 받으러 온 것이었다. 나의 진술은 1년 전에 동영상을 앞에 두고 했던 얘기나 1년 반 전에 병원에 누워 있을 때 했던 얘기나 내용 면에서 별로 변한 게 없었고 다 그때 했던 얘기였지만 경찰은 왠지 그래서 만족한 것 같았다. 그 뒤로 그때 그 경찰과 저 경찰과 다른 경찰이 몇 번 더 찾아왔고 그러고 나서 경찰이 더 이상 찾아오지 않았으며 나는 빌어먹을 간병로봇과 지팡이와 함께 남았고 지팡이라니 말인데 내가 생각난 김에 경찰한테 그때 가져간 내 지팡이는 돌려주지 않냐고 물었더니 사건이 해결될 때까지는 증거물을 방출할 수 없다고 했고 내가 몹시 실망하며 지팡이의 상실을 슬퍼했더니 친절한 그때 그 경찰이 그러면 자기가 한번 알아는 보겠다고 대답했지만 그걸로 끝이었고 나는 지금 이때까지 내 소중한 쌍지팡이를 돌려받지 못했다. 세상은 역시 정말 다양하게 빌어먹을 곳이다. 그래도 내가 진술을 했던 덕인지 침방울 덕인지 아니면 발달한 과학수사 기법 덕인지는 모르겠지만 3년 만에 그때 그 폭탄 테러 범인이 잡혔다는 소식을 그때 그 경찰이 일부러 집까지 찾아와서 알려주고 갔기 때문에 나는 그러면 사건이 해결됐으니까 내 지팡이도 돌려받을 수 있는 건가 기대했지만 그런 건 아니고 지팡이 돌려받는 법은 여태까지 아무도 나에게 알려주지 않았다. 대신에 나는 그녀가 폭탄 테러 사건 이후 지난 3년간의 경험을 책으로 써서 출간했다는 소식을 보았고 그 책을 샀으며 그것도 디지털 파일이 아니라 한정판 종이책으로 샀고 종이책은 한번 날아가서 부서졌다가 나노봇들이 기우고 때워서 간신히 되살려놓은 내 힘으로 들기에는 너무 무거웠지만 그래도 나는 표지에 실린 그녀의 이름을 보는 것만으로도 마음이 뿌듯해졌다. 그녀는 헌사에서 책을 자신의 동반자와 아이에게 바친다고 했고 그래서 나는 책을 읽고서야 그녀가 그 폭탄 테러 사건 이후 모습을 감춘 사이에 결혼을 했고 아이도 입양했다는 사실을 알게 되었다. 그래서 나는 또 폭탄에 날아가서 조각조각 부서지는 한이 있더라도 이번에야말로 그녀를 만나야겠다고 굳게 결심하고 또다시 행사 참가를 신청해서 3년 전 그때처럼 또다시 건강검진을 받고 의사 소견서를 받아서 백신 1차 접종을 받고 3주를 더 기다려서 2차 접종을 받고 2주를 더 기다려서 면역력 검사를 받고 항체가 생성된 사실을 확인한 후에 백신 여권을 신청해서 일주일 뒤에 여권을 받고 비행기는 도저히 탈 수가 없어서 지하고속철도를 이용해서 행사장에 도착해서 행사장에서 또 감염병 검사를 받고 행사장 내 숙소에서 2주간 격리된 채 기다렸다가 또 감염병 검사를 받아서 결과 음성이 나온 걸 확인하고 드디어 행사장으로 들어가기 위해서 또다시 긴 줄을 섰던 것이다. 이번에도 나는 지난번보다 열등한 지팡이를 그것도 하나만 짚고 지난번보다 훨씬 더 느리고 조심스럽고 답답하게 움직여서 지난번보다 앞사람과의 거리가 세 배쯤 더 벌어졌지만 지난번과는 달리 뒤에 서 있던 젊은 놈이 다가오지도 않았고 내 귀에 입술을 대거나 이상한 소리를 지껄이지도 않았다. 그래서 나는 이걸로 나의 고통스러운 여정이 모두 끝나고 드디어 그녀를 만날 수 있게 되었다고 생각했다. 그 커다란 검은 상자가 눈앞에 나타나기 전에는 말이다.

— 최신 보안 검색 장비입니다. 이전과 같은 불상사에 대비하여 전수 검사를 실시하고 있사오니 참가자 여러분 모두 협조해주시기를 부탁드립니다.

천장인지 벽인지 어디에서 들려오는지도 모를 안내 방송이 몇 번이나 되풀이해서 강조했다. 보안 검색이 물론 폭탄 테러보다는 당연히 백배 낫다고 나는 생각했다. 3년 전에 지금처럼 길고 긴 줄을 서 있다가 갑자기 모든 것이 폭발했을 때 공중에 붕 떠서 30년쯤 느긋하게 날아다니던 그 느낌은 진심으로 좋았지만 또다시 벽에 부딪쳐서 튕겨 나와서 또다시 바닥에 내팽개쳐져서 또다시 조각조각 부서져서 또다시 피투성이 넝마 같은 몰골이 되는 것만은 절대 원하지 않았다. 그래서 나는 보안요원이 안내하는 대로 거대한 검은 상자 안에 발을 들여놓았다. 그리고 나는 슈뢰딩거의 고양이가 상자 안에서 느꼈을 모든 감각을 생생하게 경험하게 되었다. 그러니까 상자를 여는 순간까지 죽지도 살지도 않은 상태, 살아 있으면서 죽은 상태, 내가 살았는지 죽었는지 나도 모를 상태 말이다. 거대한 검은색 상자는 나를 안에 집어넣은 뒤에 내 신체의 외부 조직이 폭발물 혹은 폭발을 할 수 있는, 폭발에 관련된 물질에 한 번이라도 접촉한 적이 있는지 그리고 내 신체의 내부 조직이 폭발물 혹은 폭발을 할 수 있는, 폭발 현상에 관련된 물질을 축적하고 있는지 세포 단위로 분석한다고 했다. 나는 물론 폭발물에 접촉한 적이 있었고 3년 전에 내가 공중에 붕 떠서 30년 동안 헤엄쳐 다니면서 코와 입으로 빨아들였던 모든 물질 중에서 최소한 일부가 아직도 몸 안에 그대로 남아 있었고 앞으로도 내가 죽을 때까지 그대로 남아 있을 것이었다. 거대한 검은색 기계는 그 물질들을 감지해냈고 그 물질들이 내 몸에 어떻게 접촉했으며 어떻게 흡입되어 축적되었는지 분석하기 위해서 애썼다. 나는 수십만 번이나 세포 단위로 갈라졌고 분해되었다가 다시 합성되었다. 이런 보안 장치를 통과해야 한다는 사실을 미리 알았다면 나는 의료 기록과 경찰 조서 사본을 참가 신청할 때부터 행사 주최 측에 제출했을 것이고 슈뢰딩거의 죽지도 살지도 않은 할머니가 되는 상황만은 어떻게든 피했을 것이다. 그러나 이런 기계 장치가 존재한다는 사실 자체를 사람들에게서 숨기는 것이 이 보안 설계의 핵심인 모양이었다. 미리 알면 대비할 수 있기 때문이다. 그래서 기계는 아무것도 모르고 아무 의심 없이 안에 들어선 나를 몇 번이나 갈갈이 뗐다가 도로 뭉치면서 아직 일어나지 않은 폭탄 테러 용의자로 지목했고 구토와 호흡곤란과 함께 기계에서 풀려난 나는 엉망진창이 되어 보안요원들의 삼엄한 경계 속에 의무실로 실려가서 한참 더 토하고 누워 있다가 정신을 차리고 나서 의료 기록과 경찰 조서를 보안요원들에게 전송해주었고 보안요원들이 병원과 경찰서에 진위를 확인하고 나서야 풀려날 수 있었다. 정말 빌어먹을 세상이다. 그리고 나는 모처럼 열심히 차려입고 간 외출복이 토사물로 엉망이 되어 전부 버리고 의무실에서 임시로 얻은 쌀자루 같은 걸 뒤집어쓰고 드디어 행사장에 입성할 수 있게 되었으며 그것은 진정 감동적인 순간이었다.

행사는 비대면으로 진행되었으며 무대 위에 그녀와 실시간으로 연결되는 거대한 화면이 설치되어 있었고 참가자들은 1인 1석으로 각자 의자와 테이블을 배정받았으며 테이블 위에는 가림판 역할도 함께 하는 작은 화면이 또 설치되어 있었다. 행사가 시작되기 전에 헤드셋을 낀 사회자의 얼굴이 무대 화면에 나타났고 사회자는 행사 진행 사항에 대해 설명하기 시작했다.

"여러분도 모두 아시다시피 3년 전에 명백한 테러 행위가 있었습니다."

물론 다들 안다. 한참 떨어져 있는 다른 테이블에서도 참가자들이 고개를 끄덕이는 것이 보였다.

"혐오 세력의 음모로 인해 더 이상 무고한 분들이 생명을 잃거나 부상을 당하고 고통받는 사태를 방지하기 위해서 저희는 여러 가지 보안 정책을 마련했습니다. 그중 마지막 보안 정책이 여러분이 앞에 보시는 화면입니다."

보안 정책이라는 말에 나는 아까 그 슈뢰딩거의 고양이 죽이는 검은 상자가 생각났다. 화면에서 무슨 양자역학의 광선이라도 뿜어 나오는 걸까? 제일 아끼는 원피스를 글자 그대로 쓰레기통에 버리고 왔는데 여기서 또 구토를 하게 되면 의무실에서 얻어 입은 쌀자루마저 다 망가질 것이다. 나는 긴장했다.

"작가님의 신원을 보호하기 위해서, 그리고 아시다시피 국가 안보하고도 관련이 있기 때문에 작가님의 얼굴은 공개할 수 없습니다. 여기에 보안 정책의 필요성이 맞물려서 저희는 작가님이 마스크를 쓰신다거나 화면에 모자이크를 하는 등의 고전적인 방법보다는 좀 더 고강도의 보안 정책을 사용하기로 결정했습니다."

그러니까 이 화면에서 나오는 양자역학의 보안 광선 때문에 내가 토하게 된다는 얘기인지 아닌지 빨리 결론을 이야기해주기를 기다리며 나는 조바심을 내면서 듣고 있었다. 간병로봇을 끌고 오지 않은 게 후회되기 시작했다. 거추장스럽기는 해도 내가 구토 같은 걸 하기 시작하면 사람한테 부탁하는 것보다는 기계한테 의존하는 쪽이 나의 인간으로서의 존엄성을 유지하는 데 좀 더 도움이 되는데 말이다.

"무대에 보이는 이 화면과 여러분 앞에 장치된 작은 화면은 모두 바흐친의 거울이론 원리에 인공지능그래픽 기술을 적용한 최신 테크놀로지의 결과물입니다."

바흐친이라니 미하일 바흐친? 러시아 철학자? 바흐친은 1975년에 죽었는데? 인공지능 그래픽 기술을 적용했다니? 그녀의 얼굴 대신에 화면에 바흐친 얼굴이라도 나타난다는 얘기인가?

"바흐친은 인간이 주관적인 시선으로 객관적인 외부 세계를 단순히 바라보는 것이 아니라 다른 인간을 대할 때에 자신이 자신을 스스로 돌아보는 모습, 즉 거울상의 모습과 타인이 나를 볼 때에 나타날 것이라 생각하는 모습, 그리고 내가 바라보는 타인의 모습, 이렇게 세 가지 시선으로 관계를 맺게 된다고 설명했습니다."

그러니까 화면에 바흐친의 얼굴이 나타난다는 얘기는 아닌 것 같다. 인공지능 거울상이라면 내 얼굴에 바흐친 얼굴이 덧씌워진다는 얘기일까? 바흐친은 별로 잘생기지 않았지만 그녀를 만나기 위해서라면 그 정도는 참을 수 있을 것 같다. 내가 이런 생각을 하는 사이에 사회자는 설명을 계속 이어갔다.

"그리고 인간은 타인이 자신을 볼 때 나타날 것이라고 생각하는 모습, 자신이 되돌아보는 자신의 모습에 맞추어 자신을 계속해서 변화시킵니다. 다시 말해 인간이 타인을 바라볼 때 그 시선 안에는 인간이 자신을 바라보는 시선, 타인이 나를 볼 것이라고 상정하는 시선들이 함께 들어 있는 것입니다. 즉 인간은 타인에게서 자신의 모습을 보는 것입니다."

저 사회자는 완전히 잘못 이해하고 있다. 바흐친의 아르히텍토니카(архитектоника)는 절대로 저런 이론이 아니다. 그리고 아르히텍토니카가 보안 정책하고 대체 무슨 상관이 있단 말인가?

"이런 관계 이론에 최신 인공지능 비주얼 그래픽 테크닉을 적용하여 저희는 작가님의 얼굴에서 여러분이 보고 싶은 모습, 본인이 작가님에 대해 상상한 모습, 본인이 투영한 모습만을 볼 수 있도록 하는 새로운 기술을 개발했습니다. 여러분 앞에 놓인 화면은 여러분의 시선과 뇌파를 추적하여 여러분이 작가님에게서 어떤 모습을 추정하는지를 예측한 뒤에 거기에 맞춰 인공지능이 여러분의 추정에 맞는 모습을 내놓게 됩니다."

사회자가 말했고 나는 여전히 전혀 알아듣지 못했다.

"즉 화면에 비치는 작가님의 얼굴은 작가님의 실제 얼굴이 아니고 여러분이 상상하는 작가님의 얼굴입니다."

사회자는 살짝 웃었다.

"화면에서 무엇을, 어떤 사람을 보는지는 전적으로 여러분에게 달려 있는 것입니다."

그리고 화면이 꺼졌다. 나는 어둠 속에서 나의 바흐친은 절대로 저렇지 않다고 비장하게 생각하면서 사회자가 아르히텍토니카를 이토록 격심하게 왜곡한 데에 소리 없이 분노하고 있었다.

갑자기 화면이 다시 켜졌다. 무대 위의 커다란 화면에, 그리고 동시에 내 앞의 가림판 역할을 하는 조그만 화면에 여성의 얼굴이 나타났다. 아주 특별하게 예쁘지는 않지만 동그랗고 가무스름하고 귀여운 인상의 부드러운 얼굴이었다.

"안녕하세요, 여러분."

여성이 낮은 목소리로 천천히 말했다.

"드디어 이렇게 화면으로나마 만나 뵙게 되어 반갑습니다."

저도 반갑습니다. 나는 속으로 생각했다. 정말로 만나고 싶었어요.

행사장 한쪽 구석에서 비명이 들렸다. 참가자들이 웅성거렸다. 누군가 벌떡 일어나서 고함을 질렀다.

"내가 이럴 줄 알았어! 저것들은 다 괴물이야! 다 괴물이라고! 남자도 여자도 아니야! 사람이 아니란 말이야!"

보안요원들이 빠르게 움직였다. 고함 지르는 사람은 보안요원들이 다가서자 위협적으로 양팔을 휘둘렀다.

"가까이 오지 마! 더러운 놈들! 너희들 다 한패지! 괴물하고 병신하고 끼리끼리 잘들 논다! 너네 같은 건 다 없어져야 해! 너네 같은……."

보안요원이 말없이 조용히 빠른 동작으로 전기 충격을 가했고 비명을 지르며 팔을 휘두르며 주변을 위협하던 사람은 통나무처럼 쓰러졌다. 보안요원들이 문제적인 사람을 진짜 통나무처럼 집어 들고 밖으로 운반했다. 행사장에 평화가 찾아왔다.

"아까 사회자님도 말씀하셨습니다만, 저분이 보신 건 저의 모습이 아닙니다."

그녀가 차분하게 말했다.

"저분은 자기 모습을 보신 겁니다. 자기가 보고 싶은 모습을요."

그래서 나는 아르히텍토니카와 나의 바흐친을 심히 왜곡한 주최 측을 용서하기로 했다.

혐오는 너의 마음속에 있는 것이다. 눈앞의 화면은 그 사실을 명확하게 보여주었다. 자신이 상상하는 모습이, 더 정확히 말하자면 자신이 추상화한 개념의 모습이 그 화면에 나타나는 것이다. 화면을 본다는 것은 자신도 지금껏 알지 못했던 자신의 마음속을 들여다보는 것과 같았다. 그리고 나는 나도 몰랐던 내 마음속에 있는 모습이 상당히 마음에 들었다.

화면에 비친 둥근 얼굴의 부드러운 여성이 차분하게 말을 이었다.

"그러면 이제 대담을 시작해보도록 할까요?"

행사 참가자들이 박수로 화답했다.

대담을 진행한 사람은 3년 전에 폭탄 테러로 척추에 부상을 입은 그 팬클럽 회장이었다. 팬클럽 회장은 그녀가 음악가로 활동할 때부터 팬이었다고 했다. 그때 그녀는 아직 그녀가 아니라 그였다. 그리고 그가 군에 입대하고 여성으로 정체화하고 성별 재지정을 결심한 이후 팬클럽 회장은 성소수자를 지원하는 여러 단체와 사람들을 그녀에게 소개해주었다.

"저의 청소년기에, 가장 어두웠던 시절에 세상을 살아갈

이유가 되어주신 게 선생님의 음악이었습니다. 선생님이 커밍
아웃하셨을 때 기뻤지만 한편으로는 걱정이 됐고 그래서 어
떻게든 도움이 되어드리고 싶었습니다."

　　팬클럽 회장이 여전히 불안한 왼손으로 마이크를 들고 또
박또박 말했다. 기자회견 영상에서 보았던 모습과는 달리 화
면에 비친 얼굴에서 눈은 빛났고 목소리는 더 이상 갈라지지
않았다.

　　그녀는 성확정을 마친 후 다시 군대로 돌아왔다. 그리고 건
강하게 열심히 잘 복무하고 있다. 그녀의 상관들도, 새롭게
함께 생활하게 된 동료들도 그녀가 남군 막사에서 여군 막사
로 옮겨 왔다는 사실을 전혀 문제 삼지 않았다. 그녀는 군 생
활이 허용하는 한 음악 연주도 계속했고, 군대 내의 성소수
자들을 위해서 활동했고, 그렇게 활동하다가 만난 사람과 결
혼했고, 딸을 입양했다.

　　"저는 행복합니다."

　　그녀가 말했다.

　　그 말을 듣고 나도 행복해졌다.

　　"그럼 이제 조금 어려운 주제에 대해서 여쭤보겠습니다."

　　팬클럽 회장이 조심스럽게 말을 이었다.

　　"혐오 세력의 준동과 몇 년 전에 일어났던 폭탄 테러 사건
입니다."

"네, 큰 사건이었죠."

그녀가 고개를 끄덕였다.

"친구들을 잃으셨죠?"

그녀가 부드럽게 물었다. 팬클럽 회장이 말없이 고개만 끄덕였다.

화면에도 객석에도 잠시 침묵이 흘렀다.

팬클럽 회장이 헛기침을 하고 목소리를 가다듬었다. 그리고 다시 또박또박 말하기 시작했다.

"차별금지법이 제정되고 모든 차별이 법적으로 금지되면서 많은 소수자의 삶이 한편으로는 조금 더 나아졌습니다만 혐오 세력의 반발은 그만큼 더 커진 것 같습니다. 3년 전의 테러 사건이 그 예인데요. 여기에 대해서 어떻게 생각하십니까? 어떤 추가적인 법적 보호 장치가 있어야 할까요? 소수자인 당사자 입장에서 여기에 어떻게 대처해야 할까요?"

그녀는 잠시 생각했다. 그리고 입을 열어 뭔가 말하려고 하는데 화면 바깥에서 불분명한 소리가 들렸다. 그러더니 가상화면을 뚫고 아기의 머리가 나타났다.

"어머나."

그녀가 작게 웃음을 터뜨렸다. 그리고 아기를 안아 올려 무릎 위에 앉혔다.

"엄마 팬들한테 인사할래? 안녕하세요, 해봐. 안녕하세요."

아기가 화면을 쳐다보며 웃었다. 엄마를 닮아서 가무스름하고 동글동글하고 새까만 고수머리가 반짝반짝 빛나는 통통하고 사랑스러운 아기였다. 물론 그것은 내가 바라보는, 내가 상상하는 그녀의 아기의 모습이지만, 어쨌든 아기와 아기를 무릎에 앉힌 그녀는 행복해 보였다.

그녀가 옷깃에 고정시킨 마이크를 아기가 잡아채려고 버둥거리는 가운데 그녀는 무릎 위에서 움직이는 아기를 계속 추스르면서 천천히 말했다.

"우리는 숨지 말아야 한다고 생각합니다. 최소한 저는 숨지 않을 생각이에요."

아기가 손으로 그녀의 마이크를 막았다. 그녀는 웃으면서 살그머니 아기의 손을 떼어냈다. 아기가 그녀의 얼굴을 손으로 잡으려 했다. 그녀는 아기의 이마에 뽀뽀했다.

"저는 군인이고, 엄마이고, 아내이고, 음악가입니다. 우리는 당연히 이 모든 걸 다 가질 수 있어야 했고, 이제는 다 가질 수 있습니다. 그래서 저는 앞으로 더 행복하게 살고, 행복하고 건강하게 사는 모습을 여러 사람 앞에 당당하게 내보이려고 합니다."

아기가 엄마에게 동의한다는 듯 마이크에 얼굴을 대고 굉장히 귀여운 소리를 냈다. 행사장 안에 있던 사람들이 웃음을 터뜨렸다.

팬클럽 회장이 화면을 쳐다보았다.

"그럼 이것으로 저의 대담을 마치고 객석에 계신 분들께 질문을 받도록 하겠습니다. 질문 신청은 화면에 있는 녹색 버튼을 누르시면 됩니다. 참가자분들이 워낙 많이 오셨는데 시간이 한정돼 있어서 질문은 선착순으로 다섯 개만 받도록 하겠습니다. 자, 첫 번째 질문입니다."

내 뒤쪽에서 누군가 말하는 소리가 들렸다.

"군인이면 자유로운 시간이 많지 않을 텐데, 아이도 키우고 책도 쓰고 음악 활동도 하는 시간은 어떻게 관리하십니까? 비결이 있으신가요?"

"비결은 없습니다. 그냥 닥치는 대로 허덕허덕 해나가고 있어요. 사실 제가 잘하는지도 모르겠고 정신이 하나도 없네요."

그녀가 웃었다. 그리고 그녀가 첫 번째 질문에 대한 답을 마치자 뒤이어 행사장 앞쪽에서 다른 사람이 질문했다.

"아까하고 비슷한 질문인데요, 군인이신데 이런 여러 가지 활동을 하시는 데 제약은 없습니까?"

"제약은 없고, 부대에서 여러 가지 지원을 받고 있습니다."

그녀가 말했다.

"차별금지법을 홍보하고 군 내 성소수자들을 보호하고 시대에 맞지 않는 부적절한 관행 등을 변화시키기 위해서 함께 애쓰고 있습니다."

"아기도 음악을 좋아하나요? 음악가로 키우실 생각이 있습니까?"

세 번째 질문자가 물었다. 그녀는 아기가 화면에 크게 보이도록 안아 올리면서 행복하게 미소 지었다.

"글쎄요, 음악가가 되고 싶은지는 자기가 결정해야겠지만 목소리 큰 걸로 봐서 노래는 잘할 것 같아요."

참가자들이 웃었다.

나는 무지갯빛 깃발을 따라서 성소수자부모모임 뒤에서 행진했던 날을 떠올렸다. 길가에는 동성애가 죄라고, 호모는 하나님이 벌하실 거라고, 큰 종이에 써 들고 고함치는 사람들이 우리를 따라왔다. 청와대 앞에서 우리는 경찰에 가로막혀 더 이상 나아갈 수 없었고 아스팔트 바닥에 앉아서 마무리 집회를 하는 동안 '호모'를 욕하는 사람들이 점점 더 많이 모여들었다. 그러자 여성 장애인 연극단 단원들이 앞으로 나와서 즉석에서 마련한 무대를 보여주었다. 음악을 크게 틀어놓고 막춤을 추는 임시 무대였고 우리는 모두 자리에서 일어나 함께 춤을 추었다. 혐오 세력으로부터 눈을 돌리게 하기 위해서, 우리를 없애고 우리를 보이지 않는 곳으로 치워버리고 싶어 하는 사람들이 존재한다는 사실을 잊게 하기 위해서 장애인 연극 단원 여성 동지들은 있는 힘껏 춤을 추었고 그래서 나는 그녀들에게 보호받는다고 느꼈다. 그때는 음악 선생님도 죽지 않았고 활동가도 죽지 않았고 전차 조종수도 죽지 않았다. 모두가 살아 있었고 모두가 춤추던 날이었다. 모두가 행진하고 고함치고 평등을 외쳤고 그래도 차별금지법은 제정되지 않았고 그래서 그 뒤로 2년이 더 지난 어느 잔인한 봄날에 차별이 사람을 죽였다. 한 명이 아니고 여러 명을 연달아 죽였다.

"저는 행복합니다."

나는 화면을 바라보며 울었다. 그 말이 너무나 듣고 싶었다. 그녀가 행복하다고 하는 말을 들었으니 이제 나는 여기서 죽어도 여한이 없겠다고 생각했다. 그러나 여기서 죽으면 오래 미루었던 팬미팅을 드디어 진행하게 된 그녀에게 너무 민폐일 테니까 진짜로 죽으면 안 되고 행사를 방해해서도 안 된다고 생각하며 나는 화면에 얼굴을 묻고 소리 없이 혼자서 마음껏 울었다. 울면서 그 서늘했던 봄날의 지하철을 생각했다. 노란 잔디가 아직 되살아나지 못했던 차가운 광장의 나지막한 외침을 생각했다.

"힘을, 보태어, 이 변화에."

"변희수 하사를 기억합니다."

Maria, Gratia Plena

금고의 문에 달린 잠금장치가 경고 신호를 울린다. 조그맣고 하얀 불빛이 반짝인다. 그녀는 오른손을 든다. 왼손으로 오른손 손가락을 조심스럽게 하나씩 쓰다듬고 문질러본다. 기계 손의 체온은 그녀의 기본 체온과 같다.

그녀가 걱정하는 건 지문이다. 새 지문을 출력해서 손가락에 붙인 지는 겨우 이틀밖에 안 됐다. 완전히 밀착될 때까지 조금 더 기다리면 좋았겠지만 시간이 없었다. 어쨌든 새로 붙인 피부는 조금 누른다고 비뚤어지거나 떨어지지는 않을 정도로 자리를 잡은 것 같다. 그리고 너무 밀착되면 나중에 뗄 때 고생한다. 금고를 이번만 열 것도 아니고, 앞으로도 손가락은 계속 갈아 붙여야 할 것이다.

그녀는 크게 숨을 들이쉰 뒤에 잠금장치에 달린 하얀

불빛 아래 반투명한 유리 조각에 손가락을 댄다. 가장 먼저 검지부터, 그 뒤에 엄지, 약지, 중지, 그리고 새끼손가락을 차가운 유리 표면에 가볍게 대고 힘주어 누른다. 이 순서도 암호의 일부다.

하얀 불빛이 파란색으로 바뀐다. 찰칵, 소리와 함께 금고 문이 열린다.

그녀는 얼굴 전체에 뿌듯한 미소를 띤다. 그러나 그 미소는 곧 짜증에 밀려 일그러진다. 금고 안에 금고가 하나 더 있다. 안쪽 잠금장치는 다이얼을 돌리는 고전적인 방식이다.

청진기가 있었으면 좋았겠지만, 가져오지 않았다. 설마 박물관에나 전시돼 있는 줄 알았던 이런 구식 잠금장치를 눈앞에서 실제로 보게 될 거라고는 상상도 못 했기 때문이다.

그녀는 혼자서 작게 투덜거리며 일어나서 부엌으로 향한다. 찬장 문을 모두 열어젖힌다. 작고 얇은 투명한 플라스틱 컵이 가장 이상적이다. 없다면 작은 유리컵이라도 좋다. 적당한 컵은 아무래도 보이지 않는다. 그녀는 서랍을 뒤집는다. 세 번째 서랍에서 종이 그릇과 플라스틱 숟가락과 함께 작은 플라스틱 컵이 쏟아진다. 그녀는 비닐 포장을 뜯고 컵을 하나 꺼내 싱크대에서 물을 조금 받는다.

그녀는 물이 담긴 컵을 들고 금고 앞으로 돌아온다. 금고 안의 작은 금고 위에 물이 담긴 조그만 플라스틱 컵을 놓는다. 그리고 그녀는 손가락을 움직여본다. 왼손, 그리고 오른손.

선택해야 한다.

기계 손가락이 과연 이런 섬세한 작업을 할 수 있을까. 그러나 또 생각해보면 그녀는 언제나 오른손잡이였다. 왼손은 그녀의 것이었지만 언제나 서툴렀다. 기계 팔이라고 해도 그녀의 두뇌에, 그녀의 신경망에 더 강하고 더 섬세하고 더 정교하게 연결되어 있는 것은 언제나 오른팔과 오른손이었다.

그녀는 오른손을 든다. 그리고 다시 한번 망설인다.

청진기 없이 오로지 자신의 감각만으로 진동을 감지할 수 있을까.

그러나

시간이 없다.

그녀는 심호흡을 한 뒤에 기계 손을 다이얼에 가져다 댄다. 숨을 멈춘다. 그리고 조그만 플라스틱 컵을 지켜보면서 주의 깊게 천천히 다이얼을 돌리기 시작한다.

톱니바퀴는 부드럽게 돌아간다. 거의 아무런 소리도 들

리지 않는다. 그러나 다이얼이 50과 60 사이를 지나갈 때 플라스틱 컵에 담긴 물의 표면에 조그만 진동이 일어난다. 그것은 마치 호수 표면에 일렁이며 퍼져나가는 파동처럼 커다랗게 그녀의 눈에 들어온다. 그녀는 다이얼을 천천히 돌려서 컵 속의 물이 흔들렸던 그 지점에 맞춘다. 딸깍.

다시 다이얼을 반대편으로 돌린다. 이번에는 10과 20 사이의 어느 지점에서 컵 속의 물이 조그맣게 흔들린다. 그녀는 투명한 플라스틱 컵을 지켜보며 숫자를 맞추었다가 다이얼을 다시 돌리기를 반복한다.

58-13-72-35.

찰칵, 하는 작은 소리가 들린다. 그녀는 기계 손으로 금고 문 손잡이를 잡고 당긴다.

금고의 문이 열린다.

그녀는 왼손, 서투르지만 기계가 아닌 자신의 손을 금고 안에 넣는다. 비닐로 포장된 물건을 손에 쥘 수 있는 최대한 가득 움켜쥐고 꺼낸다. 포장을 뜯고 알약을 집어 든다. 알약에 새겨진 M과 그 위를 둘러싼 조그만 반원을 들여다본다. 거의 경건한 마음으로, 숨을 죽이고, 기도하듯이.

그리고 그녀는 눈을 감고 알약을 입에 넣는다.

그녀가 약을 삼키는 순간 현관문이 벌컥 열린다.

그녀의 심장박동이 빨라지기 시작한다. 혈압이 상승한다. 이후의 데이터는 혼란스럽다.

현관문을 열어젖히고 들어온 남자들은 그녀에게 총을 쏘기 시작한다. 그녀는 왼손에 여전히 알약이 든 비닐 포장을 잔뜩 움켜쥔 채로 바닥을 뒹굴어 날아오는 총알을 피하며 소파 뒤로 숨는다. 남자들이 달려온다. 그녀는 소파를 뛰어넘어 자신에게 덤벼드는 남자를 오른손으로 막는다. 기계 손으로 남자의 얼굴과 목을 때리고 총을 빼앗은 뒤에 달려오는 다른 남자들을 향해 아무렇게나 총을 발사하면서 뛰어나간다. 열린 현관문을 지나 복도로, 비상계단으로 달려 나가는 그녀의 뒤로 총을 든 남자들이 추격한다.

그녀는 비상문을 열고 옥상을 향해 뛴다. 옥상 끝 난간 앞에 남자가 서 있다.

그녀는 남자를 향해 달려간다. 남자는 총을 들지 않았다. 남자가 그녀를 향해 뭔가 말한다. 남자의 목소리가 울리고 말소리는 번져서 단어를 식별할 수 없다.

그녀는 남자를 지나쳐 달려간다. 총을 버리고 옥상 난

간 위로 기어오른다. 비상문이 다시 벌컥 열리고 총을 든 남자들이 큰 소리로 욕을 하며 옥상으로 몰려온다.

총을 들지 않은 남자가 다시 그녀에게 뭔가 말한다. 남자의 말소리는 여전히 제대로 들리지 않는다.

그녀는 남자를 돌아본다. 남자가 다시 뭔가 말할 듯이 입을 연다. 뒤에서 총알이 날아온다.

그녀는 옥상 난간 위에서 뛰어내린다.

세찬 바람이 그녀의 얼굴을 뒤덮는다. 머리카락과 옷자락이 휘날린다. 그녀는 양팔을 한껏 펼친다.

기억은 거기서 끝난다. 그녀의 두뇌 안에 지장된 장면과 사건들이 어디까지 현실이고 어디서부터 꿈이나 환각인지는 알 수 없다. 사람의 뇌는 현실의 경험과 환상의 경험을 구분해서 저장하지 않는다.

그녀의 심장박동은 여전히 가라앉지 않는다. 혈압도 상승한 채로 좀처럼 내려오지 않는다.

나는 벽에 붙은 전화기를 꺼낸다. 간호사실을 호출한다. 스캔 종료 사실과 모니터에 나타난 그녀의 심박, 혈압, 산소 포화도를 전달한다.

담당 간호사가 곧 올 것이다.

나는 그녀의 MIROI — Multiple Imaging of Recollection of

Interest, 관심 부분 기억의 다중이미지—를 저장하면서 간
호사가 올라올 때까지 그녀와 함께 기다린다.

가끔 나는 그녀가 누워 있는 병실에 내려가서 소리 내어
책을 읽는다.

"카시니 탐사선은 1997년 출발하여 토성으로 가는 길에
2000년 12월 목성과 조우하였다. [……] 목성의 과학 탐사
목적은 3차원 구름 구조와 행성 기후와 극광을 조사하고, 기
존에 알려진 위성들을 특히 개기식 동안 촬영하는 것, 기존에
알려지지 않은 위성을 탐색하는 것, 그리고 목성 고리의 구조,
입자 특성과 시간적 가변성을 정의하는 것이다. 데이터 수집
은 2000년 10월 1일 탐사선이 목성 적도면 3.8도 지점 위에
서 단계적으로 (태양-목성-탐사선) 20도 각도와 8470만 킬로
미터 거리에서 접근하면서 시작되었다."*

그리고 책에는 카시니가 찍어 보낸 목성의 사진이 실려 있
다. 이 행성의 환경 조건은 인간이 직접 접근한다면 아마도
치명적이겠지만 무인 탐사선이 8470만 킬로미터 거리에서 찍
은 사진 속에서는 한없이 기이하고 아름다워 보인다. 목성의
대기는 메탄가스가 끊임없이 움직이고 뒤섞이다 폭풍을 일

* Carolyn C. Porco et. al., "Cassini Imaging of Jupiter's Atmosphere, Satellites, and
Rings," *Science, New Series*, vol. 299, no. 5612 (Mar. 7, 2003), p. 1541.

으키기도 한다. 푸르스름하고 하얗고 연한 녹색과 붉은색과 황토색이 섞인 이미지들은 행성의 대기라기보다는 웅덩이에 고인 물 표면의 기름띠가 만드는 무늬를 연상시킨다.

그녀는 눈을 뜨지 않는다. 그러므로 사진을 볼 수 없다. 그래서 나는 사진을 말로 설명한다.

내가 설명하는 내용이 그녀의 기억에 남아 스캔에 반영되면 어떻게 할지 걱정 반 기대 반으로 지켜보았던 적도 있었다. 그런 일은 일어나지 않았다.

그렇다고 해서 그녀가 전혀 내 말을 듣고 있지 않다는 증거는 아닐 것이다. 어쨌든 그녀의 두뇌가 완전히 어둠과 망각 속으로 잠겨버려서는 안 된다. 그 시간을 조금이라도 늦추려면 옆에서 누군가 말을 걸어주고 목소리를 들려주는 쪽이 그렇지 않은 쪽보다는 낫다.

물론 그런다고 해도 그녀는 깨어나지 않는다.

그녀는 슈퍼마켓의 계산대 옆에 서 있다. 손님들이 셀프 계산대에서 물건을 계산하는 모습을 지켜본다. 계산 오류가 나거나 스캔을 잘못하는 사람이 있으면 가서 도와준다.

손님이 조금 줄어들 때마다 그녀는 재빨리 사람이 없는 계산대에 가서 세척액을 뿌리고 계산대를 닦는다. 특히 손님들의 손가락이 닿는 부분에 신경을 많이 쓴다. 세척액을 듬뿍 뿌리고 나서 거품을 내며 방울방울 흘러내리는 세척액을 멍하니 쳐다본다.

뒤에서 손님이 그녀의 어깨를 건드린다. 계산대를 써야 하는데 막고 있다고 큰 소리로 불평한다. 그녀는 사과하고 계산 패드에 흠뻑 묻은 채 흘러내리는 세척액을 들고 있던 걸레로 대충 훔친 뒤에 서둘러 물러선다.

손님이 계산대에 물건을 올려놓고 패드를 두드리기 시작한다. 화면에 아무 변화도 나타나지 않는다. 그녀는 옆에서 세척액 병과 걸레를 든 채 손님에게 장갑을 벗고 맨손으로 만지셔야 해요,라고 말한다. 손님은 이유 없이 그녀를 노려본 뒤에 손에서 장갑을 벗는다.

그녀는 손님이 계산을 마치고 물건을 봉투에 넣는 것을 확인한 뒤에 다른 계산대로 간다. 마찬가지로 화면과 계산 패드에 세척액을 듬뿍 뿌린 뒤에 잠시 기다린다. 세척액은 거품을 내며 방울져 흐르고 액정 화면에는 세척액을 따라서 잠시 무지갯빛 얼룩이 번진다. 그녀는 그 얼룩을 가만히 바라본다.

오늘의 스캔 내용은 이전보다 다분히 현실적이다. 이미지만 본다면 아무 의심 없이 그녀의 결백을 믿을 수 있을 것 같다.

그녀의 심박도 혈압도 정상이다. 이미지 속의 그녀도, 스캔 기계 속의 그녀도 차분하다.

나는 작업을 계속한다.

그녀는 슈퍼마켓 건물 뒤의 공터에서 점심을 먹고 있다. 공터는 한쪽이 시멘트 담장으로 가로막히고 다른 쪽은 직원 주차장을 향해 열려 있어 황량하다. 나무 벤치와 탁자 들이 드문드문 놓여 있고 그녀 말고도 또 한 사람이 다른 쪽 테이블에서 뭔가 먹고 있다. 주차장에서는 여자 직원 한 명과 남자 직원 한 명이 나란히 서서 말없이 담배를 피우고 있다. 조용하고 지루한 장면이 정지 화면처럼 이어지고 그녀는 말없이 점심을 먹는다.

다른 테이블에서 식사를 하던 직원이 일어선다. 나이든 남자 직원은 관절염에 시달리고 있는 것으로 보인다. 벤치를 밀치고 힘겹게 몸을 일으켜 약간 뒤뚱거리는 움직임으로 직원용 출입구를 열고 안쪽으로 사라져버린다. 남자 직원이 앉아 있던 자리에는 다 먹은 점심 쓰레기가 너저분하게 놓여 있다.

"자기가 먹은 걸 치우고 가야지 양심도 없게……."

담배를 다 피우고 들어가려던 여자 직원이 나이 든 남자가 앉아 있던 자리를 보고는 얼굴을 찡그린다.

"제 거 치울 때 같이 치울게요."

그녀가 무심하게 대답한다.

"자꾸 그렇게 해주니까 계속 더럽히고 치우질 않잖아."

나이 든 여자 직원이 나지막하게 투덜거린다.

"제가 치우면 돼요."

그녀가 무표정하게 말한다.

"그럼 뭐 편할 대로 해요."

나이 든 여자 직원은 이렇게 말하고 직원용 출입구 쪽으로 느긋하게 걸어간다. 함께 담배를 피우던 남자 직원이 여자 직원이 다가오는 것을 보고 문을 열어준다.

그녀는 두 흡연자들이 건물 안으로 사라지고 문이 닫힐 때까지 자리에 앉아서 아주 천천히 커피를 한 모금씩 마신다.

그리고 그녀는 일어선다. 주차장에는 먼지에 뒤덮인 차가 몇 대 서 있고 하늘은 흐릿하다. 가끔 바람이 불어 땅과 자동차에 앉아 있던 먼지를 부스스 쓸어 올렸다가 도로 내려놓는다.

그녀는 자신이 먹은 점심 식사가 담겨 있던 일회용 용기들을 대충 모은다. 쓰레기통으로 가서 한꺼번에 집어넣는다. 그리고 나이 든 남자 직원이 앉아 있던 자리로 간다. 일회용 컵과 숟가락, 포크를 한 손에 모아서 집어 올린다. 다른 손으로 음식 용기를 들고 쓰레기통 쪽으로 간다.
일회용 용기를 버리기 전에 그녀는 플라스틱 포크 끝으로
나이 든 남자 직원이 먹다 남긴 음식 쓰레기 속을 재빨리
뒤진다.

마요네즈로 범벅이 된 정체불명의 튀김 아래 하얀 알
약으로 가득한 비닐 포장이 숨어 있다. 그녀는 포크로 그
비닐 포장의 귀퉁이를 끄집어서 건져낸다. 마요네즈를 대
충 털어내고 주위를 둘러본다. 주변에는 아무도 없다.

그녀는 쓰레기를 버린다. 그리고 알약으로 가득한 비닐
포장을 오른손, 기계 손의 손바닥 위에 놓는다. 주먹을 한
번 쥔다. 다시 손을 편다.

알약은 비닐 포장 안에서 으깨져 고운 가루로 변했다.
비닐은 전혀 손상되지 않았다.

그녀는 하얀 가루로 가득해진 비닐 포장을 들어서 눈
앞에서 흔들어본다. 그리고 비닐 포장을 주머니에 넣은
뒤에 가벼운 발걸음으로 슈퍼마켓 안에 도로 들어간다.

나는 그에게 전화한다.
"이건 와서 보셔야 할 것 같은데요."

그는 음식 용기와 쓰레기를 남기고 간 나이 든 남자 직원

이 나타난 화면을 한 프레임씩 확대하며 주의 깊게 들여다본다. 나이 든 남자의 얼굴은 그녀의 기억 속 이미지에 명확하게 나타나지 않는다. 어쨌든 키와 골격 특성 등을 화면 속 벤치나 테이블 등의 사물과 지나가는 다른 흡연자 직원들과 비교하여 분석하면 대략적인 인상착의 추정이 가능할 것이다.

그는 혼자서 그렇게 말하며 흥분한다. 정말로 쓸 만한 정보가 나온 것은 처음이라고 그는 기뻐한다.

"슈퍼마켓 직원으로 위장하다니, 생각도 못 했어요."

그가 기뻐하다 말고 갑자기 진지해진다.

"화면 다시 앞으로 돌려보세요."

나는 기록을 앞으로 돌린다. 그가 화면을 유심히 보다가 외친다.

"거기. 정지."

나는 화면을 정지시킨다.

그는 화면 속의 그녀를, 그녀가 뿌린 세척액이 거품을 내며 흘러내리는 계산대 화면과 계산 패드를 뚫어져라 들여다본다.

"저거예요."

그가 중얼거린다.

"바로 저거야. 저기서 시작된 거야."

뭔가 더 말하려다가 그는 내가 옆에 있는 것을 깨닫고 입을 다문다. 화면을 다시 주시하다가 그가 묻는다.

"슈퍼마켓이 어디 있는지 특정할 만한 자료는 안 나왔나요?"

"거기까지는……"

내가 불분명하게 고개를 젓는다. 그리고 덧붙인다.

"주차장에 차가 몇 대 있긴 하던데요……"

"그 부분 보여줘요."

나는 기록을 다른 지점으로 돌린다. 그는 주차된 차들을 들여다보다가 손가락으로 어딘가를 가리킨다.

"여기, 여기에 광고판이 있어요. 멀긴 하지만 그래도 형태는 알아볼 수 있을 정도예요."

그가 가리키는 곳에는 과연 주차장 너머 아주 먼 곳에 희뿌연 파리채 같은 것이 솟아나 있다.

"차 번호판은 흐릿해서 안 보이지만 이 광고판으로 추적하면 근원지가 어디인지 알 수 있어요. 좋아요. 좋은 성과네요. 이 부분 보내세요."

나는 저장된 기록을 그에게 전송한 뒤에 그가 건네준 안전한 기록 장치에도 저장해서 건네준다.

"아주 좋아요. 계속 보시고 또 눈에 띄는 거 있으면 지금처럼 즉시 알려줘요."

나는 고개를 끄덕인다. 그는 나가기 전에 내 어깨에 격려하듯 잠시 손을 얹는다. 내가 몸을 움츠리기 전에 그는 손을 뗀다. 그리고 만족스러운 표정으로 나에게 고개를 끄덕여 보이고 방을 나간다.

그가 나가고 나서 나는 전송 완료한 자료를 삭제하기 전에 마지막으로 한 번만 더 돌려본다.

그녀는 직원용 출입문을 열고 슈퍼마켓 건물 안으로 들어간다. 오후 근무를 시작하기 전에 화장실로 가서 양치질을 하고 손을 씻는다. 양치질을 마치고 고개를 들었을 때 거울 안에 비친 그녀의 얼굴에는 왼쪽 이마부터 눈을 거쳐 턱까지 커다란 흉터가 있다. 흉터 때문에 눈썹과 눈꺼풀은 반쯤 서로 붙어서 뭉쳐 있고 왼쪽 눈동자는 거의 보이지 않는다. 턱까지 이어진 상처 자국이 마치 왼쪽 입꼬리를 끌어 내린 것처럼 살이 뭉쳐 당겨져서 입술 모양도 비뚤어져 있다. 그녀는 아무렇지 않게 거울 속의 얼굴과 치아를 점검하고 가볍게 화장실을 나간다.

내 눈앞에서 최신 의식 스캔 머신 PAM-21 안에 누워 있는 그녀, 그리고 병실에 누워 눈을 감은 채 내가 읽어주는 우주탐사선 '카시니'에 관한 논문들을 말없이 듣고 있는 그녀의 얼굴은 흉터는커녕 잡티 하나 없이 매끈하다. 그래서 나는 그녀의 기억 속 관절염의 남자가 실제로 관절염 환자일 것이라고는 믿지 않는다.

이 모든 것이 그녀가 세밀하게 구축해놓은 함정은 아닐까. 이제까지 수사기관을 속여왔듯이, 체포된 뒤에도 계속해서 수사기관을 속이기 위해 일부러 보여준 장면은 아닐까.

그녀는 대답하지 않는다. 그녀의 혼수상태는 위장이 아니다.

나는 작게 한숨을 쉬고 단념한다.

그런 일은 수사기관 사람들이 고민하게 두면 된다. 나는 담당 간호사에게 전화해서 오늘 작업 종료를 알린다.

"카시니 ISS는 2000년 12월 30일 목성에 가장 가까이 접근했던 시점 이전과 이후 몇 달 동안 이미지를 수집하였다."

나는 그녀의 침대 옆에 앉아 나지막한 목소리로 읽기 시작한다.

"ISS는…… 목성의 열 시간 자전주기 동안 주위를 돌면서 일정한 간격을 두고 촬영했다. 행성의 서른 시간 자전주기 동안 주변을 돌면서 일정한 간격을 두고 행성을 촬영했다. 여러 대의 분광 필터가 각각 정해진 숫자의 사진을 촬영했으며 분광 주기는 대체로 목성이 두 번 자전할 때마다 한 번씩 반복되어 결과적으로 최소한 스무 시간에 한 번씩 행성의 모든 구간이 촬영되었다. 동영상에 사용하기 위해서는 스무 시간에 한 번씩 751나노미터를 중심으로 한 필터를 거쳐 70일 기간 동안 촬영된 이미지 여섯 장이 선택되었다. 이 영상에 사용된 여섯 장의 이미지들은 위도상 북위 75도에서 남위 75도까지 행성 둘레를 360도로 커버했다……"*

나는 전자책 화면에 나타난 조그만 이미지를 손가락으로 가볍게 누른다. 탐사선이 수집한 이미지들을 이어 붙인 영상이 눈앞에 나타난다. 우주는 검고 어둡고, 푸른 필터를 통해 본 목성은 구불구불한 줄무늬가 가득한 커다란 구슬 같다. 카시니는 목성 주위를 돌면서 360도로 촬영했으므로 이어 붙인 이미지에서는 목성이 자전하는 것처럼 보인다. 구불구불한 줄무늬가 빙글빙글 돈다. 나는 이 모든 광경들을 그녀에게 설명해준다.

이야기하면서 나는 생각한다. 나의 작업은 그녀의 잠든 머릿속에 묻혀 있는 알 수 없는 영상들을 찾아내어 기록하는 것이다. 내가 태어나기 수십 년이나 전에 카시니는 우주 공간을 홀로 여행하며 낯선 행성을 촬영하여 기록했다. 나는 이미 오래전에 임무를 마치고 사라진 무인 우주탐사선에게 어

---

* Carolyn C. Porco et. al., "Cassini Imaging Science: Initial Results on Saturn's Rings and Small Satellites", 2005. (DOI: 10.1126/science.1108056)

쩐지 동질감을 느낀다.

가볍게 두들기는 소리가 들린다. 나는 고개를 든다. 담당 간호사가 병실 안쪽으로 얼굴만 들이밀고 나를 쳐다본다.

간호사가 굳이 입을 열기 전에 나는 고개를 끄덕인다. 그리고 얼른 책을 끄고 일어선다. 의료 전문가들이 맡은 일을 해야 할 시간이다. 어쨌든 그녀를 살아 있는 상태로 유지해야 한다. 뇌가 죽으면 기억도 사라진다.

나는 간호사에게 간단하게 인사하고 그녀의 병실을 나온다.

그녀는 손바닥 위에 놓인 작고 하얀 알약을 바라본다. 입에 넣는다. 삼킨다. 그리고 문을 열고 안으로 들어간다.

안은 호텔 방이다. 화려하다. 방 안에는 정장을 입은 남자들이 있다.

평범한 정장을 입은 평범해 보이는 남자들이다. 평범한 정장을 입은 평범해 보이는 남자들이 화려한 호텔 방 안에 무리 지어 모여 있는 광경은 평범하지 않다.

정장을 입은 남자들 중 한 명이 그녀에게 자리를 권한다. 머리가 희끗희끗한 나이 든 남자다. 그녀는 앉는다. 가방에서 어른의 손보다 조금 더 큰 주머니를 꺼내 탁자 위에 놓는다.

정장을 입은 나이 든 남자는 주머니를 열고 내용물을

조금 탁자 위에 흩어놓는다. 알약이다. M자 주위를 반원이 둘러싼 로고가 찍혀 있다. 이번에는 하얗지 않다. 알약은 옅은 녹색이다.

정장을 입은 남자가 그녀에게 약을 권한다. 그녀는 당연하다는 듯이 연녹색 알약을 입에 넣는다. 혀 위에서 잠시 굴리다가 삼킨다.

정장을 입은 남자들이 그녀를 지켜본다.

침묵이 흐른다.

정장을 입은 남자들 뒤에서 정장을 입지 않은 남자가 나타난다. 그녀에게 다가와서 옆에 선다.

그녀는 돌아보지 않는다. 정장 남자들도 난데없이 나타난 정장을 입지 않은 남자에게 전혀 주의를 돌리지 않는다. 정장을 입지 않은 남자는 말없이 그녀 곁에 서 있다.

그녀는 정장을 입은 남자들을 향해 조금 연극적으로 양팔을 벌려 보인다. 정장을 입은 남자들이 서로 쳐다본다.

머리가 희끗희끗한 나이 든 남자가 손을 뻗어 녹색 알약을 입에 넣는다. 이어서 주변의 정장 남자들이 나이 든 남자가 가리키는 대로 녹색 알약을 하나씩 집어서 입에 넣는다.

잠시 후에 정장을 입은 남자들이 하나씩 경련을 일으키며 쓰러진다.

머리가 희끗희끗한 나이 든 남자와 그녀는 쓰러지는 정장 남자들을 지켜보고 있다. 아직 쓰러지지 않은 정장 남자들은 품에서 총을 꺼내려 한다. 그러나 총을 꺼내기 전에, 혹은 총을 손에 쥔 채로 정장 남자들은 힘없이 쓰러진다. 머리가 희끗희끗한 나이 든 남자만 남는다.

나이 든 남자가 그녀를 향해 미소 지으며 고개를 끄덕인다. 그녀도 대답 대신 살짝 미소를 지으며 침착하게 고개를 끄덕인다. 그러자 나이 든 남자가 일어나서 그녀에게 총을 겨눈다.

그녀가 일어서는 순간, 그녀의 오른팔이 믿을 수 없는 속도로 움직인다. 나이 든 남자의 손이 손에 든 총과 한 덩어리가 되어 으깨진다. 나이 든 남자가 비명을 지르려고 입을 연 순간 그녀의 기계 손이 탁자 위로 순식간에 뻗어나가 나이 든 남자의 목을 움켜쥔다.

나이 든 남자의 기도를 으스러뜨린 뒤에 그녀는 천천히 느긋하게 알약 주머니를 도로 가방 안에 챙겨 넣는다. 그리고 쓰러져 있는 정장 남자들을 치우고 방 안으로 들어가 아무렇지 않게 커다란 여행 가방을 끌고 나온다.

정장을 입지 않은 남자가 그녀의 뒤를 따른다. 그녀는 남자를 쳐다보며 웃음 지어 보인다. 그리고 여행 가방을 끌고 호텔 방을 나온다.

나는 그에게 전화한다.

촬영실에 앉아서 그가 오기를 기다리며 나는 머리가 희끗 희끗한 나이 든 남자에 대해 생각한다. 슈퍼마켓에서 그녀에게 약을 전달해주었던 남자. 그리고 그녀에게 총을 겨눈 남자.

나는 그가 지난번에 말했던 '근원지'와 '시작'과 '위장'에 대해 생각한다. 그는 내가 그런 말의 뜻을 모를 것이라 믿고 있다. 모르기를 바라고 있다.

나도 굳이 안다는 사실을 내보이지 않는다. 일을 맡기 전에 나는 법무과학기술처에서 보내온 각서에 서명했다. 대상자의 신원이나 과거 기억 혹은 체포 사유 등 일체의 개인정보를 어떤 경우에도 검색하거나 스캔, 저장, 기록, 전송하지 말 것이며 본 의식 스캔 작업과 그 결과물에 대해 완전하게 비밀을 유지해야 한다는 각서다. 의식 스캔 대상자는 범죄자이고 대상자에 대한 기록은 전적으로 기존 범죄 사건의 해결과 미래에 있을 수 있는 범죄 사건의 예방을 위해서만 사용되어야 하며 이러한 용도 외의 정보 사용은 형법상 정보보안법과 기술적용특례법 어쩌고 조항에 위배되므로, 간단히 말해 내가 입 다물고 스캔만 하고 기록해서 담당자에게 건네준 뒤에 잊어버리고 전혀 모르는 척하지 않으면 정부에서 어떤 법률 조항에 의거하여 나를 감옥에 몇 년이나 처넣고 재산상 어떤 처벌을 내릴 것인지 무려 일곱 장에 걸쳐 대단히 상세하게 줄줄이 나열되어 있었다.

물론 나는 스캔 대상자의 정보를 발설하지 않는다. 나는 전문 기술자이며 전문 기술자로서의 지식과 직업 윤리를 함께 갖추고 있다. 인지 기능이 저하된 고령자의 첫사랑에 대한 기억부터 집 나온 고양이의 주인에 대한 기억까지 온갖 종류의 기억과 인간을 포함한 다양한 동물들의 의식을 스캔했으며 (식물의 의식은 제대로 스캔해본 적이 없다. 의뢰는 받아본 적 있지만 실패했다) 대상이 인간이든 동물이든 그 내용을 의뢰인 혹은 스캔당하는 당사자 이외의 제3자에게 발설한 적은 단 한 번도 없었고 앞으로도 없을 것이다.

그러나 이 작업을 의뢰받기 몇 년이나 전에, 이 작업을 내가 하게 될 거라고는 상상도 못 했던 때에, 나는 매일같이 언론에 노출되던 뉴스와 방송에서 그녀의 얼굴을 보았다. 그때 나는 저렇게 평범해 보이는, 길거리에 나가면 어디서든 볼 수 있을 것 같은 여성이 마약 유통망의 배후를 조종하는 주범이라는 보도를 믿을 수 없었다.

그녀가 개발한 약들은 환각 작용이 대단히 강력했으며 특정한 성향을 가진 사람들에게 아주 인기가 좋았다. 인기에 비해 그녀의 범죄 패턴은 매우 들쭉날쭉하고 예측하기 어려웠다. 예를 들면 한 지역에서 약이 굉장한 인기를 얻고 빠르게 퍼져나가는 도중에 그녀는 갑자기 사라지곤 했다. 경찰이 증거를 모으려고 예의 주시하는 동안에 사라져버리기도 했고, 반대로 이유 없이 눈에 잘 띄는 곳에 머무르다가 체포되기도 했다. 그러나 위험한 약물의 개발이나 공급과 그녀를 연관 지을 결정적인 증거는 언제나 부족했고, 그녀는 언제나 풀려나곤 했다. 그리고 또 곧바로 사라졌다.

오래되고 특별히 눈에 띌 것 없는 주택가에서 대규모 약물 중독 사태와 뒤이은 마약 밀매 스캔들이 터졌을 때 경찰은 또다시 그녀의 개입을 의심했다. 그러나 이번에도 그런 의심을 증명할 결정적인 증거를 찾지 못했고 무엇보다 그 당시에는 그녀의 행방조차 알지 못했다. 이제 그녀가 마약 밀매와 살인에 연루되었다는 사실은 확실하게 증명할 수 있다. 그도, 그가 소속된 정부 기관에서도 무척 만족할 것이다.

내가 알고 싶은 것은 조금 다르다.

나는 그녀가 이런 세계에 뛰어들게 된 이유를 알고 싶다. 결국은 약물 과용으로 자신을 혼수상태에 빠지게 만든 그 마약을 그토록 끈질기고 교묘하게 새로 개발하고 어떻게든 퍼뜨리려 했던 이유가 궁금했다.

호텔방에서의 마약 거래는 마치 영화의 한 장면 같아서 실제 경험이라 믿기 어려웠다. 슈퍼마켓에서의 기억은 나를 혼란에 빠뜨렸다. 손님들의 손이 닿는 곳에 약물을 발라두는 것은 그녀에게 금전적으로 아무런 이득이 되지 않는다. 자신도 모르는 새에 중독된 사람들은 병원으로 실려 갈 뿐 그녀에게 돈을 내고 약을 사지 않기 때문이다. 물론 응급실에 실려 갔다가 무사히 병원을 나온 뒤로 약물의 맛을 잊지 못한 사람들이 이후에 마약을 구입하기 시작하여 스캔들까지 일어날 정도로 규모가 커졌으니 소기의 목적을 이루었다고 할 수도 있다. 그러나 한꺼번에 많은 사람이 똑같은 증상을 일으켜 병원에 실려 가게 되면 수사기관에서 의심스러운 눈으로 들여다보는 법이다. 불법적인 물건의 마케팅으로서는 대단히 비효율적이라 할 수 있는 것이다.

그녀는 무엇을 원했던 것일까.

호출음이 울려서 나는 깜짝 놀라 일어선다. 촬영실의 문을 연다. 그가 들어온다.

촬영을 마치고 나는 언제나 그렇듯이 그녀의 병실에 앉아 우주탐사에 대한 논문을 그녀에게 소리 내어 읽어준다.

"굴절 효과. 가려진 행성을 관찰함에 있어 굴절은 두 가지 핵심적인 효과를 갖는다. 첫 번째는 가장 잘 알려진 효과인데 빛이 대기를 통과할 때 구부러지는 것이다. 이 효과는 굴절각인 오메가(ω)로 특징지어지는데, 이는 빛의 본래 경로와 출구 경로 간의 각도를 말한다. 일반적으로 굴절각은 (대기의 굴절지표가 파장에 의존하기 때문에) 파장의 함수이며 빛의 충돌 파라미터 b와 그 빛이 행성에 가장 근접했을 때의 거리인 *Rmin* 사이의 차이를 일으킨다. 굴절은 표면에 가깝게 지나가는 빛에서 가장 현저한데, 표면에서 분자 숫자 밀도가 크기 때문이다."*

  의식과 기억의 스캔은 물리적인 영상 촬영과는 상당히 다른 분야이다. 스캔되는 이미지는 모두 대상자의 기억에만 존재하며, 대상자의 지각 능력과 감각의 한계 안에서만 가시적이다. 예를 들자면 시각장애인의 기억을 스캔하면 화면은 어둡고 흐릿한 채로 소리만 기록되며, 이런 경우 4D 스캔을 동원하여 촉각과 후각의 경험까지 재현해야만 완전한 스캔을 기대할 수 있다. 청각장애인의 경우는 반대로 구체적으로 판별할 수 있는 음성/음향 정보는 희소하거나 결여된 대신 시각 정보는 비장애인보다 선명하거나 광범위한 경우가 많다. 여기서 '선명하다'는 것은 시력이 좋다는 의미가 아니라 대상자의 인식 속에 더 강하게 남아 있다는 뜻이다. 어떤 한쪽 감각이 결여되거나 손상된 장애인이 다른 감각을 발달시킨다는 속설은 이런 의미에서 사실이기도 하고 아니기도 하다.

---

* Tyler Robinson et. al., "Titan solar occultation observations reveal transit spectra of a hazy world", *Proceedings of the National Academy of Sciences of the United States of America*, vol. 111, no. 25 (May 29, 2014), pp. 9043~9044.

이 모든 기억과 경험은 뇌 속의 전기 신호로 전달되고 단백질의 분해와 합성과 재합성을 통해 저장된다. 저장된 기억을 끄집어내는 과정은 다시 전기 신호를 통해 일어나기 때문에 인간이 알아볼 수 있는 형태로 컴퓨터가 재해석하기 전의 가공되지 않은 원래 데이터를 그냥 본다면 아마 하얗고 검은 점들, 0과 1의 신호들이 수억 개, 수십억 개 나열된 모습으로만 보일 것이다.

그 모습은 우주탐사선이 빠른 속도로 검은 공간을 지나갈 때 곁에 지나치는 별들의 모습과도 비슷하지 않을까, 나는 상상한다.

그리고 나는 다시 자세를 고쳐 앉는다. 말없이 누워 있는 그녀의 곁에서 나는 우주탐사선이 토성의 위성을 촬영하는 방법에 대한 논문을 낮은 목소리로 마저 읽어준다.

그녀는 벽장 안에 있다.

벽장 안은 어둡다. 동생이 무서워한다. 그녀도 무섭다. 불을 켜고 싶다.

그러나 어머니는 불을 켜게 해주지 않는다. 동생을 꽉 끌어안은 채 벽장 구석에 몸을 한껏 웅크리고 앉아 있다. 동생이 답답하다고 칭얼대지만 어머니가 놓아주지 않는다. 울음을 터뜨리려다 동생은 다가오는 발소리를 듣고 울음을 멈춘다.

발소리는 계속 다가오고, 다가오고, 계속 다가온다.

그녀의 심박이 다시 높아지기 시작한다. 혈압이 상승한다. 나는 담당 간호사를 부르려다가 잠시 망설인다. 이 기억이 끝날 때까지 기다려야 할 것 같다. 그녀와 함께 버티며 기억의 끝을 보아야만 할 것 같다고 생각한다.

발소리가 계속 다가온다.

그녀는 벽을 보고 있다. 벽장 안쪽에는 벽돌을 쌓아 만든 단단한 벽이 있고 그 벽에서 선반이 여러 개 튀어나와 있다. 그중 가장 낮은 선반, 그녀의 키로도 닿을 수 있는 선반 위에 아무렇게나 놓인 어머니의 옷을 집어 그녀는 얼굴에 갖다 댄다. 엄마의 냄새를 맡는다.

그녀의 심장박동이 조금씩 안정되기 시작한다.

발소리가 멀어진다.

어머니가 벽장 구석에 조용히 몸을 일으킨다. 꼭 껴안고 있던 동생을 내려놓는다. 동생이 이상할 정도로 침착한 얼굴로 어머니를 올려다본다.

어머니가 그녀의 어깨를 건드린다. 그녀는 어머니의 옷을 코에 댄 채로 엄마를 돌아본다.

어머니는 말없이 고개를 끄덕인다.

그녀가 먼저 벽장 문을 살짝 열고 밖을 내다본다. 밖은 조용하다.

어머니가 벽장 밖으로 나온다. 이어서 그녀와 동생이 따라 나온다.

어머니는 벽장에서 가방을 꺼내 짐을 챙기기 시작한다.

기억은 여기서 끝났다. 조금 더 스캔해보았으나 암흑과 잡음, 가끔 알 수 없는 얼룩들만 보일 뿐, 판별할 수 있는 사물이나 사람은 나타나지 않았다.

나는 자료를 저장한 뒤에 습관적으로 다시 한번 돌려본다. 자료는 길지 않다. 벽장 안에서 시작된 시퀀스는 그녀와 동생과 어머니가 벽장 밖으로 나오면서 금세 끝난다.

뭔가 마음에 걸린다. 나는 자료를 반복해서 돌려본다.

네 번째 돌려보다가 나는 무엇이 마음에 걸렸는지를 발견했다.

선반 위에 놓인 엄마의 옷을 보고 기억 속의 그녀는 오른손을 뻗어 옷을 꺼냈다. 그 오른손은 기계가 아니었다. 보통의 통통하고 보드라운 어린 소녀의 손이었다.

나는 그 부분을 다시 돌려보았다. 어머니의 옷을 껴안고 얼굴을 파묻을 때 통통한 양손이 나란히 옷을 움켜쥐고 있는 것이 분명하게 보였다.

전화기가 진동했다. 나는 깜짝 놀라 의자에서 뛰어오를 뻔했다.

그다. 법무기술관리처 공무원―혹은 경찰 혹은 중앙수사국요원―이며 그녀의 사건을 담당하고 있는 그. 나는 안도와 짜증의 한숨을 내쉬며 전화를 받는다.

"오늘은 뭐 없습니까?"

나는 매일 작업을 마친 뒤 그날의 스캔 자료를 그에게 꼬박꼬박 전송한다. 그에게 전화를 하거나 촬영실로 굳이 부르는 것은 특별하거나 중요한 자료를 발견한 경우뿐이다. 계약서에 그렇게 명시되어 있다. 그가 나에게 전화했던 것은 처음 스캔을 시작하고 나서 사흘이 지나도록 화면에 암흑과 얼룩만 나타났을 때뿐이었다. 그는 그 사흘 내내 매일같이 전화를 걸어 다분히 짜증 섞인 목소리로 결과물을 독촉했다. 혼수상태에 빠진 인간의 뇌는 촬영 장치를 들이댄다고 해서 편리하게 깨어나지 않으며 인간의 뇌는 원래 예측 불가능하다는 사실을 아무리 이야기해도 소용없었다. 그러다가 나흘째에 내가 그녀의 기억 속에서 마약류의 제조 과정으로 보이는 자료를 찾아냈다. 그 뒤로 그는 나에게 먼저 전화하지 않았다.

나는 한순간 그녀의 손에 대해 말할까 망설인다. 그리고 그만두기로 한다.

"어린 시절인 것 같은데, 아주 짧아요."

나는 건조하게 대답한다.

"그래도 보내요."

마치 내가 짧은 영상이라서 임의로 처리할까 걱정이라도 하는 것처럼, 그가 힘주어 말한다.

"지금 전송할게요."

나는 대답하고 전화를 끊는다.

자료를 전송하고 나서 삭제하기 전, 나는 벽장 안에 숨은 아이들과 어머니의 영상을 다시 한번 돌려본다.

어린 그녀의 포동포동하고 조그만 오른손은 어째서인지 업무를 마치고 집에 돌아와서도 머릿속에서 사라지지 않았다. 잠자리에 누워서 한참 뒤척이다가 나는 참지 못하고 화면을 열었다. 한참 고민한 끝에 '어린이 팔 절단 사고'를 검색해보았다.

내가 원했던 결과는 나오지 않았다. 검색 결과는 모두 글자 그대로 어린이들이 사고를 당한 경위 혹은 사지절단 사고 경위, 획기적인 접합 수술 방법에 대한 것이었다.

나는 검색어를 바꾸어 '어린이 기계 팔'로 검색해보았다.

이번에도 마찬가지였다. 어린이용 로봇 의수와 의족을 판매하는 사이트와 연령별로 어린이를 위한 의수를 선택하는 요령 등이 대부분이었다. 뉴스 중심으로 검색하자 어린이용 로봇 팔에 국가 의료보험을 어디까지 적용할 것인지를 놓고 다투는 정치인들의 동영상이 화면을 채웠다. 나는 화면을 끄고 다시 잠자리에 누웠다.

그녀가 정확히 언제 오른팔을 절단했는지 나는 알지 못했다. 벽장 속의 장면을 겪은 이후의 어린 시절이었을 수도 있고 성인이 된 다음이었을 수도 있다. 그녀가 기계 팔을 사용하게 된 시점과 경위를 모르는 채로 아무렇게나 검색해봤자 허공에 대고 손짓하는 격이었다. 나는 이불을 끌어당겨 덮고 돌아누워 잠을 청했다.

꿈속에서 나는 행성이었다. 조그만 무인 탐사선이 내 곁으로 다가왔다. 나의 주위를 돌기 시작했다. 탐사선이 움직일 때마다 작고 환한 불빛이 반짝였다. 황량하고 광활한 암흑의 공간에서 탐사선은 조그맣고 따뜻한 빛을 반짝이며 말없이 내 곁을 지켜주었다. 꿈속에서 나는 행복한 행성이었다.

그러나 탐사선은 나와 함께 사흘을 지낸 뒤에 멀어지기 시작했다. 내가 외쳤다.

— 어째서?

탐사선은 대답하지 않았다. 내가 그토록 사랑하는 작고 따뜻한 불빛을 반짝이며 탐사선은 점점 멀어져갔다.

— 어째서? 어째서?

애타게 부르는 나를 뒤로하고 탐사선은 말없이 파멸을 향해갔다. 탐사선이 태양의 불길 속으로 뛰어들기 직전에 나는 잠에서 깨었다. 전화기가 진동하고 있었다.

"여보세요."

나는 눈을 감은 채로 전화기를 집어 들고 내가 들어도 잠이 덜 깬 소리로 말했다. 전화기는 계속 진동했다. 나는 할 수 없이 눈을 뜨고 통화 버튼을 제대로 누른 뒤에 다시 말했다.

"여보세요."

"장비 챙겨서 빨리 병원으로 와요."

그가 명령조로 다급하게 말했다. 나는 얼굴을 찡그리며 전화기를 잠깐 귀에서 떼고 시간을 확인했다.

"새벽 3시잖아요. 무슨 —."

"환자 상태가 갑자기 악화됐어요."

그가 빠르게 말했다. 그 한마디에 나는 그때까지 반쯤 머릿속을 덮고 있던 잠에서 확 깨어났다.

"아까 심정지가 한 번 왔어요. 이제 더 이상 기회가 없을지도 모릅니다. 빨리 와요."

나는 대답하지 않고 전화를 끊었다. 잠옷 바지만 간신히 가장 먼저 눈에 띄는 바지로 갈아입고 잠옷 상의 위에 스웨터와 외투를 마구 껴입은 뒤에 열쇠를 집어 들고 차를 향해 뛰어갔다. 장비는 언제나 차에 있었으므로 따로 챙길 필요는 없었다.

내가 도착했을 때 그녀의 심장은 다시 안정되어 고르게 뛰고 있었다. 그리고 그녀의 병실 밖에서는 그와 그녀의 국선 변호사와 의료진이 싸우는 중이었다. 그는 그녀의 상태가 도로 나빠지기 전에 최대한 스캔을 해두자고 주장하고 있었다. 그녀의 변호사는 환자의 상태가 좋지 않으니 안정을 취해야 한다는 의견이었다. 의사와 담당 간호사가 변호사 옆에 서 있었다.

"이 사람은 환자가 아니라 범죄자이며, 체포된 범죄자의 신병은 법무부 소관입니다."

그가 차갑게 말했다.

그녀의 변호사가 병실 문을 막고 서서 그를 쳐다보았다. 그녀의 촬영 작업을 처음 의뢰받았을 때 나는 그녀의 변호사를 한 번 만난 적이 있다. 그 뒤로 그녀의 변호사를 보는 것은 이번이 처음이었다. 변호사에게 인사 같은 걸 할 상황은 아니었다.

"범죄자는 인간이 아닙니까?"

그녀의 변호사가 천천히 말했다.

"의뢰인의 상태가 불안정한 걸 알면서, 게다가 치료 행위도 아닌 무리한 조치를 하도록 내버려둘 수는 없습니다. 스캔하다가 제 의뢰인이 사망하면 어떻게 할 겁니까?"

"범죄자가 안정을 취하는 것보다 사건 해결이 우선입니다."

그가 무표정한 얼굴로 말했다.

"이대로 안정되길 기다렸다가 범인이 죽어버리면 사건의 증거가 모두 사라집니다. 비키세요."

"비킬 사람은 당신입니다. 의료진이 아니면 여기서 나가요."

변호사가 묘하게 차분한 명령조로 말했다. 안경을 쓰고 깡마른 체격에 흰머리가 드문드문 섞인 갈색 머리카락을 목 뒤에서 하나로 묶은 나이 든 여자 변호사는 조용하고 사무적인 목소리와 어조로 말하면서도 등을 꼿꼿이 펴고 감정을 읽을 수 없는 단단한 얼굴로 그를 가만히 쳐다보고 있었다. 변호사 옆에는 그녀의 담당 의사가 피로에 지친 푸석푸석한 얼굴로 무표정하게 서 있었다.

나는 담당 간호사 옆으로 살짝 가서 물었다.

"저 사람은 보내고, 저는 아침까지 환자 옆에 있으면 안 돼요?"

간호사가 나를 노려보았다. 나는 손에 들고 있던 가방을 등 뒤로 숨겼다.

"어차피 이 환자는 가족도 없잖아요. 옆에서 그냥 지켜보려고요."

간호사는 대답 없이 입을 꼭 다물고 나를 계속 노려보았다. 나는 등 뒤에 숨겼던 가방 안에서 전자책을 꺼냈다.

"전에 읽어주던 책, 마저 읽어줄게요. 혹시 알아요? 마음이 안정될지."

전자책 리더기를 보고 간호사는 살짝 표정이 풀렸다. 의사에게 뭔가 말했다.

의사가 나를 향해 경계심 가득한 시선을 돌렸다. 그리고 간호사와 짧게 상의했다.

"책 읽어주는 건 괜찮아요. 그렇지만 다른 짓 하면 바로 경비원 부르겠어요."

마침내 그녀의 담당 간호사가 조건부로 허가했다. 나는 황급히 고개를 끄덕였다.

그가 뭔가 말하며 내 쪽으로 움직이려 했다. 그러나 그가 입을 열기 전에 그녀의 변호사가 재빨리 걸음을 옮겨 그의 앞을 막아섰다.

"선생님."

변호사가 그의 얼굴을 바짝 올려다보며 여전히 사무적인 어조로 명료하게 말했다.

"저 병실 안으로 들어가시면 저는 즉시 법무부와 의료복지부에 진정서 내고 법무부 공무원이 상태가 불안정한 코마 환자를 죽이려 한다고 기자회견할 겁니다."

그는 굳은 표정으로 물러섰다.

의사는 그가 물러서는 것을 보고 안도한 표정으로 재빨리 사라졌다. 담당 간호사는 여전히 경계심이 풀리지 않은 표정으로 나를 쳐다보며 내키지 않는 듯 문 앞에서 비켜주었다. 나는 병실 안으로 들어갔다. 그녀의 변호사가 나와 함께 들어와서 침대를 사이에 두고 맞은편에 앉았다.

아침이 올 때까지, 나는 변호사가 지켜보는 가운데 그녀의 침대 옆에서 모니터가 내는 규칙적인 삑삑 소리를 들으며 카시니가 촬영한 목성의 대기 폭풍과 토성의 고리와 예순 개가 넘는 위성들에 대한 논문을 읽어주었다. 그러다가 나는 그녀의 침대에 머리를 기댄 채로 잠들어버렸다.

잠이 깨었을 때, 그녀는 눈을 뜨고 있었다. 나는 비명을 지를 뻔했다.

그녀의 변호사는 어디론가 사라지고 없었다. 나는 조심스럽게 천천히 일어나서 그녀의 머리 쪽으로 다가갔다. 눈을 뜨고 가만히 누운 그녀의 얼굴 앞에서 손바닥을 움직여보았다.

그녀는 반응하지 않았다.

간호사 호출 버튼을 누른 뒤에 나는 재빨리 가방 속을 뒤져보았다. 손전등을 꺼내어 그녀의 눈에 빛을 비추었다. 동공은 둥글고 넓게 한껏 늘어나 있었고 그 새까맣고 텅 빈 공간은 빛을 비춰도 줄어들지 않았다.

담당 간호사가 달려왔다. 나는 서둘러 손전등을 주머니에 쑤셔 넣고 가방을 챙겨 방을 나왔다.

이틀 뒤에 나는 스캔을 다시 시작해도 좋다는 허락을 받았다. 그녀는 우연히 눈꺼풀을 한 번 들어 올렸을 뿐이었다. 몇 시간 뒤에 눈을 도로 감아버리고 그녀는 자기 힘으로 다시 눈을 뜨지 않았다. 나는 몹시 낙담했다.

그녀는 차의 뒷좌석에 있었다. 차는 대단히 빠른 속도로 달렸다. 뒤에서는 경찰차가 추격하는 중이었다. 요란한 사이렌 소리와 함께 경광등의 푸르고 하얀 빛이 어둠을 찢었다.

그녀는 큰 소리로 웃으며 앞좌석에 앉은 사람들과 대화하면서 동시에 양손으로 뭔가를 하고 있었다. 손에 든 것은 조그만 물병이었고, 안에 든 것은 물이 아니었다. 그녀는 기계 손으로 물병을 꼭 잡고 흔들리지 않게 하려고 애썼다. 그러나 차가 크게 커브를 돌거나 흔들릴 때마다 물병도 함께 흔들렸다. 그녀는 물병을 얼굴에서 가능한 한 멀리 떨어지도록 높이 들고 앞쪽의 좌석을 무릎으로 차면서 뭔가 소리를 질렀다. 앞 좌석에 앉은 남녀는 그녀와 함께 큰 소리로 웃음을 터뜨렸다.

차가 크게 곡선을 그리며 방향을 틀었다. 그녀는 창문을 내리고 뒤에 쫓아오는 경찰차를 향해 오른손에 들고 있던 물병을 힘껏 내던졌다. 기계 팔로 던진 물병은 기운찬 포물선을 그리며 믿을 수 없는 속도로 날아가서 경찰차 앞창에 명중했다. 경찰차 앞 유리에 닿은 순간 물이 아닌 물질이 들어 있는 물병은 커다란 불꽃을 내며 폭발했다. 그리고 폭발한 자리에서 그런 작은 물병에서 나온 것이라고는 믿을 수 없을 정도의 연기가 뭉게뭉게 솟아나기 시작했다.

기습을 당한 경찰차가 멈추었다. 뒤에서 전속력으로 따라오던 경찰차가 앞에서 약이 든 물병을 얻어맞고 정차한 경찰차의 뒷부분을 들이받았다. 그녀는 자동차의 뒷좌석에서 이 광경을 지켜보며 큰 소리로 웃고 있었다.

상황은 꿈이기에는 너무 구체적이었다. 그렇다면 그녀는 이 경험을 했을 때에 약에 취해 있었던 것이 분명했다. 화면에 나타나는 영상의 어떤 부분은 흐려지거나 일그러졌고 어떤 부분은 지나치게 선명했으며 전반적으로 모든 윤곽이 일정 정도 왜곡되어 있었다. 계속 영상을 보면서 나는 그녀를 뒷좌석에 태운 남녀도 마찬가지로 약에 취해 있으며 이 중 왼쪽 앞 좌석에 탄 남자는 자동 운전을 설정하지 않고 약에 취한 상태에서 자기가 직접 운전을 하고 있다는 사실을 깨달 았다.

그녀를 뒷좌석에 태운 차가 도심을 벗어났다. 이제는 아무도 추격해 오지 않는데도 차는 계속해서 비틀거리며 흔들렸다. 늦은 밤의 깜깜한 국도를 비틀거리고 휘청거리며 달리다가 차는 일순간 도로를 벗어났다. 바퀴가 풀과 덤불을 갈랐고 차체는 크게 곡선을 그리며 방향을 잃고 돌았다. 그러다가 차는 길을 벗어나 한밤의 허허벌판에서 멈추어 섰다.

앞 좌석에 탄 남자가 큰 소리로 웃었다. 남자 옆에 탄 여자도 헐떡거리며 웃고 있었다. 그녀도 웃었다. 웃으면서 그녀는 뒷좌석에 늘어놓았던 물건들을 가방에 아무렇게 나 쑤셔 넣었다. 그리고 가방을 집어 기계 손으로 가볍게 들고 차에서 내려서 걷기 시작했다.

밤은 짙고 맑은 남빛이었고 사방에는 아무도 없었다. 웃는 남녀는 그대로 차 안에 남아서 그녀를 뒤쫓아오지 않았다. 그녀는 가방을 짊어지고 혼자서 웃으며, 울며 하염없이 걸었다.

그리고 문득 그녀는 멈추어 섰다. 하늘을 올려다보았다. 주위를 둘러보았다. 그리고 그녀는 쪼그리고 앉아서 가방을 열고 안을 뒤졌다.

그녀가 꺼낸 것은 조그맣고 납작한 금속제 통이었다. 그녀는 작은 통을 조심스럽게 열었다. 안에는 하얀 알약이 몇 개 들어 있었다. M이라는 문자 주위를 반원이 둘러싼 로고가 새겨진 하얀 알약을 그녀는 오랫동안 들여다보았다.

마침내 그녀는 알약을 하나 집어 입에 넣었다.

그리고 그녀는 다시 걷기 시작했다.

남자가 그녀의 곁에서 함께 걸었다.

나는 화면을 일시 정지시켰다. 남자는 조금 전까지 화면 안에 없었다. 어디서 나타났는지 알 수 없었다. 자료를 받는 도중에 되감기를 하는 것은 불편하고 바람직하지 못한 일이었다. 지금 받고 있는 자료와 이어서 받게 될 자료를 모두 날리지 않으려면 그대로 계속 보는 수밖에 없었다.

이전에도 그녀의 기억 속에서 옥상을 달려갈 때, 정장을 입은 남자들과 호텔 방에서 거래할 때에 남자가 갑자기 나타났다. 그때도 두 번 모두 그녀는 글자 M 주위를 반원이 둘러싼 모양의 로고가 박힌 약을 먹었다.

그녀는 남자와 함께 걸었다. 걸으면서 그녀는 남자를 향해 끝없이 말을 걸었다.

"그때 기억해?"

그녀가 팔을 휘두르며 물었다.

"뒷마당에 나무가 있고 거기에 그네를 묶어뒀잖아. 네가 그때 그네 줄을 풀어버리겠다고 나무에 올라갔었어. 엄마가 아주 기겁을 했지. 기억나?"

— 그런 기억은 없어.

남자가 대답했다. 그녀는 무척 재미있는 이야기라도 들은 것처럼 깔깔 웃었다.

"맞아, 그런 기억은 없어. 내가 방금 지어낸 거야."

그녀가 다시 기운차게 팔을 휘둘렀다.

"재미있잖아? 너도 지어내봐. 응?"

— 우리 집에 뒷마당은 없었어.

남자가 조용히 말했다. 그녀가 다시 웃었다.

"맞아, 나도 알아. 지어낸 얘기라니까."

— 그네도 없었어.

남자의 목소리는 시종일관 무감정하고 차분했다.

"하지만 엄마가 기겁했던 건 맞잖아?"

그녀가 큰 소리로 외쳤다. 그리고 다시 팔을 휘두르며 웃기 시작했다.

"엄마는 항상 기겁을 했으니까!"

남자가 그녀를 보며 말없이 웃었다.

"널 껴안을 수 있었으면 좋겠어!"

그녀가 소리 질렀다.

"널 다시 한번 안아볼 수 있었으면 좋겠어!"

그녀가 그렇게 말하며 왼손으로, 기계가 아닌 자신의 팔로 남자를 안으려 했다.

남자가 사라졌다.

이전 자료는 모두 법무기술처에 전송한 뒤에 그날그날 삭제했기 때문에 비교·대조해서 확인해볼 자료가 남아 있지 않았다. 그래서 나는 남자가 그녀의 환각일 것이라고 혼자 잠정적으로 결론을 내렸다.

다음 장면은 어째서인지 밤의 벌판이 아니라 싸구려 모텔 방 안이었다. 방 안에는 그녀 외에 아무도 없었다. 그녀는 차에서 내렸을 때와 똑같은 옷차림으로 모텔 침대 위에 누워서 가방을 머리에 베고 천장을 바라보고 있었다.

"널 다시 보고 싶어."

그녀가 중얼거렸다.

그리고 그녀는 한동안 고민하다가 손을 머리 뒤로 돌

려 베개 대신 베고 있던 가방을 끄집어냈다. 가방을 열고 그녀는 아까 꺼냈던 조그만 양철통을 다시 꺼냈다. 뚜껑을 열고 하얀 알약 위에 박힌 M 주위를 반원이 둘러싼 로고를 한참이나 바라보았다.

"기도문은 아무래도 배울 수 없었지."

그녀가 혼자서 중얼거렸다.

"은혜로우신 마리아 님……까지만 외우고 뒤는 기억할 수 없었어. 가르쳐줄 사람도 없게 돼버렸고."

그녀는 말을 멈추고 알약을 꺼냈다. 다시 침대 위에 똑바로 누워서 알약을 기계 손에 들고 한참 동안 바라보았다.

그리고 그녀는 기계 손가락을 열어 알약을 입안에 떨어뜨렸다. 한 알. 또 한 알, 그리고 다시 한 알, 그리고 또……

그녀는 기차역에 서 있었다. 엄마는 앞에, 동생은 옆에 있었다.

동생은 기차가 들어오기를 기다리며 신이 나서 기차역의 이모저모에 대해 재잘재잘 떠드는 중이었다. 그에 비해 어머니는 말이 없었다. 동생에게 대답을 해주지도 않고 어머니는 그녀와 동생을 불안하게 번갈아 쳐다보며 기차가 언제 들어오는지를 계속해서 확인할 뿐이었다.

그리고 경찰이 나타났다. 그녀는 제복을 갖춰 입고 자신을 향해 다가오는 경찰을 멍하니 보고 있었다. 가슴에 달린 배지와 허리띠의 버클이 햇빛을 받아 반짝였다. 그녀는 엄마의 옷을 잡아당기며 멋있고 번쩍거리는 사람이 오고 있다는 사실을 알렸다.

어머니가 고개를 돌렸다. 다가오는 경찰을 보고 어머니는 비명을 질렀다. 그녀와 동생을 끌어안고 도망치려 했다.

경찰이 허리에 찬 권총집에서 총을 뽑았다.

공기가 찢어지는 듯한 굉음이 울렸다. 그녀는 어머니가 목에서 피를 뿜으며 쓰러지는 모습을 멍하니 바라보았다. 그녀는 너무 어렸다. 충격은 너무 컸다. 그녀는 움직이지 못하고 그대로 굳어져 있었다.

동생이 울면서 그녀에게 매달렸다. 그녀는 반사적으로 오른팔을 들어 동생을 껴안으며 몸을 움츠렸다.

총알이 그녀의 오른팔을 뚫고 동생의 머리에 박혔다.

그녀는 동생을 꼭 껴안은 채 함께 쓰러졌다. 마지막 기억 속에서 동생은 초점 없는 눈을 크게 뜬 채 창백한 피투성이 얼굴로 그녀를 쳐다보고 있었다. 쓰러진 그녀와 동생을 향해 총을 든 키 큰 그림자가 다가왔다.

모니터에서 경보가 울렸다. 나는 다급하게 일어섰다. 내가 호출 버튼을 누르기 전에 담당 간호사가 달려왔다. 이어서 의사도, 그리고 다른 간호사들도.

"나가요."

담당 간호사가 나에게 명령했다. 나는 고분고분 일어섰다. 달리 도리가 없었다.

간호사들이 그녀의 주위로 모여들어 일사불란하게 응급조치를 시작했다. 의사가 오더를 내리는 소리를 들으며 나는 서둘러 촬영실을 나왔다.

그녀는 사망했다.

그녀의 시신을 영안실로 옮긴 뒤에 그가 촬영실에 찾아왔다. 나는 마지막으로 기록한 자료를 모두 법무기술처 서버로 전송하고 그의 기록 장치에 저장했다. 그리고 나서 나는 내 장비에 남아 있던 데이터를 그가 지켜보는 앞에서 완전히 삭제했다.

"최근 자료 중에 사건 관련된 내용은 거의 없었어요."

내가 저장을 마친 기록 장치를 그에게 건네주면서 말했다. 그는 아무 대답 없이 기록 장치를 받아서 가방에 넣었다. 그리고 가방에서 서류철을 꺼내 나에게 내밀었다. 나는 작업이 종료되었으며 관련 자료와 기록은 담당자에게 전달한 후 모두 삭제했고 개인적으로 보관하지 않으며 이후 이 작업에 관련된 내용은 외부에 일체 발설하지 않겠다는 각서에 다시 한 번 서명했다.

"잔금은 이번 주중에 지급될 겁니다."

내가 서명하는 것을 보며 그가 말했다. 그리고 그는 내가 돌려준 서류철을 가방에 넣으며 지나가는 말처럼 물었다.

"저녁 먹으러 갈래요?"

나는 놀라서 그를 쳐다보았다. 그가 어색한 듯 덧붙였다.

"일도 끝났고, 이제까지 수고하셨으니까요."

나는 잠시 대답할 말을 찾아 머뭇거렸다.

"나중에요."

내가 간신히 말했다.

"사람이 죽었는데, 저녁은 좀⋯⋯."

"아."

그가 한순간 낭패라는 표정을 지었다. 그리고 다음 순간 그는 다시 소속을 정확히 알 수 없는 공무원—이라기보다 정부요원으로 되돌아와 있었다.

"알겠습니다."

그리고 그는 가방을 집어 들고 사무적으로 인사한 뒤에 촬영실을 나갔다.

나는 차를 몰고 멀리 떨어진 작은 도시로 향했다. 주유소

편의점에서 등록이 필요 없는 선불 휴대전화를 구입했다. 다시 차를 몰고 달렸다. 다른 편의점에서 데이터 카드를 구입한 뒤에 나는 차로 돌아와서 새로 산 휴대전화를 켜면서 왜 이렇게까지 해야 하는지 생각했다. 어쨌든 전화기는 켜졌고, 나는 '기차역'과 '경찰', '총기 난사'를 검색하기 시작했다.

관련 없는 자료들을 몇 페이지나 넘긴 끝에 나는 20년 전의 어느 신문기사를 발견했다. 가정폭력을 휘두르는 경찰 남편을 피해서 아내가 자녀들과 함께 떠나려 하자 남편이 기차역까지 쫓아와서 총을 쏘았던 사건이었다. 남편은 정복을 차려입고 근무용 권총으로 가족에게 총격을 가한 뒤에 같은 총으로 자기 머리를 쏘아서 자살했다. 총을 맞은 아내와 자녀 한 명은 사망했고 다른 한 명은 중태라고 했다.

기사는 그것이 전부였다. 자녀의 성별이나 연령, 중태였던 자녀의 이후 소식은 계속 검색했으나 찾지 못했다.

나는 그녀의 장례식에 갈 수 없었다. 그녀와 같은 사람을 위해서 일반적인 장례식이 과연 치러졌는지조차 알 수 없다.

"은총이 가득하신 마리아 님."

나는 중얼거렸다. 그녀가 말했던 '은혜로우신 마리아 님'으로 검색해서 찾아낸 기도문이었다.

"주님께서 함께 계시니 여인 중에 복되시며 태중의 아들예수님 또한 복되시나이다."

그녀가 외울 수 없었던 뒷부분을 나는 그녀를 위해 읽었다.

"천주의 성모 마리아 님, 이제와 저희 죽을 때에 저희 죄인을 위하여 빌어주소서."

종교를 믿지 않는 나로서는 마지막의 '아멘'만은 거리낌 없이 말할 수 없었다.

신이 남성이라면, 여성이 느끼는 일상적 위협을 절대로 이해하지 못할 것이다.

탐사선 카시니는 수만 킬로미터 거리를 여행하여 태양계 반대편의 낯선 행성들을 관측하며 20년간 아름답고 신비하고 때로는 기괴하고 경이로운 이미지들을 지구에 전해주었다. 그리고 카니시는 토성의 위성 타이탄 곁을 날아서 지나간 뒤에 토성과 토성의 고리 사이를 다이빙하고, 그런 뒤에 마지막으로 토성의 대기 속으로 뛰어들어 토성과 하나가 되었다.

어떤 기계는 인간보다 행복하다.

나는 그녀가 약물에 집착했던 이유를 이해할 수 있을 것 같았다. 그녀의 목적은 범죄의 스릴도 돈도 아니었다. 시간을 되돌리는 것, 죽은 동생을 다시 만나는 것이 그녀의 목적이었다. 환각이라도 좋으니 죽지 않고 자신과 함께 살아남아 성장한 동생의 모습을 보는 것, 동생과 이야기하는 것, 동생을 다시 한번 안아주는 것—현실에서는 절대로 불가능한 그 일을 이루어줄 통로를 그녀는 약물에서 찾았다.

그러나 나는 그에게 말하지 않았다. 말할 수 없다.

그녀의 기억과 의식을 되살린 자료들 속에서, 그는 내가 보는 것과 전혀 다른 그녀의 모습을 찾고 있을 것이다.

"은총이 가득하신 마리아 님."

나는 다시 한번 기도한다.

"저희들 죄인을 위하여…… 죽음의 시간에 빌어주소서."

그녀를 위해 내가 할 수 있는 일은 이것뿐이다.

씨앗

그들이 오고 있다. 회화나무가 소식을 전달했을 때 우리는 모두 흥분했다. 기대감에 부푼 두근두근한 흥분이었을 수도 있고 긴장과 근심으로 가득한 무거운 흥분이었을 수도 있다. 아마 반반이었을 것이다.

　모두 다 비슷한 기분이었다. 세계의 미래가 이 한 번의 조우에 달려 있다. 정말이다. 만화나 SF소설에 자주 등장하는 표현이지만 이번에는 진짜다. 그러나 우리가 긴장하고 흥분한 이유는 그 때문만은 아니다. 우리 손으로 끝까지 해낼 수 있는 일이라면 이렇게까지 걱정하지 않을 것이다. 우리가 할 수 있는 일은 한정되어 있다. 나머지는 그저 자연의 손에 맡겨야만 한다. 자연은 진공을 혐오하니까. 우리가 궁극적으로 믿을 수 있는 것은 그뿐이다.

그들이 오고 있다.

소식은 꽃가루를 타고 빠르게 퍼져나갔다. 그리고 곧 우리
는 그들의 오는 소리를 직접 귀로 들을 수 있었다.

때가 왔다.

그들이 타고 온 기계는 땅에 내려앉으면서 많은 풀잎과 나
뭇잎을 날리고 그보다 더 많은 꽃과 벌레를 죽였다. 그것이
그들의 방식이라는 걸 들어서 알고 있었지만 눈으로 직접 확
인하는 것은 또 다른 체험이었다. 긴장과 흥분과 걱정에 분
노가 섞여, 그들이 기계에서 내려 모습을 드러냈을 때 우리
사이에는 그다지 부드럽지 못한 분위기가 흐르고 있었다. 그
래서 그들은 즉시 재채기와 기침을 하기 시작했다.

사실 우리가 놀란 것은 그들의 재채기나 기침 때문이 아니
었다. 수많은 풀과 벌레와 꽃과 나뭇잎을 날려 죽이면서 요란
스럽게 땅에 내려앉은 그 시끄럽고 냄새나고 거대하고 더러
운 기계 때문도 아니었다. 이미 우리 모두 충분히 들어서 익
히 알고 있었다. 익히 알고 있다고 생각했다. 그러나 눈앞에
대면한 순간, 가까이에서 직접 그들을 보고 듣고 냄새 맡게
된 순간 우리는 충격을 받을 수밖에 없었다. 언제나 머리로
아는 것과 스스로 겪어보는 것은 다르게 마련이니 말이다.

그들은 모두 똑같이 생겼다.

재채기와 기침 때문에 시뻘겋게 변한 얼굴이나 충혈된 눈을 보면 로봇인 것 같지는 않았다. 일그러진 표정이나 아름답지 못하게 흐르는 콧물이 그들도 사람이라는 걸 증명해주고 있었다. 그러나 그들은 모두 똑같이 생겼다. 키도 똑같고 약간 마른 듯한 날씬한 체형도 똑같으며 금발에 푸른 눈, 오똑한 코와 분홍빛의 얇은 입술도 모두 판에 박아서 찍어낸 것처럼 동일했다. 우연히 그들 중 한 명만 개별적으로 보게 되었다면 무척 예쁘다고 생각했을 것이다. 그러나 땅에 내린 기계의 문이 열리고 그 안에서 똑같이 생긴 사람들이 줄줄이 나타나는 것은 대단히 기괴하고 조금은 오싹한 광경이었다.

게다가 기계에서 내린 사람들은 옷차림도 모두 같았다. 똑같은 진회색 정장에 흰 셔츠, 똑같은 검은 구두. 남자 세 명과 여자 두 명, 이렇게 다섯 명이었다. 그러나 남녀를 구분할 수 없이 키와 체형과 얼굴이 모두 다 똑같았다. 성별을 구분해주는 특징은 남자들은 머리를 짧게 깎은 데 비해서 여자들은 둘 다 긴 머리를 뒤에서 하나로 묶었고 그중 한 명이 치마 정장 차림이라는 사실뿐이었다. 남자 세 명은 모두 생김새도 옷차림도 완전히 똑같았다. 단지 그중 한 명은 갈색 판때기 같은 것을 옆구리에 끼고 있었고, 다른 한 명은 커다란 은회색 가방을 들고 있었으며, 나머지 한 명만 빈손이었다. 자기들끼리도 서로 구분하기 위해서 치마나 바지를 달리 입고 서로 다른 물건을 들고 있는 건지 아니면 어쩌다 보니까 그렇게 된 건지, 거기까지는 알 수 없었다.

우리도 지금의 방식으로 진화하지 않았다면 저들과 같은 모습으로 존재했을까. 혹은 이야기로만 들었던 오래전, 모든 것이 변하기 전의 '진짜' 인간은 본래 저런 모습이었을까.

······그러나 저들은 진짜 인간이 아니다.

— 저게 생명공학이구나······.

소나무가 꽃가루를 날렸다. 모두들 소리 없이 동의했다. 그 덕분에 똑같이 생긴 정장 차림의 남녀 다섯 명은 다시 한번 발작적으로 재채기와 기침에 시달려야 했다. 우리는 조금 웃고 싶어졌지만 참았다. 잠깐만 가루를 날리지 말자고 누군가 소리 내어 중얼거렸다. 느릅나무가 알았다고 대답하기 위해 반사적으로 꽃가루를 날렸다가 모두의 눈총을 받았다.

마침내 인형같이 똑같이 생긴 정장 차림 남녀의 기침과 재채기가 가라앉고 나서 그중 치마를 입은 여자가 앞으로 나섰다. 여자는 전문가적인 태도를 유지했고 표정도 침착했지만 입을 열기 전에 우리와 눈이 마주치자 한순간 시선이 불안하게 흔들리는 것까지는 어쩌지 못했다.

여자와 여자의 일행인 정장 차림 사람들의 입장에서도 우리와 마찬가지로 우리가 기괴하게 보였을 것이다. 그러나 우리가 아무 말도 하지 않았듯이 그들도 예의 바르게 우리의 외모에 대해서 아무런 언급도 하지 않았다.

정장 치마를 입은 여자가 가볍게 헛기침을 했다. 그리고 말하기 시작했다.

"안녕하세요. 우리는 모센닉 사(社)에서 나왔습니다. 여러분은 어느 기업 소속이신가요?"

여자의 부드러운 인형 같은, 나이를 알 수 없게 잘 다듬어진 얼굴과, 연한 분홍빛 입술 사이로 흘러나온 카랑카랑하고 약간 쇳소리가 섞인 날카로운 목소리는 조금 충격적일 정도로 전혀 어울리지 않았다. 저 사람들 목소리도 전부 다 똑같은 걸까, 하고 뒤에서 노간주나무가 중얼거렸다.

여자의 질문에는 아무도 대답하지 않았다. 여자가 다시 물었다.

"어느 기업 소속이신지 말씀해주시겠습니까?"

참나무가 앞으로 나섰다.

"우리는 기업 소속이 아닙니다."

참나무가 그 깊이 울리는 낮은 목소리로 대답했다. 참나무는 말을 잘 하지 않지만 (우리 모두 말을 거의 하지 않는다. 꽃가루가 있는데 뭐 하러 힘들여 목소리를 낸단 말인가?) 한번 입을 열면 땅속까지 진동하는 듯한 풍부한 소리를 낸다. 그 인상적인 성량에 여자는 잠시 당황하여 할 말을 잊은 것 같았다. 여자의 하얀 뺨에 살짝 홍조가 도는 것을 우리는 흥미로워하며 지켜보았다.

그러나 여자는 곧 정신을 차렸다.

"기업 소속이 아니라고요?"

여자의 목소리가 한 음조 높아졌다. 여자는 공격적인 자세로 한 걸음 더 앞으로 다가왔다.

"그럼 개인 농업 경영자들이신가요?"

"농업 경영요?"

참나무가 되물었다. 그 목소리의 울림에서 우리는 참나무가 속으로 웃고 있다는 걸 알 수 있었다. 우리도 그 질문에 모두 다 속으로 웃었다.

"농업이라면 농업이라고 할 수도 있겠죠. 경영은 아닙니다만."

참나무가 대답했다.

"개인 영농자란 말씀이시군요. 여기 계시는 분들 모두 다 동일한 직업에 종사하시나요?"

여자가 말했다. 어조는 평온하고 정중했지만 목소리는 여전히 카랑카랑했고 표정은 점차 차가워지고 있었다.

"그렇다고 할 수 있죠."

참나무가 짧게 대답했다. 여자가 눈을 가늘게 떴다.

"최근에 인접 지역 농경지에서 식물군 오염 사례가 빈번하게 발견되어 조사하러 나왔습니다. 이미 아실지 모르겠지만 모셴닉 소유의 식물종을 정당한 구매 없이 사용하시거나 반대로 모셴닉 소속 식물종이 파종된 밭을 다른 식물로 오염시키는 것은 불법입니다. 또한 모셴닉 소속 식물종을 파종한 논이나 밭에 모셴닉에서 허가하지 않은 비료나 농약, 항생제, 기타 농작물의 성장 발육 촉진을 위한 물질을 임의로 사용하는 것은 불법이며, 반대로 모셴닉 소속이 아닌 식물군을 파종한 밭에 모셴닉 사의 비료나 항생제 혹은 농약을 사용하는 것도 불법입니다. 이러한 사례가 확인될 경우 해당 농경지의 소유주는 민형사상 소송을 비롯한 여러 가지 불이익을 당할 수 있습니다. 여러분의 경우 농경 공동체 전체가 집단소송의 대상이 될 수 있으며, 그럴 경우……."

"우리는 모셴닉과 아무 관계도 없어요."

떡갈나무가 여자의 말을 끊고 외쳤다.

"모셴닉 소유가 아닌 씨앗에 모셴닉 소유가 아닌 비료를 쓰는 건 아무 문제 없지 않습니까?"

"해당 농경지가 모셴닉 소유일 경우에는 전부 불법입니다."

여자가 말하고 대단히 의미심장하게 입을 꼭 다물었다.

"우리 땅도 모셴닉 소유가 아니에요."

이번에는 버드나무가 외쳤다.

여자의 꼭 다문 입술이 약간 벌어졌다. 여자는 재빨리 고개를 돌려 뒤에 서 있던 바지 정장을 입은 여자에게 뭔가 속삭였다. 바지 정장을 입은 여자의 옆에 서 있던 남자가 옆구리에 끼고 있던 판때기같이 생긴 것을 열었다. 두 사람은 손가락으로 판때기를 두드리며 속닥속닥 뭔가 의논했다. 그리고 치마 정장을 입은 여자에게 의논한 내용을 전달했다. 여자는 만족스러운 표정으로 미소를 짓고 고개를 끄덕인 뒤다시 우리를 향해 돌아섰다.

"여러분이 파종한 씨앗이 인접 지역의 모센닉 소속 밭을 오염시키고 있는 것은 사실입니다. 그것만으로도 충분히 민형사상 불이익을 받을 수 있습니다. 그리고 저희가 알아보니 여러분이 계시는 이곳의 농경지는 소유주가 불명인 것으로 되어 있습니다만 이곳에서 이용하시는 수자원과 여타 에너지 자원의 소유권은 수킨슨에서 보유하고 있습니다. 지금 확인해보니 여러분이 수킨슨에 수로나 가스, 석유 자원 이용을 신청하거나 이용 요금을 지급한 기록이 없다고 하는데요. 이 경우 여러분의 농업 공동체는 모센닉와 수킨슨 양쪽에서 집단 소송의 대상이 될 수 있습니다."

우리 사이에서 한숨과 중얼거리는 소리가 들려왔다. 그 소리를 들으면서 여자는 입꼬리가 조금씩 조금씩 더 말려 올라가 마침내 만족한 고양이 같은 표정이 되었다.

그 표정은 무척 귀여웠다. 심지어 아름답다고 생각할 수도 있었을 것이다. 다섯 명의 남녀가 모두 똑같이 생긴 얼굴에 똑같은 미소를 띠고 있지 않았더라면. 그리고 그 아름다운 입술 사이에서 그토록 한심한 내용이 흘러나오지만 않았더라면.

여자의 세계는, 이 똑같이 생긴 로봇 같은 사람들의 세계는 모센닉과 수킨슨이 지배하고 있다. 그 두 개의 거대 기업이 조종하지 않는 세상을 저들은 상상조차 하지 못하는 것이 분명했다. 이 역시 충분히 들어서 알고는 있었다. 그러나 들어서 아는 것과 이해하는 것은 전혀 다르다.

저들의 세상은 대체 얼마나 뒤틀린 모습이란 말인가…….

누군가 뒤에서 하, 하고 큰 소리로 웃었다.

— 꽃가루를 퍼부어서 쫓아내버릴까?

오리나무가 생각했다. 그 덕분에 여자는 다시 눈시울이 붉어지며 재채기를 하기 시작했다. 여자 뒤, 더럽고 큰 기계 가까이에 서 있던 남자 세 명과 여자 한 명 중에서 여자와 똑같이 생긴 인형 같은 남자 하나도 기침을 하기 시작했다.

그러니까 알레르기 반응은 개인차가 있다는 거지. 생명공학도 거기까지는 완벽하게 통제하지 못한 모양이다. 그렇게 생각하니 이유는 모르겠지만 어쩐지 안심이 되었다.

그들도 인간이어야만 한다. 최소한 생물이어야 한다. 로봇이어서는 안 된다.

"진정해. 우리가 원하는 건 그런 게 아니잖아."

참나무가 오리나무를 돌아보며 말했다. 오리나무는 입을 삐죽거리며 한심해죽겠다는 듯이 하늘을 올려다보고 한숨을 쉬었지만 그래도 결국은 고개를 끄덕였다.

저들을 쫓아내서는 안 된다. 물론 우리의 목표를 달성하려면 저들이 이곳에 너무 오래 머물러서도 안 된다. 그러나 이렇게 빨리 쫓아낼 수는 없다.

"수자원은 공공재 아닙니까?"

참나무가 그 깊게 울리는 목소리로 부드럽게 물었다. 여자가 차갑게 대답했다.

"흐르지 않는 물이라면 그렇죠. 예를 들어 여러분 소유의 농경지 안에 수원지가 있어 자연적으로 생성된 호수라면 그 수자원의 소유권은 여러분에게 있습니다. 하지만 이곳을 지나는 수자원은 흐르는 물이에요. 그리고 그 수원지와 강 유역, 강 하류의 수자원 집결지는 모두 수킨슨 소유입니다."

"모센닉에서 수킨슨도 대표하시는 건 아니겠죠?"

참나무가 여전히 부드럽게 물었다. 그러나 여자는 그 질문의 어법에 담긴 비아냥을 예민하게 포착한 모양이다.

"물론 아니죠. 모센닉과 수킨슨은 분명 다른 회사입니다."

여자가 빠르게 내뱉었다.

"그 어느 한쪽도 자연 자원을 독점하지 않습니다. 수정 헌법 제18조와 2034년도 자연자원법에 따르면 자연 자원은 특정 기업의 독점 대상이 될 수 없어요."

여자가 기계적으로 말했다. 그러니까 모셴닉과 수킨슨이 실질적으로 하나의 회사이면서 아직도 공식적으로 합병하지 않은 이유는 저 법 조항 두 줄 때문이다. 서류상으로나마 각각 독립된 회사일 경우 각자 분야를 나누어 서로의 이권을 침범하지 않으면서 완전히 합법적으로, 혹은 약간―어느 정도―합법적이라고 굳이 우긴다면 합법적이라고 할 수 있을지도 모를 것 같은 여러 가지 기이한 방법으로 자연과 인간과, 그러니까 우리가 사는 행성 전체를 서서히 파괴하면서 이윤을 극대화할 수 있다. 그러나 합병하는 순간 모셴닉-수킨슨은 지구상의 모든 자원을 독점하게 되므로 그 존재 자체가 불법이 된다. 그리고 그렇게 되면 이 두 회사에 트집 잡혀 소송이 걸려 농경지와 인생을 망친 수많은 소규모 개인 농업자는 물론 의회와 대통령궁에 도사리고 있는 은근히 많은 적들에게 법적으로, 공식적으로, 현실적으로 회사를 무너뜨릴 빌미를 주게 된다.

저런 종류의 사람들은 태어나면서부터 저 모양이었던 걸까? 이제는 모두 생명공학을 통해 유전자 조작된 상태로 태어나는 걸 보면 아마 수정란 상태에서부터 저런 사람들로 엔지니어링되는 모양이다.

그렇게 생각하면 우리가 지금 하려는 일의 정당성을 의심

할 수 없게 된다. 저런 사람들—모셴닉과 수킨슨과 법의 테두리와 실적, 수익, 이윤, 돈, 이익, 더 많은 이익(!)만을 생각하는 사람들에게 세상을 맡길 수는 없다.

"그럼 수자원 문제는 저희가 수킨슨과 따로 해결하면 되겠군요."

참나무가 부드럽지만 단호하게 결론을 내렸다. 여자가 뭔가 말하려고 입을 열었지만 참나무는 기회를 주지 않고 말을 이었다.

"아까 직접 말씀하셨지만 저희는 모셴닉이 소유하지 않은 저희 공동체 소속 땅에, 모셴닉 소유가 아닌 저희 공동체 소유의 씨앗을 심고, 모셴닉 소유가 아닌 저희 공동체에서 개발한 비료를 사용하여 기르고 있습니다. 수자원은 수킨슨 소유라는 걸 이미 밝히셨으니 모셴닉이 여기서 더 이상 저희 농업 방식에 대해 왈가왈부하실 이유가 없지 않습니까?"

참나무 지금 뭐 하는 거야, 하고 단풍나무가 꽃가루를 뿜었다. 그냥 보내려고?

여기에 대한 대답으로 자작나무가 좀 기다려봐, 하고 또 꽃가루를 뿜었다. 치마 정장을 입은 여자의 눈가가 다시 붉어졌다. 이번에는 뒤에 서 있던 남자들과 바지 정장을 입은 여자까지 다섯 명이 모두 발작적으로 재채기를 하기 시작했다.

"좀 참으라니까……."

소나무가 중얼거렸다.

"예? 뭐라고 하셨나요?"

치마 정장을 입은 여자가 양손으로 얼굴을 감싼 채 울먹이다시피 말했다. 소나무는 웃음을 참느라 대답하지 못했다. 뒤에서 바지 정장을 입은 여자가 판때기를 가지고 있던 남자에게 말하는 소리가 들렸다.

"여긴 도대체 뭐죠? 공기 중에 독가스라도 뿌린 건가요?"

"꽃가루예요."

오리나무가 뒤에까지 들릴 수 있도록 큰 소리로 대답했다.

"모셴닉 소유의 꽃가루가 아니라서 알레르기를 일으키시나 보죠?"

바지 정장을 입은 여자는 재채기와 기침과 콧물 사이로 오리나무 쪽을 노려보았으나 아무런 대답도 하지 않았다.

다시 한참이 지나 기침과 재채기가 가라앉은 뒤에 치마 정장을 입은 여자가 말했다.

"아까도 말씀드렸지만 저희가 여기까지 온 첫 번째 이유는 모셴닉 소유 농경지에서 모셴닉 씨앗이 아닌 다른 씨앗 오염이 발견되었기 때문입니다. 오염된 씨앗이 어디서 왔는지 책임 소재를 밝히기 위해서 저희는 여러분 농경지와 농작물을 검사할 권리가 있습니다. 씨앗 견본과 비료 견본, 토양 견본을 채취할 테니 협조해주시기 바랍니다."

씨앗   337

이거다. 참나무 잘했어, 하고 누군가 낮은 소리로 중얼거렸다. 좋았어, 하는 소리도 들렸다. 모두들 만족한 꽃가루를 뿜지 않기 위해 최대한 노력하고 있었다.

여자는 우리가 중얼거리는 소리를 전혀 다른 방향에서 해석한 것 같았다.

"경작지가 어디죠? 안내해주시죠."

여자가 비열하게 만족한 미소를 띠고 짐짓 새침하게 말했다.

참나무가 앞장섰다. 여자와 다른 네 명의 정장 인형들이 뒤따랐다. 우리는 그 뒤에서 천천히 함께 움직였다.

"이게 뭐죠?"

숲의 입구에 서서 여자가 경악한 표정으로 소리쳤다.

"이건 농경지가 아니잖아요?"

"농경지라고 한 적은 없어요."

참나무가 재미있다는 표정으로 천천히 말했다.

"이게 우리가 기르는 식물입니다."

여자는 입을 딱 벌리고 눈앞에 펼쳐진 빽빽한 밀림을 올려다보았다. 나무들은 평균적인 사람 키의 몇 배나 되는 높이까지 자라나서 경사면을 완전히 뒤덮고 있었다. 가지와 나뭇잎이 해를 가려서 숲의 입구에 가까이 가기만 해도 어두컴컴했다.

우리는 치마 정장을 입은 여자를 비롯하여 나머지 정장 인형 네 명의 그림으로 그린 듯 똑같은 얼굴에 경악, 불안, 근심, 흥분, 그리고 일종의 교활한 계산이 한꺼번에 스쳐 지나가는 모습을 감상했다.

"안으로 들어가보실까요?"

참나무가 권했다. 치마 정장을 입은 여자는 한순간이지만 명백하게 겁먹은 표정으로 자신이 입은 치마와 그 아래의 정장 구두를 내려다보았다. 여자가 결정을 내리지 못하고 망설이는 동안 뒤에 서 있던 인형 같은 남자들 중 빈손이었던 남자가 입을 열었다.

"잠깐만요. 여러분들 주거지는 어딥니까?"

우리는 서로 쳐다보며 미소 지었다. 참나무가 느긋하게 대답했다.

"여기가 우리 집입니다."

"이 안에 주거지가 있다고요?"

치마 정장을 입은 여자가 믿을 수 없다는 표정으로 참나무를 쳐다보았다. 참나무는 고개를 끄덕였다.

"우리는 여기서 삽니다."

치마 정장을 입은 여자는 조금 더 망설였다. 그러다가 짧고 날카롭게 한숨을 쉬고 결정했다.

"좋아요. 들어갑시다."

씨앗   339

정장 인형들은 말없이 진중하게 참나무의 뒤를 따라 숲의 안쪽으로 안쪽으로 걸어 들어갔다. 가끔가다 똑같이 생긴 사람들 중 한 명이 손을 휘둘러 얼굴에 달려드는 벌레를 쫓거나 돌부리나 나무뿌리 혹은 울퉁불퉁한 땅에 구두가 걸려 헉 소리를 내고는 투덜거렸다. 대체로 그들은 평평하지 않은 땅, 고르지 않은 길에 적합하지 않은 차림새를 하고 있었다. 이 때문에 그들은 한동안 넘어지지 않고, 나뭇가지에 긁히거나 찔리지 않고, 벌레에 물리지 않고 참나무를 따라가는 데만 집중하느라 아무 말도 하지 않았다.

먼저 입을 연 것은 빈손으로 걸어가던 남자였다.

"대체 주거지가 어딥니까? 사람이 살 만한 곳은 안 나오잖아요?"

"조금만 더 가면 됩니다."

참나무가 달랬다.

행렬이 한동안 다시 이어졌다. 그러나 정장 인형들은 이제 피로해지기 시작한 모양이었다. 커다란 은회색 가방을 든 남자가 가장 크고 가장 무거운 짐을 든 사람답게 불평했다.

"조금만 더 가는 게 어느 정도입니까?"

"이제 다 왔습니다."

참나무가 대답했다. 은회색 가방의 남자가 날카롭게 대꾸했다.

"그래서 다 온 게 정확히 어디인데요?"

"여기입니다."

참나무가 평온하게 대답하고 팔을 벌려 주위를 가리켰다.

정장 인형들은 참나무의 몸짓을 따라 사방을 둘러보았다. 그곳은 숲속의 공터였다. 땅은 비교적 평평하고 고른 편이었고, 땅 표면에는 잔디가 깔려 있었으며, 위쪽에서는 나무들이 조금 성기게 자라난 곳을 통해 햇살이 비쳐 들고 있었다.

치마 정장을 입은 여자가 날카로운 눈빛으로 참나무를 돌아보았다.

"우리를 속였군요?"

여자가 그렇게 말하자마자 빈손으로 서 있던 남자와 바지 정장을 입은 여자가 위협적인 몸짓으로 다가와서 옆에 섰다. 무슨 이유에서인지 두 명 다 오른손을 겉옷 안주머니에 넣고 있었다.

"무슨 말씀입니까?"

참나무가 부드럽게 물었다. 여자가 대답 대신 되물었다.

"건물다운 건물은 한 채도 없잖아요?"

"건물이 있다는 말은 안 했습니다."

참나무가 말했다.

"우리는 건물에서 살지 않습니다. 여기서 살아요. 여기가 우리 집입니다."

"뭐라고요?"

여자가 눈살을 찌푸렸다. 참나무가 천천히 설명했다.

"여기가 우리의 거주지입니다. 이 공터에서 자고, 빗물에 몸을 씻고, 저쪽 시냇물을 마십니다. 못 믿겠으면 직접 둘러 봐도 좋습니다. 이 주변을 다 찾아봐도 건물은 한 채도 발견 할 수 없을 겁니다."

"하지만, 어떻게……. 그러면……. 찬 데서 자고……. 음식 은 어떻게 해 먹지요?"

"찬 데서 자는 건 익숙해지면 괜찮습니다. 그리고 우리는 요리를 하지 않습니다. 햇볕과 자연이 있으니까요."

참나무가 웃으면서 말했다. 그리고 은회색 가방을 든 남자 를 향해 덧붙였다.

"토양 견본을 채취한다고 하셨죠? 채취하시죠."

은회색 가방을 든 남자는 머뭇거리며 치마 정장을 입은 여 자를 쳐다보았다. 여자가 가볍게 고개를 끄덕였다. 남자는 은 회색 가방을 땅에 내려놓은 뒤 정장에 흙이 묻지 않도록 아 주 조심스럽게 쭈그리고 앉아서 가방을 펼쳤다. 가방 속에서 어떤 기구를 꺼내 흙을 조금 팠다. 그리고 가방 속의 기계 여 기저기에 그 흙을 올려놓거나 집어넣고 옆에 서 있던 판때기 를 든 남자와 의논하기 시작했다.

그 모습을 보고 있다가 여자가 참나무에게 물었다.

"성장 촉진 물질은 어디서 합성하시죠?"

"예?"

참나무가 흠칫 놀랐다. 보통 참나무는 중요한 순간에 한눈파는 성격이 아닌데 어두운 숲속을 한참 걷다가 공터에 서서 햇볕을 쬐니 잠시 멍해졌던 모양이다.

여자가 다시 말했다.

"성장 촉진 물질 말입니다. 비료 같은 것, 어디서 합성하시죠?"

아주 어린 아이에게 하듯이 천천히 말하는 그 어조가 몹시 마음에 들지 않았다. 그러나 즉시 제정신을 차린 참나무는 침착하게 대답했다.

"저희는 성장 촉진제를 합성하지 않습니다. 저희만의 자연적인 비료를 사용합니다."

"자연 비료? 퇴비를 말하는 건가요?"

여자가 말하면서 코를 약간 찡그렸다. 아까와 마찬가지로 대단히 귀여운 표정이었다. 똑같이 생긴 다른 얼굴 네 개가 바로 옆에 서거나 앉아서 각자 다른 일을 하고 있지만 않았다면.

"퇴비요? 뭐, 엄밀히 말하자면 좀 다르지만, 그렇다고 해두죠."

참나무가 말했다. 여자가 눈을 가늘게 떴다.

"그게 무슨 말이죠? 아까부터 자꾸 말장난만 하면서 정확한 설명은 하나도 안 해주시는데, 지금 협조를 하시지 않으면……."

"설명을 하는 것보다는 보여드리는 쪽이 간단해서 그러는 겁니다."

참나무가 여자의 협박을 아무렇지 않게 중간에 끊었다.

"토양 채취 다 끝내셨나요? 그럼 저희 숲의 나머지 부분도 보여드리죠."

여자는 뭐라고 더 말하려다 입을 다물었다.

"가시죠."

참나무가 말했다. 여자는 마음에 안 들지만 어쩔 수 없다는 듯이 참나무를 따라 몸을 돌렸다.

그때 은회색 가방 곁에 쭈그리고 앉아 있던 남자가 갑자기 일어섰다. 나머지 정장 인형들의 시선이 일시에 남자를 향했다. 남자가 판때기를 든 남자에게 뭔가 속삭였다. 판때기를 든 남자가 재빨리 치마 정장을 입은 여자에게 다가왔다.

"무슨 일이시죠?"

참나무가 물었다. 치마 정장을 입은 여자는 판때기를 든 남자가 속삭이는 말에 잠깐 귀를 기울였다. 그리고 한 손을 들어 입을 가리면서 참나무를 노려보았다.

"왜 그러십니까?"

참나무가 다시 물었다. 여자가 입을 가렸던 손을 내리고 말했다.

"토양에서 인골 성분이 검출되었습니다."

여자는 묘하게 안정된 표정으로 참나무를 뚫어지게 쳐다보며 물었다.

"이제까지 이런 방식으로 기업과 정부의 눈을 속이고 있었던 건가요? 관련 회사의 담당자가 찾아오면 살해해서 암매장하는 식으로?"

"저희는 살해한 적도 암매장한 적도 없습니다."

참나무가 어리둥절한 표정으로 대답했다. 여자가 한층 더 침착한 목소리로 물었다.

"그럼 토양에서 검출된 인골 성분은 뭐죠? 어째서 숲속에 사람 시체가 묻혀 있는데요?"

참나무도 여자를 뚫어져라 쳐다보았다. 그리고 똑같이 침착하게 설명했다.

"그건 저희 조상들, 가족들의 시신입니다."

여자가 눈을 가늘게 떴다.

"뭐라고요?"

"우리는 여기에 뿌리를 내리고 여기서 살다가 여기서 죽습니다. 죽고 나면 땅으로 돌아가서 다음 세대를 위한 거름이 됩니다. 그게 우리 방식입니다."

씨앗   345

참나무가 말했다. 그리고 덧붙였다.

"그게 원래 자연의 방식입니다."

"자연의 방식? 매장 허가도 받지 않고 시신을 유기한 뒤에 그 부지에서 그대로 먹고 자고 살아가는 게 자연의 방식이라고요?"

여자가 쏘아붙였다. 카랑카랑한 목소리가 비명을 지르듯이 높아졌다. 그러나 참나무는 동요하지 않았다. 여자의 쇳소리와 대비되는 낮고 깊은 목소리로 천천히 말했다.

"해는 당신들의 허가를 받고 뜨지 않습니다. 비도 당신들 허가를 받고 내리지 않습니다. 당신들이 기업을 만들고 특허를 내고 이윤에 혈안이 되기 훨씬, 훨씬 전부터 자연은 자연의 방식으로 존재해왔습니다. 우리는 그 방식대로 사는 겁니다."

여자는 대답하지 않았다. 그대로 눈을 가늘게 뜬 채 참나무를 쳐다보고 있었다. 참나무가 다시 입을 열었다.

"당신들은 자연이 수동적인 무생물이고 먼저 갖다 쓰는 사람이 주인이라고 생각하겠지만 그렇지 않습니다. 자연은 자연의 방식대로 살아 있고 자기 방식대로 움직입니다. 뿌린 대로 거둔다는 것은 현실적으로 굉장히 정확한 표현입니다."

참나무는 뭔가 더 말하려 했다. 그러나 그 순간 하늘에서 두두두두두, 하는 소리가 들리기 시작했다.

기계다. 정장 인형들이 타고 왔던 더럽고 커다랗고 파괴적인, 하늘을 가르는 기계다.

여자가 손가락을 한쪽 귀에 갖다 댔다. 동시에 다른 정장 인형들도 똑같이 손가락을 한쪽 귀에 갖다 댔다. 여자가 아까처럼 소맷부리로 입을 가리고 외쳤다.

"경작? 확실해? 위치는?"

그러자 정장 인형들은 모두 한 방향을 향해 뛰기 시작했다.

우리는 잠시 어리둥절해졌다. 사태를 가장 먼저 파악한 것은 오리나무였다.

— 묘목이야.

오리나무가 꽃가루를 뿌렸다.

— 아이들이 위험해.

우리는 동시에 공포에 질렸다. 한꺼번에 정장 인형들을 쫓아서 뛰었다. 숲이 우리와 함께 뛰었다.

자연은 자연의 방식대로 살아 있고 자연의 방식대로 움직인다. 생존하기 위해 모든 살아 있는 것은 적응하고 진화한다. 그리고 진화는 돌연변이를 통해 이루어진다.

인간은 나무를 베었다. 숲을 죽였다. 식물의 유전자를 조작했다. 씨 없는 식물은 인간이 먹기에는 편리해졌지만 스스로 자손을 퍼뜨릴 수 없게 되었다. 상업적으로 재배되는 모든 식물종의 씨앗은 모센닉에서 유전자를 조작하고 모센닉에서 특허를 냈다. 그렇게 조작된 씨앗은 단 한 번만 발화했다. 한 번 발화하여 성장하여 열매를 맺고 나면 수확한 열매를 다시 심어 키우는 것은 불가능했다. 그 열매 안에는 씨앗이 없기 때문이다. 농부들은 매년 모셴닉의 씨앗을 사서 모셴닉의 땅에 심고 모셴닉의 비료와 농약과 수킨슨의 물과 전기와 석유와 가스를 사서 식물을 키웠다. 자기 자신의 힘으로는 싹을 틔울 수도 자라날 수도 열매를 맺을 수도 없게 된 불구의 식물들은 오로지 모셴닉의 이윤을 극대화하는 데만 봉사하며 오로지 인간과 가축에게 먹힐 목적으로 태어나 수확되고 잘리고 뽑혀서 사라졌다.

살아남기 위해 자연은 진화한다. 식물도 마찬가지다. 그러나 식물은 자기 발로 도망치거나 맞서 싸울 수 없었다. 그래서 땅 위에 최후로 살아남은 야생의 식물들은 단 하나의 무기인 씨앗을 이용했다. 마지막 남은 야생의 나무 한 그루, 아무도 심지 않고 홀로 자라난 풀 한 포기를 베기 위해 사람들이 왔을 때 식물은 인간을 향해 씨앗을 퍼뜨렸다. 씨앗은 인간이 알지 못하는 사이에 눈치채지 못하는 곳에 안착했다.

얼마 지나지 않아 사람들의 머리카락 사이에서 혹은 손가락 사이에서 뭔가 자라나기 시작했다. 가슴이나 배 혹은 목 안쪽에서 자라기도 했다. 대체로 지구상에서 마지막 숲과 마지막 초원이 남아 있었던 장소는 최첨단 시설을 갖춘 병원에서 아주 멀리 떨어진 곳에 있었으므로 사람들은 몸 안에 침범하는 씨앗을 막아내지 못했다. 씨앗은 공기를 타고 퍼졌고 인간의 눈과 코와 귀와 입과 털구멍은 언제나 열려 있었다. 씨앗을 받아들여 키울 수 있었던 사람은 살아남았고 그렇지 못한 사람은 죽었다. 시간이 지나고 세대가 바뀌면서 사람은 식물과 하나가 되었다.

그것은 의외로 양쪽 모두에게 이로운 결합이었다. 식물과 한 몸이 된 인간은 밤이면 영양이 풍부한 토양에 뿌리를 내리고 잠을 자고 해가 뜨면 햇빛을 받아 광합성을 했다. 그러므로 더 이상 음식을 찾아다닐 필요가 없었다. 한편 식물은 인간의 팔과 다리를 얻었으므로 환경이 적합지 않으면 쉽사리 다른 곳으로 이동할 수 있게 되었다. 또한 일반적인 동물의 방법으로 번식하는 것 외에도 인간은 자기 몸의 식물로 꺾꽂이를 하거나 씨앗을 심는 등 여러 가지 방법으로 개체 수를 늘릴 수 있었다. 그리고 개체 수는 빠르게 늘어났다. 대도시와 다국적 기업과 첨단 기술이 지배하지 못하는 곳에서 우리는 조용히 번성했다.

물론 식물에도 여러 종류가 있어서 서로 다른 방식으로 존재했다. 나무들은 크고 튼튼하고 오래 살았고 이에 비해 풀과 곡물은 연약하고 작고 시들었다 다시 피어나는 주기가 나무와는 달랐다. 그러나 땅에 뿌리를 내리고 빗물과 햇볕에 의존하여 살아간다는 점에서는 모두 같았다. 나무를 품은 자는 풀과 곡물을 보호했고 풀과 곡물을 품은 자는 나무를 신뢰했다. 그리고 우리는 모두 죽으면 흙으로 돌아가 서로의 아이들을 위한 영양분이 되었다.

숲 너머의 땅에서 들려오는 불길한 타타타타타 소리는 바로 인형 인간들의 더럽고 거대한 기계가 아직 싹을 틔운 지 얼마 안 된 우리 아이들 위로 내려앉는 소리였다. 아이들의 연약한 잎과 가지를 베고 어린 줄기와 뿌리를 짓밟는 소리였다. 우리는 결사적으로 뛰었다.

너무 늦었다.

기계는 아이들 위에 내려앉아 있었다.

"표본 채취해! 증거를 확보해야 돼!"

여자가 외치는 말에 따라 정장 인형들은 기계를 향해 뛰어가는 와중에도 죽어가는 아이들의 잎과 가지를 꺾고 뿌리를 뽑았다. 기계에 깔리지도 정장 인형들에게 뜯기지도 않은 아이들은 더럽고 커다란 기계 꼭대기에 달린 거대한 날개가 돌아가면서 만드는 바람에 휘날려 줄기가 휘어지고 가지가 부러졌다.

그리고 그 바람 때문에 꽃가루를 날릴 수도 씨앗을 퍼뜨릴 수도 없었다. 꽃가루도 씨앗도, 아무리 뿌려봤자 바람을 타고 우리를 향해 되돌아올 뿐이었다.

정장 인형들은 도망치고 있었다. 우리의 손이 닿는 거리에서 빠져나가고 있었다. 아무것도 들지 않은 남자와 바지 정장을 입은 여자가 가장 먼저 기계에 도달했다. 그러나 두 사람은 움켜쥐고 있던 가지와 잎사귀 들을 기계 안으로 던진 뒤에 우리 쪽으로 되돌아오기 시작했다. 치마 정장을 입은 여자를 데려가기 위해서였다. 여자는 치마와 구두 때문에 빨리 뛰지 못했다. 은회색 가방을 든 남자와 판때기를 든 남자가 기계로 뛰어가서 들고 있던 물건들을 기계 안에 던져 넣고 올라탔다.

치마 정장을 입은 여자는 뒤처지고 있었다. 우리와의 거리가 거의 좁혀졌을 때 빈손의 남자와 바지 정장의 여자가 달려왔다. 우리는 한꺼번에 치마 정장을 입은 여자를 향해 달려들었다. 여자가 쓰러지며 비명을 질렀다. 빈손의 남자와 바지 정장의 여자가 우리에게 덤벼들었다.

"놔!"

치마 정장의 여자가 고함쳤다.

"이거 놔! 경찰에 연락해. 군대를 불러. 전부 다 체포할 거야. 이 지역 전부 이주시키고 너희들은 다 감옥에 처넣어줄 테니까 그렇게 알아! 놔, 이거 놓으라고! 이 돌연변이들, 괴물들!"

그 순간 우리는 손을 놓았다.

풀려난 정장 인형들은 잠시 멍한 얼굴이 되었다. 그러나 곧 발길질을 하며 일어나서 소리소리 지르며 기계를 향해 뛰어가기 시작했다. 기계가 더 많은 가지와 잎을 꺾고 줄기를 휘어 넘어뜨리며 공중으로 떠올라 사라진 뒤에 가장 먼저 정신을 차린 은행나무가 물었다.

— 심었지?

우리 중에서 마지막 정장 인형들을 붙잡았던 나무들이 대답했다.

— 심었어.

나무들은 일시에 한숨을 쉬었다.

그리고 은행나무는 꺾여버린 그의 묘목 옆에 쓰러져서 조각난 밑동을 부둥켜안고 울기 시작했다.

우리는 죽은 나무들을 묻고 묘목을 새로 심었다. 아이들이 있는 곳을 들켰으니 아예 깨끗이 도망쳐야 한다는 목소리도 높았지만 죽지 않고 기적적으로 살아남은 묘목들이 있어 당분간은 움직이지 못하게 되었다. 살아남은 묘목들은 심하게 상처 입어서 함부로 옮겨 심을 수 없었다.

그래서 우리는 아이들을 돌보면서 기다렸다.

거대한 기계와 인형처럼 똑같이 생긴 사람들은 언젠가 돌아올 것이다. 언제가 될지 알 수 없었으므로 아이들을 더 단단히 보호하고 더 빨리 옮겨 갈 수 있도록 우리는 숲의 위치와 모양을 바꾸고 다친 아이들을 정성 들여 간호했다.

그리고 우리는 기다렸다. 그때 왔던 그 사람들은 다시 돌아오지 못할 것이다. 그래서 우리는 조용히 기다렸다.

우리는 세 사람의 몸 곳곳에 씨앗을 퍼부었다. 씨앗은 세 사람의 몸 안으로 들어가는 것은 물론 기계 안에 같이 타고 있었던 사람들에게도 옮겨붙었을 것이다. 정장 인형들이 왔던 곳으로 되돌아가면 그들 주변의 다른 사람들에게도 옮겨붙을 것이다. 그 씨앗들 중에서 적어도 하나는 싹을 틔울 것이다. 하나면 된다. 하나면 충분하다.

도망치자는 의견이 나왔지만 사실 우리에게는 더 이상 갈 곳이 없다. 저들은 빠르게 이동하는 똑똑한 기계로 세상을 지배한다. 우리가 믿을 수 있는 것은 뿌리와 두 발뿐이다. 거대한 기계가 다시 돌아온다면 우리는 그 뿌리마저 뽑힌 채 실험실이나 감옥에서 시들어 죽어가게 될 것이다.

그러나 씨앗은 살아남을 것이다. 수많은 씨앗 중 하나 정도는 살아남을 것이다. 살아남아서 어딘가에 뿌리를 내릴 것이다.

하나만 있으면 새로 시작할 수 있다.

그 하나를 위해서, 우리는 기다린다. 지평선 너머에서 더럽고 거대한 기계의 날개 소리 대신 꽃가루가 날아오는 날을.

바람을 타고 우리가 뿌린 씨앗이 춤추며 돌아오는 날을.

그런 날이 정말로 온다면, 바로 그날 세상은, 인간은, 다시 태어나게 될 것이다. 땅과 바다는 더 이상 상처 입지 않고, 사람과 자연은 햇살 속에 하늘을 향해 함께 자라나게 될 것이다.

우리는 여전히 기다리고 있다.

생존과 상실에 관한 이야기들

2020년은 혼란스러운 해였다. 누구에게나 그랬을 것이다. 나는 2020년에 오체투지를 열심히 했다. 차별금지법을 제정하기 위해서 두 번 오체투지를 했고, 중대재해기업 처벌법을 제정하기 위해서 온종일 오체투지를 했다. 차별금지법은 제정되지 않았고 사람이 죽었다. 중대재해기업 처벌법은 엉망이 되었고 또 사람이 죽었다. 사람이 죽는 걸 더 이상 보고 싶지 않다.

그래도 오체투지를 할 때는 그런대로 즐거웠다. 첫 번째와 두 번째 차별금지법 제정 오체투지는 국회 주변을 오체투지로 한 바퀴 돌았다. 나는 차별금지법 제정될 때까지 근성으로 계속 돌아야 되는 줄 알고 긴장하고 갔는데, 그건 아니고 한 바퀴만 돈다고 하셔서 약간 실망했지만 차별금지법 제정

될 때까지 오체투지를 해야 했다면 나는 이 책의 교정고도 못 보고 작가의 말도 못 쓰고 지금도 오체투지를 하고 있었을 것이다. 하여간 차별금지법 제정 오체투지는 두 번 다 조계종 사회노동위원회에서 주최하셨는데 스님들은 엎드렸다가 일어나시는 속도가 정말 빨랐다. 소림사 스님들이 어째서 어떻게 날아다니는지 온몸으로 이해할 것 같았다. 맨 뒤에서 오체투지를 하시던 분이 속도 너무 빠르다고 좀 천천히 가달라고 하소연하셔서 속도가 좀 줄기는 했다. 그리고 앞에서 목탁으로 신호하시던 스님께서 내내 목탁을 기운차게 두드리다가 중간에 목탁 채를 부러뜨리셨다.

중대재해기업 처벌법 오체투지는 길고 힘들었다. 산업재해 피해자 김용균 님 어머님이자 김용균재단 이사장이신 김미숙 선생님과 이한빛 PD님 아버님께서 국회 본청 앞에서 한겨울에 단식을 하고 계셨고 오체투지는 4박 5일간 이어졌다. 김용균 님은 2018년 12월 24세의 젊은 나이에 태안화력발전소에서 산업재해를 당해 세상을 떠났다. 이한빛 PD님은 방송 현장 과로와 비정규직 스태프 해고 문제 등 열악한 업무환경에서 괴로워하다가 2017년 4월 사망한 상태로 발견되었다. 그리고 부모님들이 내 자식처럼 죽는 사람이 나오지 않게 하겠다고 단식 투쟁에 나섰다. 항상 부모님들이 자식을 애도할 새도 없이 투쟁에 나선다. 자식 잃은 부모님들 단식하는 모습 좀 진짜 그만 봤으면 좋겠다.

하여간 그래서 나는 중대재해기업 처벌법 오체투지 4박 5일 중에서 고작 하루 나갔는데 어째서인지 출발 지점에 나가봤더니 나만 여자고 나머지가 다 남자분들이셔서 왠지 쓸데없이 오기가 나서 사회자님이 힘들면 오전에만 하고 가셔도 된다고 귀띔해주셨지만 아침에 구의역 앞에서 출발해서 저녁에 전태일다리까지 일정을 다 버텼다. 점심시간 빼고 일곱 시간 동안 이어진 장렬한 팔굽혀펴기였다(오체투지는 사실 의례화된 팔굽혀펴기다). 12월이라서 땅바닥은 차가웠고 나는 계속 엎드렸다 일어났다 해서 덥고 땀이 났고 쉬는 시간에는 추웠고 마스크는 땀으로 범벅이 되어 안에 물방울이 맺혀서 엎드려 있으면 코와 입으로 응결된 내 땀방울이 흘러 들어왔다. 그렇게 가던 중에 어쩌다 보니까 왕복 4차선 차로로 이어지는 주차장 출구 앞에 엎드려 있었는데 주차장에서 차가 나오겠다고 고집을 부려서 차주와 경찰과 오체투지 응원단(?)이 모두 몰려들어 한바탕 소동이 벌어졌는데 하필 주차장에서 나오겠다고 슬금슬금 전진하는 그 차 앞에 내가 엎드려 있었다. 주최 측인 '비정규직 이제그만 공동행동'분들하고 경찰관들하고 다들 달려와서 차 앞을 몸으로 막아주셨는데 그 사실은 나중에야 깨닫고 마음으로 깊이 감사했으나 그때는 정말 너무 무서웠는데 그렇다고 오체투지의 대의와 데모꾼의

체면을 버리고 일어나서 도망갈 수도 없고 해서 아스팔트에 고개를 처박고 죽은 척하고 있었다.

그리고 차별금지법은 제정되지 않았고 중대재해기업 처벌법은 갈수록 엉망이 됐고 변희수 하사님이 돌아가셨고 평택항에서 산업재해로 스물세 살 이선호 님이 돌아가셨고 이선호 님 아버님과 누님과 고등학교 동창들이 또 투쟁에 나섰다. 정말이지 너무 엿 같아서 오체투지 또 하고야 말겠다고 벼르고 있다.

그러는 와중에 나는 류드밀라 페트루솁스카야(Людмила Петрушевская)라는 러시아 여성 작가의 단편선을 읽게 되었다. 페트루솁스카야는 1938년에 모스크바에서 출생하여 소련 시절부터 지금까지 작품 활동을 하시는 역전의 용사이며 러시아 포스트모더니즘과 여성문학을 대표하는 작가이다. 페트루솁스카야의 유명한 작품 중에 잡지사에서 여러 가지 잡다한 글을 쓰는 일을 하면서 어린이들에게 동시를 읽어주는 공연도 하면서 어떻게든 손자를 먹여 살리기 위해 분투하는 중노년 여성의 이야기가 있다. 그 작품을 읽으면서 이런 투지 넘치는 할머니를 주인공으로 해서 이렇게 수다스럽고 정신없는 문체로 써봐야겠다고 생각했다. 독자님들이 마음에 들어해주시면 좋겠지만, 한편으로는 내가 괜히 나대서 당사자분들께 민폐를 끼치는 건가 걱정되기도 한다.

지금으로서는 우리가 할 수 있는 일은 그냥 버티는 것밖에 안 남은 듯하다. 팬데믹이 물러갈 때까지, 어떻게든 다시 숨통이 트일 때까지, 차별과 폭력과 산업재해와 죽음과 상실을 견디면서 어떻게든, 버티는 수밖에 없어 보인다.

*

〈Maria, Gratia Plena〉는 2018년쯤에 읽은 신문 기사 때문에 쓴 이야기이다. 프랑스 남부의 한 기차역에서 남성 경찰관이 자신의 아내와 두 아이를 근무용 권총으로 쏘아 살해한 뒤에 자기도 자살하는 사건이 벌어졌다. 프랑스는 사회적으로 가정폭력에 관대하지 않으며 가해자와 피해자를 분리하는 조치가 체계적으로 구축되어 있다고 들었다. 해당 경찰관의 아내는 가정폭력에 오래 시달렸으나 남편이 경찰관이기 때문에 제대로 된 조치가 취해지지 않았다고 했다. 어느 나라나 이 지경이다. 아내가 마침내 아이들을 데리고 생존을 위해 탈출하려 했다. 그래서 남편이 총을 들고 뒤쫓아와 전부 죽였다. 그게 개명한 21세기하고도 18년이 더 지난 2018년이었다. 2020년 팬데믹이 세계를 덮쳤고 사람들은 집에서 나갈수 없게 되었다. 더 많은 여자가 남편에게 얻어맞고 더 많은 아이들이 부모 손에 죽어간다.

내가 데모를 하고(요즘에는 모여도 한자리에 머물러서 집회를 하지 못한다. 이동해야 한다. 마스크 쓰고 아홉 명씩 조를 나눠서 행진은 할 수 있다) 오체투지를 하고 온라인 서명을 하고 국회 앞에 드러눕고 청와대 앞에 드러눕는다고 세상이 당장 변하지는 않을 것이다. 누군가는 계속 소리 없이 얻어맞고 누군가는 계속 소리 없이 죽어갈 것이다.

그러나 누군가는 살 수 있을지도 모른다. 그리고 그 살아남은 누군가 앞에서 나는 최소한 부끄럽지 않고 싶다. 데모도 했고 행진도 했고 (마스크는 썼지만) 소리도 질렀고 서명도 했고 길거리에서 팔굽혀펴기도 했고 전진하려는 SUV 차량 앞에 엎드려서 버티기도 했다고 말할 수 있어야 내가 떳떳할 것 같다. 그리고 일단은 뭐라도 해야 좀 덜 열받는다. 그래서 나는 나 자신의 정신건강과 나 자신의 인간으로서의 존엄을 위해서 데모를 하고 있다. 글도 써야 되는데, 주로 데모를 하고 있다.

*

독일의 사회학자 카를 만하임(Karl Mannheim, 1893~1947)은 《이데올로기와 유토피아》(1929)에서 이데올로기는 사회를 바꾸지 못하는 그냥 논쟁일 뿐이며 유토피아는 세상에 진짜로 변화를 가져오는 움직임이라고 설명하고 유토피아를 네 가지로 구분했다. 그중에서 공산주의 유토피아는 20세기에 이미 다 망했으니까 넘어가고, 보수주의적 유토피아적 태도는 유토피아가 과거에 이미 이루어졌으니 우리는 유토피아에 살고 있으며 더 좋은 세상을 만들고 싶으면 과거에 이루어진 예시를 따르면 된다고 주장한다. 천년왕국적 유토피아적 태도는 그리스도교적인 용어라서 좀 어려워 보이지만 내용인즉 당장 유토피아가 이루어져야 하고 안 이뤄지면 혁명! 때려 부순다! 이런 방향이다(개인적으로 몹시 마음에 든다). 그리고 인본주의적-자유주의적 유토피아적 태도는 내가 살아 있는 동안 이상 사회가 내 눈앞에 나타나진 않겠지만 그래도 언젠가는 더 좋은 세상이 반드시 올 테니까 꾸준히 그때까지 노력한다는 태도라고 한다. 나는 실제로 이런 태도를 견지하며 언제 이루어질지 모를 더 좋은 세상을 어떻게든 만들기 위해서 노력하는 분들을 많이 알고 있다. 근데 세상에는 망할 놈들도 그만큼 많다. 가끔은 정말 지친다.

스페인의 철학자 미겔 데 우나무노(Miguel de Unamuno y Jugo, 1864~1936)는 역작《인생의 비극적 의미》(1912)에서 상실이야말로 인간 존재를 특징짓는 가장 커다란 특성이며 그러므로 상실을 겪었을 때 할 수 있는 가장 인간적인 행동은 그 상실된 것을 대체하거나 복구하기 위해 빨리 움직이는 게 아니라 멈추어서 애도하는 것이라고 했다. 내가 사랑하는 러시아의 소설가 안드레이 플라토노프(Андрей Платонов, 1899~1951)도 상실과 트라우마만이 모든 인간의 삶에 공통적인 요소이며 그러므로 모든 인간은 상실에 대한 애도와 트라우마의 경험으로 연결된다고 했다. 이렇게 명시적으로 딱 말한 건 아닌데 플라토노프 작품을 여럿 읽어보면 대충 이런 얘기를 하고 있다.

그러니까 상실하면 애도해야 하고, 상실을 기억하고 애도하기 위해서는 생존해야 하는 것이다. 내가 기억하지 않는다면 상실된 사람들을 누가 기억해줄 것인가. 그리고 행동으로 애도하지 않는다면 나는 이런 상실을 어떻게 기억할 것인가.

물론 인간의 기억에는 한계가 있다. 광화문에 농성장이 있고 거기서 세월호 서명을 받던 시절만 해도 나는 304분의 이름을 진짜 절대 평생 못 잊을 줄 알았다. 그런데 이제는 단원고 피해자들이 몇 반이었는지 헷갈린다. 사람의 기억력이라는 게 이렇게 연약한 것이다. 게다가 매일 뭔가 다른 일이 일어나서 덮어쓰기를 하고 있다.

그래도 어쨌든 내가 몸과 마음으로 애도했고 애도하며, 더 나은 사회의 도래를 앞당기기 위해서, 나와 당신의 생존을 위해서 거리로 나아가 행동하고 노력했다는 사실은 변하지 않을 것이다. 나는 피해자와 그 가족분들 앞에 부끄럽지 않

을 것이고, 나와 당신은 더 좋은 세상을 위해서 아주 조금씩
이라도 함께 앞으로 나아가고 있을 것이다. 생존하고 기억하
고 애도하며.

2021년 여름
정보라

계속 싸우는 이야기

2022년은 무서운 해였다. 2022년 2월에 러시아가 우크라이나를 침공했다. 러시아군은 어린이 병원을 폭격하고 유치원에 기관총을 쏘았다. 2022년 10월 29일 서울 한복판에서 158명이 목숨을 잃는 대참사가 일어났다. 참사 생존자 한 분은 이후 스스로 세상을 등졌다. '제2의 세월호 운동'을 겁낸 보수 정권은 서둘러 관제 분향소를 설치하고 참사와 아무 관련도 없는 공연과 축제를 취소하며 전 국민에게 이날부터 이날까지 딴짓하지 말고 애도하라고 명령했다. 명령만 하고 참사 진실 규명이나 책임자 처벌, 재발 방지 대책 마련은 물론 하나도 해주지 않았다.

2022년 추석 연휴에 태풍 '힌남노'가 한반도를 덮쳤다. 경북 포항의 아파트 지하 주차장에서 사람들이 죽었다. 서울

강남이 물에 잠긴 모습은 언론과 SNS와 모든 화면을 휩쓸었다. 포항과 경주의 피해 상황은 포항과 경주 사람들만 알았다.

2023년은 괴로운 해였다. 여름에 또다시 집중호우가 대한민국을 휩쓸었다. 청주 궁평2지하 차도에서 퇴근하던 사람들이 죽었다. 피해자들이 타고 있던 버스는 폭우 때문에 위험하니 지하 차도로 가라는 안내를 받고 들어갔다가 참변을 당했다. 경북 예천에서는 해병대가 폭우로 위험에 처한 주민들을 구조하러 갔고 구조 작업 도중 채 상병이 죽었다. 국군 장병을 위한 안전 장비는 없었고 진실 규명도 책임자 처벌도 없고 각종 논란과 정치 싸움만 이어진다.

그리고 2023년 10월 7일 이스라엘이 팔레스타인의 가자 지구를 공격하기 시작했다. 가자 지구에는 자체적인 군대가 없다. 팔레스타인 민간인들은 일방적으로 학살당하고 있다. 이스라엘 군대는 팔레스타인 민간인들에게 '안전 지대'로 이동하라고 명령한 뒤 자신들이 '안전하다'고 약속했던 난민 캠프를 폭격한다. 병원을 폭격하고 학교를 폭격하고 주택가를 폭격한다. 아이들이 죽는다. 갓난아기들, 어린아이들이 속절없이 죽고 다친다. 1년이 지나도록 상황은 전혀 나아지지 않고 이제 이스라엘은 레바논도 폭격하고 있다. 한국의 팔레스타인 평화연대를 비롯해 세계 곳곳에서 시민단체와 일반 시민들이 이스라엘 군대의 만행을 규탄하고, 대학생들이 이스라엘의 가자 지구 폭격에 반대하는 농성장을 설치하고, 남아 프리카는 국제사법재판소에 이스라엘의 인종 청소를 막기 위한 소송까지 진행하고 있다. 이스라엘은 학살을 멈추어야 한다.

2022년 11월 30일에 쌍용차 해고 노동자들은 대법원에 서 "경찰의 과도한 진압 장비 사용에 노동자는 자신을 방어할 권리가 있다"라는 판결을 받았다. 절반의 승리였지만 어쨌든 국가 폭력에 대항해 13년 만에 거둔 승리였다. 쌍용차 해고 노동자들은 대법원 앞에서 기자회견을 열고 "국가 손배소 30억"이라고 찍힌 종이를 찢어 하늘에 뿌렸다. 찢어진 종잇조각이 땅에 떨어지자 기자회견에 참가했던 사람들이 모두 쪼그리고 앉아서 종이를 모아 치웠다. 쪼그려 앉아 종잇조각을 청소하는 사람들은 다들 너무 좋아서 웃고 있었다.

2024년 7월 11일 스텔라데이지호 유가족이 선사를 상대로 대법원에서 최종 승리했다. 스텔라데이지호는 2017년 3월 31일 세월호가 인양되던 날 남대서양에서 침몰했고 희생자 스물두 명 중 한국인 선원 여덟 명은 시신조차 수습하지 못했다. 대법원은 한국인 선주가 안전 관리를 하지 않은 책임을 물어 징역형을 선고했다.

같은 날 아사히비정규직지회(현 아사히글라스지회)는 구 아사히글라스, 현 AGC화인테크노를 상대로 9년간의 긴 투쟁에 승리했다. 노동조합 활동 방해 혐의는 인정받지 못했지만 불법 파견 혐의를 인정받고 직접 고용하라는 명령을 받아냈다. 9년간 함께 싸운 아사히지회 조합원들은 지회장을 헹가래 쳤다. 변호사님 두 분도 헹가래 쳤다. 2024년 7월 11일은 좋은 날이었다.

일주일 뒤인 2024년 7월 18일, 오소리-소주 부부가 건강보험공단을 상대로 낸 동성 부부 피부양자 인정 소송에서 대법원은 오소리-소주 부부의 손을 들어주었다. 대법원은 판결문에 "국민건강보험법령에서 동성 동반자를 피부양자에서 배제하는 명시적 규정이 없는데도 동성이라는 이유만으로 배제하는 것은 성적 지향에 따른 차별"이라 썼다. 역사에 길이 남을 전향적인 판결문이다. 이어서 2024년 10월 11일 동성 커플 열한 쌍이 동성혼 법제화를 위한 혼인평등 소송을 시작했다.

2024년 현재 딥페이크 기술을 이용한 불법 성 착취물이 그 어느 때보다 기승을 부리며, 피해자의 대부분은 미성년자 여성이다. 한강 작가는 지난해 노벨문학상을 수상했다. 이에 대해 한국 사회 일각에서는 서울 출신 "남성 중견" 작가가 아니라 광주 출신에다 비교적 젊은 여성 작가가 노벨문학상을 수상했다고 앓는 소리를 내고 있다. 한강 작가는 전쟁으로 사람들이 죽어가는데 노벨문학상 수상을 축하할 수 없다며 마을 잔치에 참가하지 않았다.

　우리는 모두, 여전히, 다 같이, 싸우고 있다.

2025년 새해

정보라

추천의 말

옳음을 행하기란 생각보다 고단하고 지난하며 때로 허무하다. 그럼에도 자신을 지키기 위해 옳은 일을 하면서 유토피아로 나아가는 존재들이 있다. 《너의 유토피아》에서는 '비생물 지성체'인 기계 또한 인간처럼 상실을 겪고 애도한다. 진심으로 슬퍼하고 그리워하며 끝까지 생존한다. 이유는 하나뿐. 그것이 옳기 때문이다. 분노하고 질문하며 멈춰 애도하고 다시 전진하는 인물들과 함께하다 보면 소설의 환상성은 현실보다 더욱 현실적이어서 깊은 울림을 전한다. 씨앗처럼 가장 멀리 날아가 깊이 뿌리 내리고 사방으로 뻗어나갈 이야기가 여기 있다. 살아 숨 쉬는 매력으로 가득한, 엄청나게 재미있는 소설집이다.

—최진영(소설가)

너의 유토피아

정보라 소설집

개정판 1쇄 2025년 1월 15일
개정판10쇄 2025년 2월 28일

지은이 정보라

발행인 문태진
본부장 서금선
책임편집 최지인   **래빗홀** 이은지 김수현

기획편집팀 한성수 임은선 임선아 허문선 이준환 송은하 김광연 송현경 이예림 원지연
마케팅팀 김동준 이재성 박병국 문무현 김윤희 김은지 이지현 조용환 전지혜 천윤정
저작권팀 정선주
디자인팀 김현철
경영지원팀 노강희 윤현성 정헌준 조샘 이지연 조희연 김기현
강연팀 장진항 조은빛 신유리 김수연 송해인   **작가 전속 에이전시** 그린북 에이전시

펴낸곳 ㈜인플루엔셜
출판신고 2012년 5월 18일 제300-2012-1043호
주소 (06619) 서울특별시 서초구 서초대로 398 BnK디지털타워 11층
전화 02)720-1034(기획편집) 02)720-1024(마케팅) 02)720-1042(강연섭외)
팩스 02)720-1043
전자우편 books@influential.co.kr
홈페이지 www.influential.co.kr

ⓒ 정보라, 2021, 2025

ISBN 979-11-6834-256-9 (03810)